해 뜨는 풍경

손병현 소설집

해 뜨는 풍경

손병현 소설집

평민사

차 례

작가의 말

참 많이도 도망 다녔다.

내가 도망 다니는 동안 내 주위 사람들은 내가 비우고 간 그만큼을 채우느라 더 많은 품을 팔아야 했다. 불광동의 눈물과 통영의 약속 그리고 청보리 하늘을 잊을 수 없다. 핏줄은 가장 우선이다. 나를 미워할 때는 종종 있었으나 내 소설적 열의에 대해서는 한 번도 의심하지 않았던 빚진 생명들이다.

2011년 1월

이태원에서

득음 (得音)

전라도 해남 두륜산 자락, 명지봉 너머 까막골짜기 중턱 언덕 바지에 흙집이 한 채 있다. 자칫 흙무더기처럼 보이는 흙집은 폭삭 삭은 채로 꺼져들어 있다. 아무도 찾아오는 이 없는 그 흙집에 평생 소리공부로 늙은 한 여인이 살고 있다. 잘 빗어 넘긴 쪽진 머리에 무명저고리와 남청색 치마를 입고 북통을 두드리며 청을 가다듬고 있는 것이다. 참빗으로 쓸어내린 듯 정갈하고 도깨비불이라도 매단 듯 활달한 그 소리에는 오랜 독공의 진기가 서려있다. 소리에도 정절이 있다고 배웠던 여인은 제 몸 간수하듯 올곧게 소리를 지켜왔다. 여인은 소나무 널빤지로 짜인 흙집의 마루에 앉아 시린 겨울이 몇 번 지나는 지도 잊고 그렇게 한 세월 소리공부로 늙어났던 것이다.

흙집에 소리꾼 일행이 찾아든 것은 산벚이 한창 피어오르던 봄날 해거름이었다. 짐꾼인 듯 지게를 걸머멘 사내가 먼저 들어서고, 뒤이어 불에 그슬린 탱자나무 지팡이를 짚은 늙은 사내와 북통을 멜빵걸이 한 열예닐곱 앳된 처녀가 들어섰다. 짐꾼은 우북하게 자란 마당의 풀을 작대기로 휘-휘- 저어 길을 내더니 어깨에 걸고 있던 지게의 짐들을 토방에 부렸다. 겉보리 한 섬과 짠지 한 독, 누비이불 한 채였다.

"소리에 고름이 배이기에는 딱 그만이시."

흙집이 맘에 들었는지 노인은 흡족한 표정이었다. 여러 해 사람 손이 타지 않은 흙집은 빗물과 바람에 여기저기 씻겨나간 채로 무람없이 삭아들고 있었다. 흙집이나 노인이나 고만고만 짜부라지기는 마찬가지였다. 노인의 뒤에서 다소곳이 눈을 내리깔고 서 있는 처녀는 태가 곱고 심지가 굳어 보였다. 흰 저고리 위로 드러난 소담한 어깨선과 올곧게 이어진 가르마가 단아한 자태를 뽐낸다면, 반지르르 한 숫돌이마와 솜털 같은 안개눈썹은 때마침 사위어 가는 노을빛에 고혹적인 멋을 풍겼다.

"대충이나마 손을 봐야 지낼 수 있겠구먼."

웬만해선 무너지지 않고 그러구러 유지되는 것이 흙집이라지만 오랜 풍우를 겪다보면 자연 손볼 곳이 생기기 마련이었다. 특히 여러 해 사람 기운을 쐬지 않은 흙집은 그 아쉬움이 더 할 수밖에 없었다. 어쩔 수 없이 소리꾼 노인에게 붙잡힌 짐꾼은, 금간 부뚜막이며 일그러진 봉당이며 썩은 지붕의 이엉을 갈마들이 하는 수고를 해야만 했다. 그런 짐꾼을 도와 처녀는 벌건 진흙을 이겨 나르고 돌덩이를 주워 들이기도 했으며 매끼 밥을 삶아대기도 했다. 어린 처녀가 거친 일을 해내는 것이 안타까워 좀 거들어줄 만도 했건만 노인은 차려내는 밥만 똑똑 따먹고 양지바른 곳에 앉아 볕바라기를 하는 것이 고작이었다.

"아무리 소리껏덜 위아랫물이 맵차기로 유명짜허다지만 거 영감 몽니도 보통이 아닐쎄."

내려앉은 구들을 일으켜 세우던 짐꾼은 꾀까다로운 노인의 소견머리를 비꼬았다.

꼬박 나흘이 지나서야 짐꾼은 손을 털고 일어날 수 있었다.

품삯을 건네받고 빈 지게를 건 채 산을 내려가던 짐꾼은 고개를 절레절레 흔들었다.

암수를 찾는 산짐승들의 구애소리와 바람에 버석거리는 나뭇잎 소리가 전부인 산중에 북장단이 울리고 노랫소리가 들리기 시작했다. 뭐든 설익으면 떫고 서걱거리듯 처녀의 소리도 고즈넉한 봄밤을 내내 덧들이곤 했다.

"소리가 너무 달다 소리가 너무 달면 쓴 법이여."

근엄함 속에 제법 근력이 붙어있는 노인의 목소리였다. 북장단에도 힘이 실려 있었다. 반면 춘향가 한 대목을 따라 부르는 처녀의 소리에서는 아직 설은 기운이 묻어 나왔다. 온전한 소리를 뽑아내지 못하는 처녀의 헛공력도 측은했지만 마룻바닥에 꿇어앉은 처녀의 가녀린 몸피도 안타까운 지경이었다.

노인은 처녀를 마루에 꿇어앉혀 놓고 소리를 가르쳤다. 막힌 곳에서 소리를 하면 소리에 군살이 붙는다고 했다. 탁 트인 곳에서 시원하게 내질러야 소리가 짱짱해지고 단단해진다고 했다. 때문에 처녀는 마룻바닥에 꿇어앉아 저 멀리 아랫녘을 쳐다보며 소리를 해야만 했다.

"소리에 꾀 파는 버릇이 붙으면 소리꾼으로는 볼짱 다 본 것이나 진배없는 게여."

처녀는 벌써 여러 번 몸을 비틀고 있었다. 무릎이 마치고 오금이 저린 때문에 온전히 소리에 정신이 모아지지 않았다. 그런 처녀를 대하는 노인은 벌써부터 마뜩찮은 기색이 역력했다.

"소리 허기가 그리 쉬운 중 알았더냐."

노인의 뒤틀린 심기를 좇는 북장단은 갈수록 강팔라졌다. 앙가슴을 부여잡고 죽어라 목을 써대는 처녀는 가련했지만 소리는 영 들을만하지가 못했다. 맘먹은 대로 목이 놀아주지 못하고 헛심만 써대고 있는 꼴이었다.

"목구멍에서 소리를 궁굴리지 말고 뱃속에서 쑥 뽑아내서 씨언허게 내지르란 말이여……."

처녀가 목청을 가다듬고 다시 한 번 소리를 그러모아보았지만 쉽사리 통성이 나와 주지 않았다. 처녀의 소리가 못내 답답했던지 노인은 바짝 다그치고 들었다. 노인의 역정에 한껏 기가 죽은 처녀의 소리는 찰팍 주저앉아 도통 일어설 기미를 보이지 않았다.

"소리고 자시고 목구멍부터 터져야 쓰겄다."

두들기던 북통을 마루 구석으로 획 밀친 노인은 방문을 열고 들어가 버렸다.

노인의 뒤태를 따라 찬바람이 분분히 일었다. 처녀는 놀라고 무색하여 한동안 벅수처럼 멍하니 굳어있었다. 아직 풀리지 않은 밤공기는 맵싸했다. 처녀의 볼을 타고 흐른 두 줄기 눈물이 마루청 위에 점점이 번졌다. 어찌지 못하고 혼자서 눈물을 흘리고 있는 처녀의 모습이 언 꽃잎을 닮아 있었다.

방안에 자리를 편 노인은 한동안 거동을 하지 않았다. 방안에 틀어박혀 도무지 나올 생각을 않고 누워만 지냈다. 벽을 보고 모로 누워 꿈쩍도 않고 있다가 끼니때만 간신히 일어나 게작거리곤 했다. 머리에 이가 슬고 살이 짓물렀지만 전혀 개의치 않았다. 방바닥을 훔치면 노인의 살비듬이 부옇게 묻어 나왔고 시커먼 벼룩이 배를 뒤집곤 했다. 그런 노인의 모습에는 평생을 소리판에서 보낸 소리꾼의 아집이 서려있기도 했다. 한 번도 물기를 머금은 적이 없는 그의 행동거지는, 쩍— 소리로 단번에 쪼개지는 대쪽 같은 서슬이 배어있었다. 열 살 무렵, 장국밥 한 그릇을 적선한 위인을 좇아 무작정 소릿길로 접어들었던 노인은 뼈마디에 옹이가 박히고 가슴에 찬물이 고일 정도로 혹독한 수련을 견뎌낸 사람이었다. 옹송그리고 누운 노인의 몸피에서 전해져오는 서늘한 기운은 결코 녹록치 않았을 그의 소릿길을 말해주고 있었다.

노인이 다시 북채를 잡은 것은 지리한 장마가 개이고 별밭이 지척으로 깔리던 밤이었다. 꼼지락꼼지락 몸을 일으킨 노인은 머리맡에 놓인 자리끼에 뭔가를 개었다. 창호지에 싸인 채로 천주머니에 담긴 그것은 시커먼 덩어리였다. 산을 올라올 때부터 노인은 괴춤에 그것을 차고 있었다. 고약덩어리 같기도 하고 갱엿덩어리 같기도 한 그것을 노인은 밤톨만 하게 떼어 물에다 찬찬히 풀었다. 머리를 이기기도 버거운 듯 목을 비틀치고 사발의 물을 젓고 있는 노인은 저승에 한 발 들여 논 사람처럼 매가리 없어

보였다. 영락없이 누워 지낸 늙은이의 형상이었다. 노인은 사발을 두 손으로 받쳐 들고 천천히 목구멍으로 물을 흘려 넣었다. 물을 마신 노인은 한동안 미동도 없이 그대로 앉아 있었다. 먼지가 일 것처럼 푸석한 노인의 낯에 피가 도는가 싶더니 사르르 낯빛이 살아나기 시작했다. 주름고랑에 물꼬라도 트인 듯 반지르르 윤기가 돌고 노상 흐리멍덩하던 눈알에 묘한 광채가 빛났다.

홀연히 자리를 털고 일어난 노인은 흙집을 나서 계곡물에 몸을 담갔다. 달빛에 드러난 노인의 살빛은 계곡물처럼 희고 차가워 보였다. 노인에게서 풍기는 범상찮은 기운은 쪼개진 얼음덩어리의 그것과 같았다. 노상 희멀건 하니 꼭 병색이 드리운 사람처럼 시르죽은 낯빛을 하고 있던 것과는 영 딴판이었다. 노인은 정갈하게 몸을 닦고 여벌의 무명옷으로 갈아입었다. 노인은 자고 있는 처녀를 깨워 예의 마루에 꿇어 앉혔다. 처녀는 아직 잠티도 가시지 않은 표정으로 빤히 노인을 쳐다봤다. 고주배기처럼 삭아들던 노인의 갑작스런 거동이 못내 생경한 모양이었다. 북을 끌어안은 노인은 도저히 누워만 지내던 사람이라고는 여겨지지 않을 만치 힘껏 두드리는가 하면 짱짱한 소리를 내지르기도 했다. 얼결에 마루로 나앉은 처녀는 노인의 북장단에 맞춰 소리를 하기 시작했다.

춘향의 허리를 안고 상하 의복을 모다 벗겨 병풍 위에다 걸뜨리고 도련님도 옷을 벗고 꼭 끼고 누웠으니……

"소리에는 본시 고고한 기품이 배어있어야 허느니라."

앙상하게 뼈가 드러난 노인의 몰골은 귀살스런 기운을 풍겼
다. 특히 쑥 빨려 들어간 채 떼꾼하던 눈은 섬뜩한 빛을 뿜어냈
다. 푸른 빛깔마저 띠는 그 안광은 사람을 옴짝달싹 못하게 할
만큼 무서운 것이었다. 처녀는 등골에 오싹 소름이 돋았다. 정
신은 명료해지고 육신은 차돌처럼 단단해졌다.

초동아이 낫자루 잡듯 우악한 놈 상투 잡듯 양각(兩脚)을 치어
드니 베개가 위로 솟구치고 이불이 발치로 벗겨지고……

"상스럽게 부르지 마라. 풀잎에 이슬방울 구르듯, 봄바람에
꽃잎 날리듯 그렇게 불러보란말이다."

노인의 소리장단에 꽉 붙들린 처녀는 노인이 끄는 대로 끌려
다녔다. 묘한 이끌림이었다. 단지 노인이 하는 것이라고는 북장
단을 매기는 사이사이 쪼개진 장작개비 같은 나무람을 내뱉는
것이 고작이었다. 처녀는 창자가 꼬이고 목이 갈라지는 줄도 모
르고 소리에 빠져들었다. 노인의 북장단과 처녀의 소리 외에 삿
된 기운이라고는 끼어들 수 없는 밤중이었다.

아개내 꿀항아리, 하문(下問)을 따독따독 아개내 반찬찬합, 무
슨 양념 그리하여 왼갖맛이 다 들었노……

"네 소리가락 속에서 이 도령과 춘향이 맘껏 뛰고 있드냐?"

달이 이우는 줄도 모르고 노인은 계속해서 소리북을 두드리며 처녀의 소리를 채근했다. 시난고난 스러져가던 노인이라고는 믿어지지 않을 정도였다. 신이라도 들린 듯 재우쳐 몰아대는 노인의 북소리에 처녀는 멀미가 날 지경이었다. 기엉머리를 타고 가슴패기로 흘러든 땀이 적삼을 적신 지 한참이었다.

암내 난 수캐같이 잘근잘근 물어보고, 흘레하난 암말같이 살짝살짝 차도 보고……

그 날의 소리공부는 처녀가 몸을 가누지 못하고 마룻바닥에 모로 쓰러지면서 작파할 수밖에 없었다. 벌써 아침 해가 말갛게 솟아오르는 중이었다. 북채를 잡은 노인의 손에서 벌건 핏물이 배어 나왔다. 하지만 노인은 아직 기력이 남아도는지 못내 아쉬운 표정으로 쉬 북채를 놓지 못했다.

처녀가 앓아눕자 산중은 적막할 따름이었다. 날짐승의 날갯짓 소리와 웃비 긋는 소리가 그나마 위안이 될 정도였다. 처녀는 몸을 일으켜 보려고 무시로 뒤척거려보았지만 소용없는 짓이었다. 몸은 갱신을 못 할 정도로 무겁고 손가락 하나 까딱하기 어려웠다. 처녀는 하는 수 없이 누운 채로 눈물만 찍어냈다. 몸뚱이가 보대끼니 속내까지 곪아들었다. 이런저런 속절없는 생각에 설움이 북받쳐 올랐다.

"이빨이 솟고 목은 붓고 혀는 종잇장처럼 말라붙었을 것이여. 게다가 몸은 끔쩍할 수 없을 만큼 천근이것제. 그걸 견뎌 내야만이 소리 한 토막 지대로 쳐낼 수 있는 것이여."

처녀의 얼굴은 푸르딩딩하게 붓고, 갈라진 입술에서는 피고름이 배어 나왔다. 꼭 온몸에 독이라도 퍼진 사람처럼 죽어드는 낯빛이었다. 그런 처녀를 보는 노인의 표정은 무덤덤했다. 눈빛마저 멀리 보이는 노인의 모습은 아득한 과거의 한 토막에 멈춰 있기라도 한 형상이었다. 노인은 아무것도 넘기지 못하는 처녀의 목구멍과 입술에 물기를 흘려줄 뿐 달리 신경을 쓰지 않았다.

"미련하게 소리를 허는 사람만이 소리꾼이 될 수 있는 것이여."

노인의 말은 심드렁했다. 견뎌 볼 테면 견뎌보라는 말투였다.

처녀가 앓아누운 동안 노인은 혼자서 소리를 했다. 자리보전을 한 처녀는 아랑곳 않고 쉼 없이 소리를 했다. 그러다가 기운이 떨어지면 예의 그 시커먼 덩어리를 풀어 마셨다. 그렇게 한 사발 들이켠 노인은 또 밤낮을 가리지 않고 소리와 씨름했다.

노인의 시김새가 깃든 소리는 상성과 하성을 자유자재로 넘나들면서 꺽는목과 터는목까지 활달해, 가히 명창의 소리라 할 만했다. 간드러질 듯 애절하고 섬세한 듯 곡진한 소리도 뛰어났지만, 특히 타고난 목청인지 독공에 의한 득음의 결과인지 천구성과 수리성이 어우러진 그의 소리는 번개가 내려치듯 태풍이 몰아치듯 그렇게 시원하고 거칠었다. 노인이 혼신을 다해 소리하는 모습은 내림굿을 하는 만신의 모습과 흡사했다. 옴짝달싹 못하고 누운 처녀를 두고 혼이 나간 사람처럼 소리와 사투를 벌이고 있었으니 과히 그렇게 보일 만도 했다. 처녀는 푸르딩딩하게 죽어들고 있었지만 귀는 열려있는지라 깔축없이 노인의 소리를 들을 수밖에 없었다. 맥을 놓은 듯 겨우 숨을 헐떡이면서도 처녀는 노인의 소리를 놓치지 않았다. 목에 피고름이 들어차면서 온몸에 독기가 퍼져 두꺼비 등딱지 모양으로 살 거죽이 팅팅 부어올랐지만 노인의 감겨드는 소리는 맑고 그윽하게 귓속을 파고들었다.

"자 몸 좀 추스려서 이것 좀 마셔봐! 잘 삭아서 역한 냄새는 없을 것이여. 예전에 명창 소리 들은 소리꾼 치고 인분 한번 안 마셔본 사람은 없을 것잉께."

노인이 흙집에 들어와 손수 한 일은 똥구덩이에 대통을 박아넣은 것이었다. 통이 굵고 살이 두꺼운 참대를 비어다 똥구덩이에 꽂았던 것이다. 노인은 그동안 똥구덩이에 박혀있던 대통을 들고 나왔다. 진액을 빨아들인 대통은 제법 묵직했다. 겉의 똥 건더기를 씻어내고 대통에 구멍을 내자 노리끼리한 말간 물이 새나왔다. 노인은 그렇게 얻은 똥물 한 대접을 처녀에게 디밀었다.

"소리연습을 허다가 앓아누우면 인분보다 더 좋은 약은 없어. 입에 대기가 사나워서 그렇제 일단 넘기고 나면 몸이 노곤허게 풀림서 잠이 올 것이여. 그냥 한숨 푹 자고나면 금세 자리를 털고 일어날 수 있을 것이구만."

노인은 처녀를 일으켜 앉혔다. 축 늘어진 처녀는 보매 완전히 기력을 잃은 모습이었다. 노인은 똥물이 담긴 대접을 처녀의 입에 갖다 댔다. 빈속에 똥물 내가 훅 끼치자 처녀는 욱- 헛구역질을 하며 고개를 비틀었다.

"똥물 한 대접 못 마시는 주제에 어디 소릴 허것다고 덤벼……. 자, 잘 삭아서 새콤허니 그런대로 마실 만 허구만 목구멍으로 털어 부어버려."

노인은 처녀가 보는 앞에서 자신이 먼저 똥물 한 모금을 넘겼다. 그리고 나서 처녀에게 다시 똥물을 권했다. 처녀는 눈물만 주르르 흘렸다. 도저히 내키지 않지만 그렇다고 안 마실 수도 없었다. 처녀는 헐 수 할 수 없는 심정으로 간신히 입을 벌려 똥물을 삼켰다. 노인의 말대로 똥물은 마시기에 그리 고약한 것은 아니어서 한 대접을 다 비워냈다. 그리고 처녀는 자맥질하듯 가물가물 잠 속으로 빠져들었다. 스르르 맥을 놓아버리는 처녀의 머리에 베개를 받쳐주는 노인의 눈이 촉촉이 젖어들었다.

한 해를 넘겨 소리공부를 했건만 처녀의 소리는 별반 나아졌달 것이 없었다. 처녀의 소리는 여지껏 몸을 풀지 못하고 된 진통을 이어가고 있었다. 엉겨 붙은 채 좀처럼 풀어지지 않는 처녀의 소리는 기껏 게목을 지르는 정도였다. 그러다가 이도 저도 아닌 떡목이 되어버리는 것은 아닌지 걱정스러울 정도였다. 한

편, 노인은 온전히 곡기를 해내지 못할 정도로 기력을 잃고 있었다. 몸피는 점점 말라가고 눈빛은 날이 갈수록 흐려졌다. 겨우내 혓바닥 아래 아편을 깔고 지낸 탓이었다. 노인은 꿈쩍도 않은 채 방바닥에 누워서 손톱으로 새똥만 하게 아편을 떼어내 혓바닥 아래 묻었다. 천천히 아편이 녹는 동안 노인은 몸을 지탱할 수 있었지만 살과 근육이 녹아나고 뼈는 삭아들었다. 처녀는 수시로 미음을 쑤어 들이고 쑥물을 끓여다 바쳤다. 그나마 오그라든 위는 미음으로 달랠 수 있었고 허해진 기운은 쑥물로 보할 수 있었다. 그렇게 간신히 살아있는 격이었지만 간혹 자리를 털고 일어난 노인은 전혀 다른 사람이 되어 며칠이고 소리를 하곤 했다. 모두가 약의 힘을 빈 때문이었다. 그때쯤 처녀는 노인의 약 수발까지 들고 있었다.

처녀는 마당에 솥을 걸고 서너 시간째 불을 살랐다. 늦봄의 따가운 햇볕 아래서 불을 때는 처녀는 숨통이 헉헉 막혀들었다. 조금만 움직여도 옷이 몸에 척척 감길 만큼 끈적끈적한 땀이 흘러내렸다. 벌써 서너 시간째 불을 지피고 있는 처녀의 얼굴은 온통 땀으로 젖어 미역이라도 감고 나온 사람처럼 흥건했다. 방문을 열어놓은 채 노인은 네 다리 쭉 뻗고 누워있었다. 어느 정도 다 끓여졌는지 처녀가 사기대접에 시커먼 물을 한 그릇 떠서 방으로 들였다.

처녀가 솥에 넣고 끓인 것은 양귀비였다. 사람의 발길이 닿지 않는 산기슭 여기저기에 씨를 뿌려둔 양귀비는 제법 여물어 가는 중이었다. 아직 익기 전, 봉우리에 생채기를 내서 하얀 진액이 굳은 것을 비스듬히 자른 대나무로 살살 긁어모아 생아편을 취하기도 했지만 노인은 생아편 보다는 양귀비 달인 물을 좋아했다. 양귀비를 넣고 적당히 달여 시커먼 물이 우러나오면 그 물을 한 대접씩 떠다주었다. 그리고 남은 것은 찐득할 때까지 달여서 양갱과 같은 아편 덩어리로 남겼다. 모두가 노인의 말을 따른 것이었다. 노인은 약의 힘을 빌지 않으면 소리를 할 수 없을 만치 몸이 축나 있었다. 하지만 양귀비 달인 물을 한 대접 마시고 나면 목이 풀리고 기운이 뻗쳐 대중없이 소리를 하곤 했다.

노인은 몸이 쇠하면서 부쩍 처녀를 다그쳤다. 제법 깐깐하게 소리지도를 하면서 득음을 재촉했던 것이다.

"폭포소리는 폭포소리고, 니 소리는 니 소리여!"

노인은 처녀를 골짜기 폭포와 마주 세웠다. 자그마한 바위덩이 위에 올라선 처녀는 쏟아지는 폭포를 상대로 소리싸움을 벌여야만 했다. 제법 목은 단단해졌으나 힘껏 소리를 내질러봤자 번번이 폭포의 소리에 묻혀버리기 일쑤였다. 처녀는 얼굴이 벌겋게 달아오를 때까지 죽어라 소리를 쏟아냈다. 물로 얻어지는 소리가 그리 쉬 얻어지는 것이 아니라는 것을 노인도 잘 알고 있었다.

"생심얼 쓴다고 소리가 나온다냐? 저 속안에 배창시럴 활딱

까보이란 말이여."

처녀의 소리에는 신명이 붙지 않았다. 더할 수 없이 화창하고, 그지없이 절절한 그런 유장한 소리가 나와 주지 않았던 것이다. 막힌 목을 물로 다스리는 것도 소리꾼에게는 꼭 필요한 수련의 한 길이었다. 노인의 소리가 소리 축에 들기 시작한 것도 섬진강 줄기를 타고부터였다. 섬진강 상류에서부터 세낸 배를 타고 해종일 떠내려 오면서 어린 소리꾼이었던 그는 몇 번을 토하고 꼬꾸라졌었다.

"니 소리가 어디 소리꾼의 소리더냐, 그런 놋쇠밥그릇 깨지는 소리랑 말고 진짜배기 소리를 해보란 말이여."

처녀는 제대로 몸을 지탱하지 못하고 금방이라도 주저앉을 듯 다리를 후들후들 떨었다. 목도 어지간히 탁해져서 무슨 소리가 무슨 소린지 구분하기 어려울 만큼 이미 청이 쉬어있었다. 하지만 노인은 틀어쥔 고삐를 늦추지 않고 계속해서 처녀를 몰아세웠다. 물속에서 제 소리를 건져낼 수 있어야 했다. 물소리에 쓸리는 제 소리를 한 가닥이라도 그러쥘 수 있어야 귀가 뚫렸다. 그때서야 온전히 제 소리 한 가락을 뽑아낼 수 있는 것이었다.

"아 뭔 수로 니가 저 쏟아지는 물을 이기겠냐? 물을 이길라 말고 니 소리나 지대로 혀보란 말여."

더 이상은 서 있기가 곤란한 듯 처녀는 무릎을 꿇는 형국으로 바닥에 손을 짚고 죽을 힘을 다해 소리를 토해내고 있었지만 짐승의 울음소리처럼 우ー우ー 거릴 뿐이었다.

"시방 그걸 소리라고 허고 자빠졌는겨? 대꼬챙이로 확 목구멍을 뚫어블기 전에 지대로 못허겄어?"

들입다 성을 내며 닦아세우던 소리선생의 모습을 어느새 노인이 흉내 내고 있었다. 도도히 흐르는 섬진강만큼이나 칼칼하던 노인의 소리선생은 다짜고짜 역정부터 내고 보는 성미였다. 뱃전에 앉았던 소리선생이 벌떡 일어나는 바람에 하마터면 배가 뒤집힐 뻔한 적도 여러 번이었다.

섬진강의 꼬리는 길고도 유장했다. 천천히 물길을 따라 배가 흘러내리자 스승은 뱃머리에 자신이 짚고 왔던 작대기를 단단히 세워 묶었다. 뭔 영문인가 싶어 삐쭉거려 보았지만 스승은 행여 비꾸러질세라 자신의 대님까지 풀어 작대기를 묶었다. 다 묶은 스승은 저만치 선연으로 나앉았다. 배는 강 중심으로 완전히 접어들어 물길에 휩쓸리고 있는 중이었다. 아 소릴랑 안헐껴? 멀뚱히 앉아 있는 그에게 소리선생이 눈을 부라렸다. 얼결에 뱃머리의 작대기를 잡고 선 그는 소리를 하기 시작했다. 그 소리란 것이 참으로 희한해서 소리를 하고 나면 흔적이 없었다. 분명 목구멍으로 소리를 질러냈음에도 뭔가가 날큼 삼켜버린 것처럼 귓속으로 파고드는 것은 강폭을 타고 이는 바람소리에 섞여드는 물소리뿐이었다. 순창에서 시작된 섬진강 물길이 곡성을 지나 구례로 이어질 쯤 배 위에서 그대로 실신을 하고 말았다. 벌써 몇 번째 토하고 쓰러진 뒤끝이었다. 도도히 흐르는 바람과 물 앞에서 그의 힘에 부친 소리는 한낱 솔가지 부러지는 소리만도 못했던 것이다.

"저 물길 하나도 잡도리럴 못 허는 꼴이니, 내 소리는 언제나 받어갈꺼나……."

휴− 한숨을 한번 내쉬고는 그만이었다. 찬바람을 일으키며 노인은 휘적휘적 계곡을 올라 흙집 쪽으로 사라져 버렸다. 처녀는 노인이 사라지자 바위에 쓰러져 신음처럼 들리는 오열을 쉼 없이 토해냈다. 듣기에도 가슴이 저미는 처녀의 흐느낌은 가열 찬 폭포소리에 밀려 서글픈 여운으로 쓸려나갔다.

노인은 아편 기운이 골수까지 파고들고 있었다. 간혹 노인은 무릎 사이에 머리를 처박고 병든 개처럼 토방에 쭈그려 앉아 있곤 했다. 외소한 몸피로 그렇게 몇 시간이고 쭈그려 앉아 있는 노인은 숨을 쉬고 있지 않은 송장처럼 보이기도 했고 끝없는 고통을 인내하고 있는, 늙고 병든 수도자의 모습이기도 했다. 누리끼리한 얼굴로 소리 없이 방안에 틀어박혀 있던 노인의 모습보다 왠지 더 멀게 느껴지는 형상이었다. 그러다가도 노인은 홀연히 일어나 북채를 그러쥐곤 했다. 예의 약물 한 사 발을 들이켜고 허리를 꼿꼿이 펴는 것이었다. 그러면 또 소리 공부가 시작되었다. 쇠붙이 쪼개지는 소리로 간담을 서늘케 하는가 하면, 살을 에는 듯 처연한 소리로 심금을 울리기도 하는 노인의 소리는 바람이 앞장서 길라잡이를 할 정도로 빼어난 멋이 있었다. 하지만 약기운이 떨어지기라도 할라치면 노인의 소리는 확연히 달라졌다. 북장단이 흔들리면서 서너 번 가락수를 놓친다 싶다가 쉽게 목이 주저앉았다. 한번 내려앉기 시작한 목은 다시 약기운을 빌지 않은 한 살아나지 않았다. 약기운이 떨어진 노인의 소리는 아무런 흥도 멋도 없는 그냥 싱거운 소리에 불과했다.

"안 되겄다. 오늘은 그만 허고 독공이나 혀라."

노인은 맥없이 북채를 놓곤 했다. 한숨소리인지 신음소리인지 분간키 어려운 깊은 숨소리를 끝으로 얼마간 또 노인은 목침처럼 누워만 지냈다.

언젠가, 비린 것과 소금 한 자루를 지고 왔던 짐꾼이 노인에게 약을 끊어보라고 말을 건넨 적이 있었다. 번번이 짐만 부려 놓고 삯을 받기가 무섭게 산을 내려가는 것이 일이었지만 그 날은 때아니게 입을 달싹거렸다. 방바닥에 널브러지다시피 누워 있는 노인의 꼴도 말이 아니었지만 온갖 수발을 들고 있는 처녀의 처지가 안쓰러워 보다 못해 참견을 하고 나섰던 것이다.

"어르신! 몸이 많이 축나고 기력도 쇠잔해진 것 같은디 그만 약을 끊어보는 것이 어떨지요."

짐꾼의 말이 끝나기가 무섭게 경련이라도 일어난 듯 노인은 부르르 몸을 떨었다. 노인의 떨리는 몸을 본 짐꾼은 아차 싶은 마음에 눈부터 내리깔고 뒤를 훔치며 내뺄 궁리를 했다.

"뭣이여 약을 끊으라고, 이런 고연 놈을 봤나 내가 나 좋자고 약을 허는 줄 알아?"

노인이 번쩍 몸을 일으켜 세우는가 싶더니 칼날 같은 눈빛으로 짐꾼을 휙– 쏘아보았다. 늙은이의 눈에서 어쩌면 그렇게 날선 빛이 솟구쳐 나올 수 있는 것인지 섬뜩할 뿐이었다.

"……."

노인의 서슬에 놀란 짐꾼은 주춤 뒤로 물러나다 하마터면 토방 아래로 나자빠질 뻔 했다.

"아는 것이 없으면 함부로 입을 놀리덜 말으야 사람 된 도리 아니것어?"

노인의 가냘픈 목에서 굵은 핏대가 선명하게 불거져 나왔고 얼굴은 이미 모욕이라도 당한 사람처럼 벌겋게 달아올라서 금방이라도 짐꾼에게 달려들 듯 보였다.

"아이고 어르신 지가 죽을 죄를 지었구만요. 저는 그저 어르신 용태가 걱정돼서 드린 말씀이지 별 뜻은 없응게 진정허시시요."

얼른 사과를 하지 않으면 노인은 제 화를 이기지 못하고 쓰러져 버릴지도 모를 순간이었다. 짐꾼은 부르르 몸을 떨고 있는 노인에게 연거푸 머리를 조아리며 잘못을 빌었다. 잘잘못이야 나중 일이고 우선은 노인을 진정시키고 볼 상황이었다.

"나는 명이 다 허는 순간까지 시원허게 소리를 허다 죽고자픈 사람이여. 늙었다고 짜잔허게 소리를 허고 싶은 생각은 눈꼽만큼도 없기에 약의 힘을 빌어쓰는 것이다 이 말이여. 그러니 그런 당찮은 소릴랑 다시는 입 밖에 내덜 말어."

노인은 분이 가시지 않은 표정으로 한동안 짐꾼을 노려보더니 방문을 쾅 닫았다. 익히 노인의 성질머리를 알고 있었지만 정작 당하고 보니 보통 난감한 것이 아니어서 짐꾼은 혀를 내두르지 않을 수 없었다. 괜히 나섰다가 욕을 당한 짐꾼은 뒤늦게 분한 기운이 치솟는지 마당 귀퉁이에서 더운 콧김을 푹푹 쏟아냈다. 처녀가 찬물 한 사발을 떠다주자 벌컥벌컥 들이켠 짐꾼은 그 길로 산을 내려가서 다시는 발길을 하지 않았다.

산중 겨울이란 처녀가 이겨내기 힘든 계절이었다. 허옇게 서리가 끼는 날이 이어지더니 이내 얼어붙기 시작했다. 처녀는 땔나무를 구하러 다니기에 바빴다. 삭정이 한 다발을 이어다 군불을 때고 밥을 끓였다. 서리병아리처럼 어깻죽지가 처진 처녀는 불을 넣다가 한참동안이고 정신을 놓을 때가 잦았다. 눈발이라도 날리는 날이면 괜한 서글픔에 울음을 삼키곤 했다. 명치끝을 치받는 그 시금새금한 기운을 참다못해 신물을 넘긴 적이 한 두 번이 아니었다. 적막강산이 따로 없는 산중의 고독감이란 젊은 처녀에게 살을 에는 추위만큼이나 혹독한 것이었다. 밑도 끝도 없는 그 상념을 이겨내자면 서러운 소리라도 해야만 했다. 처녀의 가슴앓이는 옹이가 되어 소리 사이사이 박혀들었다. 가시 같고 자갈 같은 그 속 안에 것들을 토해내자면 자연 소리에 멍이 들기 마련이었다. 갈라진 손으로 삭정이를 분지르거나 시린 손으로 꽁꽁 언 샘을 깨다보면 자연스레 그렇게 한스러운 소리가 흘러나왔다. 처녀의 속내가 곪아들수록 소리에는 묵은 장맛처럼 깊은 맛이 배어들었다. 노상 목놀림만으로 흥얼거리던 소리와는 천양지차로 다른 그늘우거진 소리가 새나오기 시작했다. 노인은 처녀의 소리에 꽃이 비치는 것을 알아차리면서 소리의 매무새를 되새김하여 가르쳤다. 불러야 할 것과 안 불러야 할 것, 발을 들여야 할 곳과 안 들여야 할 곳, 목을 세워야 할 때와 꺾어야 할 때 등 소리꾼으로서의 기개를 누누이 타이르곤 했다. 처음, 소리 선생과 제자의 예를 갖추고 마주했을 때 노인은 처녀에게 그러한 것들을 엄하게 가르쳤지만 못내 맘이 놓이지 않는 모양이었다.

노인의 노파심은 앞선 소리꾼으로서의 충고이거나 당부일 테지만 자신의 소리인생을 마감하는 마지막 유언과도 같은 것이었다. 수많은 소리꾼들을 봐온 노인은 행여 처녀도 그 수많은 소리꾼들 중 하나가 되는 건 아닌가 하는 걱정이 앞섰던 것이다. 젊은 시절 청의 힘만 믿고 독공을 게을리 한 소리꾼은 말년으로 갈수록 추잡스럽게 변했고, 소리보다는 여색과 술에 심취한 소리꾼들은 일찌감치 목이 부러졌다. 상거지차림으로 주막을 떠돌며 탁배기 한 잔에 소리를 파는 늙은 소리꾼이 허다했고, 매독에 코가 문드러진 소리꾼들도 쉬 눈에 띄었다. 그런가하면 소리꾼 치마 속은 주인이 없는 것으로 치고 이놈 저놈 들쑤시기는 일이 다반사였다. 때문에 여자 소리꾼들 중에는 어느 놈의 씨인지도 모를 애를 싸지르는 경우도 적잖았다. 소리판이란 판은 다 돌아봤고 소리꾼이란 소리꾼은 다 마주쳐본 노인에게는 처녀가 그저 바람 앞에 휘둘리는 꽃봉오리처럼 아슬아슬하게 보일 뿐이었다. 노인의 바람대로 자신의 바디를 이어갈 고색창연한 소리꾼으로 피어날 수 있을지 못내 걱정스러웠던 것이다.

식전 댓바람부터 눈보라가 불어 닥치더니 급기야 흙집에 회오리가 몰아쳤다.

노기가 뻗친 노인의 매서운 고함소리가 이어지던 끝에 우당탕 살림 엎어지는 소리가 들렸다. 노인의 성미가 불같다고는 하나 도를 넘고 있었다. 뒤이어 방문이 쾅 열리더니 노인에게 머리채를 잡힌 처녀가 마당으로 질질 끌려나왔다. 부정한 인간을 벌하듯 노인은 매서운 독기를 뿜어내며 사정없이 내쳤다.

"흰 쌀밥에 괴기 국이 어디서 난 것이냐?"

아침 밥상을 훑어본 노인은 다짜고짜 처녀에게 따져 물었다. 눈에 불을 켜고 추궁하는 노인의 입 언저리가 파르르 떨렸다. 곧 거품이라도 물 입매였다.

"이런 호사스런 밥상이 어찌 차려졌더냐 이 말이다?"

노인은 재우쳐 처녀에게 종주먹을 댔다. 감정이 싹 가신 노인의 낯은 싸늘했다. 노인에게 뿜어져 나온 살기가 처녀의 얼굴을 씻어내기라도 할 듯 날카롭게 번뜩였다.

"어제 저녁 판에 독공을 좀 하라 했더니 그 틈에 산을 내려갔더냐?"

며칠째 시름시름 앓던 노인은 그대로 밥상을 물리곤 했다. 장에 버무린 상큼한 푸성귀라도 내 노인의 입맛을 동하게 하고 싶었지만 엄동설한인지라 그럴 수도 없었다. 아쉬운 대로 마른 고사리 죽이며 취나물 죽을 쑤어 보았지만 여전히 넘기질 못했다. 노인의 마른 창자에 기름기를 좀 넣어 볼 수 있을까 싶은 마음에 처녀는 산을 내려갔다.

"돈 한 푼 지니지 않은 네가 쌀이며 고기를 얻어왔으니 필경 몸을 팔지 않았다면 소리를 팔았던 게로구나 이런 천하고 잡스러운 것 같으니라고, 내 오늘 이것을⋯⋯."

격분한 감정을 어쩌지 못한 노인은 부르르 몸을 떨었다. 떨리는 몸에서 고드름 덩어리라도 우수수 쏟아질 만치 노인은 서늘한 냉기를 뿜어냈다. 노인은 유리알 같은 눈을 번뜩이는가 싶더니 후들거리는 손으로 소반머리를 잡아 그대로 방바닥에 들어메쳤다.

"소리를 함부로 팔아서는 천한 광대밖에는 되지 못한다고 누누이 일렀거늘 정작 네가 천한 소릿광대가 되려했구나."

막상 산을 내려갔지만 처녀는 막막했다. 너나없이 궁핍한 처지에 기름진 음식을 얻어갈 곳이 없는 터였다. 어둑신한 저자거리를 몇 번이고 휘돈 끝에 처녀는 제법 번하게 화톳불이 살라지고 흥청거리는 소리까지 거하게 들리는 곳을 찾아들었다. 한눈에 보기에도 색주가임이 분명해 보였지만 달리 방도가 없었다. 주인여자에게 말을 넣어 낯선 남정네들의 술상머리에 서게 된 처녀는 소리 한 대목을 불렀다. 떨림과 수치심을 간신히 참아내며 소리를 끝낸 처녀에게 던져진 것은 소릿채 몇 푼과 '고년 참 실팍허니 맛나게 생겼다'는 농지거리가 전부였다. 처녀는 확 달아오른 얼굴로 자리를 뛰쳐나와 주인여자에게 소릿채로 먹거리를 바꾸어 뒤도 돌아보지 않고 산으로 올랐다.

"산을 내려갔다면 응당 사람들과도 말을 섞었을 테지."

노인은 처녀의 머리채를 우악스럽게 틀어쥐더니 곧바로 방문을 내질렀다. 노인은 짐승처럼 끌고 나온 처녀를 그대로 마당에 내동댕이쳤다. 처녀는 찍소리도 못하고 그대로 마당 한구석에 꼬꾸라졌다. 어디서 그런 괴력이 솟는지 노인은 성난 말처럼 한껏 털을 곧추세우고 씩씩거렸다. 며칠째 시름시름 앓던 노인의 모습과는 전혀 딴판이었다.

"소리할 때와 음식을 넣을 때 외에는 절대로 함구하여야 기가 모여 웅숭깊은 소리를 한다 했거늘 그 말도 한 귀로 듣고 한 귀로 흘렸더냐. 쾌씸한 것 같으니라고⋯⋯."

그동안 처녀는 소리할 때를 제하고 벙어리처럼 지내왔다. 입을 닫고 기를 모으라는 노인의 엄한 가르침이 있었기 때문이었다.

노인은 핏발이 선 눈을 희번덕거리더니 마당 한켠에 세워진 바지랑대를 움켜쥐었다. 바지랑대를 치켜든 노인은 처녀의 몸 여기저기를 닥치는 대로 후려쳤다. 처녀는 피할 겨를도 없이 연신 두들겨 맞고 노인은 정신 나간 사람처럼 매질을 계속했다.

"팔도의 소리꾼 전부를 싸잡아 우습게보았던 게로구나, 그러고도 네가 소리를 계속하려 했더냐? 오늘로 당장 내려가거라 이제 더 이상 너에게 가르쳐줄 것도 없고 가르치고 싶은 맘도 상했다."

숱하게 매질을 당한 처녀는 정신을 잃은 듯 널브러졌다. 한마디 서러운 변명도 없이 그저 입을 꾹 닫고 견디어내던 처녀는 흐느낌도 없는 눈물만 흘려낼 뿐이었다. 헤진 옷가지 사이사이로 비치는 찌걱거리는 핏물만이 처연한 아침을 맞고 있었다.

노인은 끝내 내치려고 작정을 한 사람처럼 처녀를 용서하지 않았다. 살을 얼리고 터뜨릴 만큼 매서운 바람이 몰아쳤지만 노인은 방문을 닫아걸고 꿈쩍도 하지 않았다. 산을 내려가던지 말든지 네 알아서 하라는 식이었다. 처녀는 낮이면 마루에 꿇어앉아 소리를 하고 밤이면 불씨가 남은 아궁이 앞에서 덜덜 떨어야 했다. 그것이 용서를 비는 방법이라 여겼다. 손발에 얼음이 박히고 된 고뿔에 콧물이 줄줄 흘러내렸지만 처녀는 그만두지 않았다. 이미 소리꾼의 시대도 가고 있는 마당에 그냥 산을 내려가 버리면 그만이겠지만 처녀는 그러질 못하고 미련을 떨고 있었다. 세상 돌아가는 추세가 귀보다는 눈이 더 호강하는 터인지라 좋은 목으로 온갖 기교를 섞어 소리를 해도 심드렁한 게 사람들이었다. '소리꾼 누가 왔네' 하면 별반 사람들이 안 꼬여도 '무슨무슨 국극단 왔네' 하면 십 리 밖에서도 찾아들었다. 분장도 요란하게 하고 배꼽을 움켜잡고 웃을 수 있는 만담도 늘어놓는 극을 해야 사람들이 끓었다. 때문에 소리꾼들은 어디를 다녀도 극단에 밀려나기 일쑤고 천대시 당하는 경우가 허다했다. 명창 소리를 들으며 호시절을 누리던 소리꾼은 소리채 몇 푼에 요정으로 불려 다니는 꼴이었고, 부채 하나 달랑 들고 다니며 사람들이 복대기는 장바닥이나 귀명창의 사랑채에서 소리품을 팔던 유랑소리꾼은 농투성이로 돌아선 지 오래였다. 다들 그러저러 소리판을 떠나는 터에 처녀는 그 고초를 이겨내고 있었다. 이미 골수까지 스며든 소리가락이 발길을 돌리게 하지 못했던 것이다. 그대로 산을 내려가 버리면 다시는 소리가락을 흥얼거리지 못할 것 같은 두려움이 발을 묶었다. 그렇게 사날을 견디고서야 처녀는 방으로 몸을 들일 수 있었다.

눈이 한 길이나 쌓인 산 속은 적막했다. 다시 봄이 올 것 같지 않은 매운 날의 연속이었다. 짜그라질 듯, 겨우 눈을 이기고 있는 흙집에 들앉은 노인의 병세도 막바지에 이르고 있었다. 간신히 숨을 내쉴 뿐 목구멍으로 아무것도 넘기지 못하는 날이 계속되었다. 더 이상 목숨을 이어가기에는 버거운 형국이었다. 처녀는 어떻게든 노인의 숨을 이어보려는 심정에 약물을 흘려 넣어보았지만 소용없는 짓이었다. 속에서 받질 않는지 도로 게워낼 뿐이었다. 노인의 팔다리를 주물러 보려했지만 깡마른 그의 사지는 주무를 것이라고는 없는 그냥 뼈다귀에 불과했다. 그동안 노인은 자신의 살과 근육을 파먹으며 간신히 북채를 그러쥐고 있었던 것이다. 스스로 명줄을 재촉하면서까지 지키려 했던 소리꾼의 고집이 앙상한 뼈로 남은 격이었다. 노인은 자신의 숨이 다 했음을 알고 있는 듯 횃대에 걸린 흰옷을 무연이 바라다봤다. 소리를 할라치면 언제나 옷부터 정갈하게 갈아입던 노인이었다. 처녀는 노인의 맨살에 늘러 붙은 솜옷을 벗겨내고 횃대에 걸린 무명옷을 입혔다.

처녀는 방문을 열어 젖혔다. 온통 흰 눈 위로 번한 하늘빛이 번지고 있었다. 누군가 죽기에는 그보다 좋은 날도 없을 듯싶은 풍광이었다. 처녀의 눈망울에, 젖은 달이 비쳤다. 축축한 달빛이 방안으로 흘러들었다. 노인은 반듯이 누운 모습으로 귀를 열어놓고 있었다. 처녀는 북통을 그러안고 소리를 하기 시작했다. 구슬프게 뽑아지는 처녀의 이별가는, 시김새가 깃들고 휘어져 감기는 것이 노인의 소리인 듯 처녀의 소리인 듯 척척 엉겨들었다. 평생 한번 만날까 말까 한다는 그 엉김을 맛보는 처녀는 넋이 나간 듯 신이 들린 듯 목이 뽑아져라 소리를 질러댔다. 눈 위를 미끄러지고 골짜기를 타넘는 처녀의 소리는 저 하늘 끝으로 이어지고 있었다. 처녀는 마지막 기운까지 쏟아내며 밤이 새도록 소리를 했다. 그사이 노인은 흥에 겨운 듯 편안한 얼굴이 되었다. 한 번도 웃는 일이 없었던 노인의 얼굴에 화사하게 꽃물이 지고 있었다.

해 뜨는 풍경

극장 수위와 청소부 여자가 매표소 앞에서 종이박스를 깔고 앉은 채 자판기 커피를 홀짝거린다. 궁상맞은 입성에 표정까지 일그러진 두 사람은 참말로 쓴 커피를 마시는 사람들 같다. 곱지 않은 시선으로 놈을 쳐다보는 두 사람의 손에서 종이컵이 구겨진다. 분위기로 봐서는 깔고 앉은 종이박스라도 구겨버릴 기세다. 커피에 카페인 성분이 들어 있다는 말은 참말인가 보다. 한눈에 보기에도 흥분한 것처럼 보이는 두 사람은 놈을 향해 금방이라도 달려들 것만 같다. 제발 그래주기를 간절히 바라는 마음이다. 한 달 동안 마실 커피를 한꺼번에 털어 넣고 미친 듯이 놈을 물어 뜯어버렸으면 좋겠다.

놈을 외면한 채 얼른 지나쳐 버리는 것이 상책이다. 나는 자전거 페달에 바짝 힘을 준다. 엉덩이까지 들어서 힘껏 눌러 밟은 페달이 철거덕 소리를 내며 헛돌고 만다. 발에 힘이 너무 들어갔나, 그만 체인이 벗겨지고 만다. 이놈의 자전거는 중요한 순간에 꼭 말썽을 부린다. 젠장, 오늘도 초장부터 꼬여든다. 나에게 언제 재수 좋은 날이 있었던가? 되는 일 없이 얽히고 꼬이는 것은 내 지나온 삶이자 앞으로 펼쳐질 내 미래다. 쉽게 말하자면 사는 게 만날 그 모양 그 꼴이란 얘기다.

자전거를 세워놓고 체인을 만지작거린다. 쪽팔리는 건 둘째 치고 쿵쿵거리며 자꾸만 가까워오는 녀석 때문에 신경이 곤두선다. 긴장한 탓인지 체인이 잘 걸리지 않고 매번 미끄러져 버린다. 손에는 기름때가 묻어 까만 얼룩이 진다. 쿵쿵거리는 소리가 제법 적나라하게 들리는 걸 보니 놈이 제법 가까이에 온 것 같다. 자전거에서 신문 한 부를 꺼내 기름때 묻은 손을 슥슥 닦는다. 눈은, 놈이 오는 쪽을 향해 슬쩍 치켜뜬다. 큰 대가리를 흔들면서 코를 벌름거리는 꼴이 뭔가 꺼리를 찾는 모양이다. 극장 수위와 청소부 여자가 뭐 씹은 얼굴로 일어선다. 극장수위가 칵- 하는 소리로 가래를 뱉어낸다. 놈이 극장 앞을 지나는 매일 아침 극장수위는 저렇게 가래를 뱉어낸다. 없는 가래도 억지로 만들어 뱉어내는 극장수위가 가끔은 우중충한 극장 간판처럼 보일 때가 있다. 극장 안으로 들어서던 수위가 뒤돌아 놈을 째려본다. 동자가 사라져버린 수위의 눈은 백태가 낀 것처럼 온통 하얗다. 그러다 영영 하얀 눈이 돼버릴까 은근히 걱정이 된다.

차도 다니지 않고 인적도 없는 거리에 나만 달랑 남았다. 서부영화에서 종종 볼 수 있는, 그러니까 적과 단둘이 모래바람 날리는 황량한 거리에서 총을 빼들고 서 있는 장면이 떠오른다. 그렇게 멋진 조우였다면 얼마나 좋겠는가. 불행하게도 난 고개도 제대로 쳐들지 못하고 열심히 체인을 거는 체 부산을 떤다. 놈이 나에게 아무런 관심 따위도 없이 그냥 지나쳐 주기만을 바라는 맘으로 말이다. 반복해서 말하지만 난 제대로 되는 일이 없는 놈이다. 말하자면 멀건 죽을 먹다가도 괜히 멀쩡한 이빨이 부러지는 어처구니없는 일이 나에게는 종종 발생한다. 오늘이 그날이 아니기를 매일 기도하는 마음으로 살아가는 수밖에 별 도리가 없다.

체인이 걸렸다. 손으로 페달을 잡고 천천히 돌려본다. 뒷바퀴가 경쾌하게 돌아가는 것과는 상관없이 내 신경은 놈에게 온통 쏠려있다. 자전거 바퀴를 사이에 두고 놈과 눈이 정면으로 마주친다. 나는 얼른 눈을 내리깐다. 달려들기라도 한다면 어쩌겠는가. 생각만으로도 끔찍하다. 한 번 물면 살점이 떨어지기 전에는 결코 놓지 않을 것 같은 톱날 같은 이빨에 기가 질린다. 놈이 쿵쿵거린다. 뭔가 냄새를 맡는 것 같다. 아무렴 제 놈보다야 더러운 냄새가 나겠는가. 놈이 저렇게 지척에서 어슬렁거리니 오금이 저려온다. 멀쩡한 자전거를 이리 만지고 저리 만지는 것도 못할 짓거리다. 놈을 향해서 확 자전거를 밀어버리고 줄행랑이라도 치고 싶은 맘 굴뚝같다.

놈이 엉덩이를 주춤주춤 내리는가 싶더니 굵은 똥 덩이를 세 번에 걸쳐 밀어낸다. 보는 것만으로도 온기가 느껴지는 똥은 굵고 탐스럽다. 얼마나 좋은 것을 먹는지 몰라도 똥에서 기름기가 자르르 흐른다. 바로 눈앞에서 개가 똥을 싸는 모습을 지켜본다는 것은 정말이지 못 할 짓이다. 이른 아침 빈속에 굵직한 개똥을 만난다고 상상해 보라. 속이 울렁거린다. 끅-끅- 헛구역질을 한다. 이런 비참함을 견디고 있어야 하는 내가 영 한심하다. 하지만 어쩌겠는가 놈은 개 중에서도 사납기로 맹위를 떨치는 독일 산 노트바일러인 것을. 온통 새카만 털 속에서 결코 사정을 봐줄 것 같지 않은 덤덤한 눈과, 갈아놓은 듯 날카로운 이빨만이 빛날 뿐이다.

놈보다 더 꼴 보기 싫은 것은 그 주인작자다. 놈의 목줄을 한 손에 쥐고 느긋하게 자전거위에 얹어진 신문 한 부를 펼치더니 하나도 바쁠 것이 없다는 표정으로 읽어 내려간다. 마치 신문이 제 것이라도 되는 것처럼 거리낌 없이 펼쳐보는 작자를 보자니 부아가 치밀어 오른다. 놈의 목줄을 잡고 거리를 어슬렁거리는 작자의 행동거지에는 눈뜨고 못 봐 줄 그 무엇이 있다. 놈과 마주치면 은근히 겁을 집어먹고 슬슬 피해 가는 사람들 앞에서 작자의 거들먹거림은 극에 달한다. 턱은 하늘을 향하고 상체는 뒤로 제켜지는가 하면 걸음걸이는 팔자가 된다. 얼마나 몸을 뒤트는지 멀리서 보면 자칫 기형적으로 보이기도 한다. 누가 뭐라고 한 마디 하기만 한다면 금세 놈의 목줄을 놓아 버리고 말 것 같은 기세다. 작자는 은근히 그런 우쭐함을 즐기기 위해 매일아침 놈을 몰고 나오는 지도 모를 일이다.

"세상 천지에 할 짓이 없어 병신들 등을 쳐 먹어…… 병신보다도 못한 놈."

사회면을 뒤적거리던 작자가 입을 거칠게 놀린다. 조금이라도 놈과 작자의 곁에 있다가는 분명 토해내고 말 것 같은 기분이다. 나는 얼른 자전거 앞에 달린 바구니에서 신문 다섯 부를 꺼내들고 보험사 건물을 향해 달린다. 평상시 같으면 자전거를 타고 갔어야 할 거리지만 나는 도망치듯 그 자리를 벗어나는데 급급하다. 작자는 자전거 위에 신문을 펼쳐놓고 있고 놈은 그 옆에서 방금 내놓은 제 똥의 냄새를 킁킁거리고 있는 판이니 별

도리가 없다.

　엘리베이터 안. 10층 버튼을 누르고 숨을 몰아쉰다. 급하게 뛰었던 탓인지 헉헉 숨이 찬다. 바닥에 신문을 깔고 앉는다. 좀 진정이 된다. 문득 작자가 무슨 기사를 보고 지껄였는지 궁금해진다. 깔고 앉았던 신문 중에 한 부를 꺼내 사회면을 펼친다.

　사회복지 비 인가시설 원장이 구속된 기사다. 5명의 지체부자유자를 데리고 있으면서 매달 정부 보조금을 받았다. 원장은 돈을 착복했고 원생들은 가축이나 다름없는 대우를 받으며 생활했다. 수갑을 찬 채 고개를 숙인 원장의 행색은 초라하다. 어느 모로 보나 호화 생활을 했을 리 만무한 원장의 모습은 차라리 비극적이다. 불쌍한 사람들의 돈을 착복해서일까 고개 숙인 원장의 뒷모습이 흐늘거리는 음영 속에서 빗물처럼 흘러내린다. 괜히 식전 댓바람부터 기분이 찜찜해진다.

　자전거 위에는 작자가 보던 신문이 그대로 펼쳐져 있고 놈과 작자는 보이지 않는다. 놈이 뱃속에서 내놓은 굵직한 똥만이 길한 복판에 있을 뿐이다. 나는 작자가 보던 신문을 구겨서 아무 데나 휙 던져버린다. 작자의 손길이 묻은 신문을 보는 것만으로도 재수가 없을 판이다.

　"이런 씨부랄 놈의 새끼를 봤나. 개새끼를 끌고 다닐라면 똥을 치우던지, 아니면 문밖으로 데리고 나오질 말던지 허구헌날 길 한복판에다가 똥오줌을 싸놓고 가버리면 도대체 누구보고 치우란 말이야. 그냥 콱 낯바닥에다가 똥을 쳐발라버렸으면 속이 후련하겠어 정말.”

쓰레받기와 빗자루를 들고 나오던 청소부 여자는 이미 사라져버리고 없는, 놈과 작자를 향해 씹어뱉는 소리를 한다. 그도 그럴 것이 종종 극장 앞에 버려진 똥을 치우게 되는 경우를 당하는 꼴이고 보니 부아가 치밀 만도 할 것이다. 극장수위가 가래를 뱉어내는 것이나 청소부 여자가, 이미 놈과 작자가 사라져버린 길에다 대고 상소리를 질러대는 것이나 별반 다를 것이 없다. 내일 아침 또 놈과 작자를 만나면 제대로 한 마디 하지도 못하고 은근슬쩍 극장 안으로 들어갔다가 똑같이 똥을 치우러 나오며 고래고래 소리를 질러댈 것이다. 극장 수위가 가래를 돋우는 소리나 청소부 여자가 헛 고함을 질러대는 소리나 이젠 정말로 진력이 난다.

청소부 여자의 고함소리는 종종 듣는 내 어머니의 그것과 흡사하다. 아줌마들은 성난 목소리도 닮는 모양이다. 어머니는 종종 내 방문에다 대고 소리를 질러대곤 한다.

“코피 터지게 공부를 해야 할 나이에 허구장천 방구석에만 틀어박혀 있으면 대체 어쩌자는 거냐 이놈아! 남 보기도 창피하니 제발 좀 나가기라도 해라 이 망할 놈아.”

동네 아줌마들이 다녀 갈 때마다 하는 레퍼토리다. 당연히 나는 집안에 다른 사람들이 찾아오는 것을 끔찍하게도 싫어한다. 누군가 집안에 드는 기색이 있으면 쥐 죽은 듯 처박혀 있기 일쑤다. 특별한 경우, 정말로 방광이 터질 것처럼 불러와 도저히 견딜 수 없을 경우를 제외하고는 그들이 갈 때까지 내 방에서 꼼짝도 하지 않는다.

"이 원수 같은 놈아 그렇게 내 속을 끓였으면 됐지 정말로 나를 보타죽일 작정이냐? 학교에서 짤렸으면 기술이라도 배우던지…… 참말로 내가 너 때문에 제명에 죽기는 진작에 글러버렸지 싶다."

한참을 내 방에다 대고 소리를 질러댄 후 어머니는 신경안정제를 삼킨다. 벌컥벌컥 물을 들이켜는 소리가 내 방에까지 들릴 때면 나는 이불을 한껏 뒤집어 쓴 채 귀를 막아 버린다.

청소부 여자가 뭐라고 씹어뱉는 소리를 하며 놈의 똥을 쓰레받기에 담아내는 것을 뒤로 하고 나는 다시 자전거에 오른다. 오늘도 그 영감태기한테 잔소리를 듣지 않으려면 빨리 가야 한다. 늙으면 정말 아침잠이 없다는 말이 딱 맞는가 보다. 저 앞 야식집 사거리에서 좌회전하면 5층짜리 상가 건물이 보인다. 그 상가건물 옥상에 건물주 영감이 산다. 영감은 정확히 새벽 5시 30분이면 문 앞에 쪼그리고 앉아 나를 기다린다. 팔목에 회중시계만 한 손목시계를 차고 시간을 재고 있는 것이다. 행여 10분이라도 늦는 날에는 불벼락이 떨어진다.

"널린 게 신문쪼가리에 종이딱진데 무슨 배짱으로다 이렇게 늦는 거여. 천하에 게을러터진 놈덜 같으니라고."

막무가내 쏘아붙이고는 철문을 쾅 닫아버리는 것이다. 영감의 쩌렁쩌렁한 욕지기와 쾅 하는 철문의 울림은 건물 통로에서,

그리고 내 귓속에서 한동안 회오리바람처럼 휘돈다. 나는 다리에 힘이 풀린 채 멍하니 서서 회오리가 잦아들 때까지 기다렸다가 신문 한 부를 문 앞에 던져 놓고 내려온다. 계단을 내려오는 나는 한순간 난쟁이가 되어버린 기분을 맛보아야 한다. 팔 다리가 한없이 짧아져서 계단을 제대로 디딜 수 없고 5층 건물이 하늘만큼이나 높아 보인다. 검버섯이 덕지덕지 핀 영감태기가 어디서 그렇게 짱짱한 기운이 나오는지 알다가도 모를 일이다. 어쩌면 영감은 나에게 그렇게 못되게 구는 것으로 기운을 차리는지 모른다. 그렇게 소리소리 지르며 기운을 빼고 나면 밥맛도 좋고 운동이라도 한 것처럼 몸에서 진한 땀이라도 흘러내릴지 알 수 없는 일이다. 하여간 영감은 나에게 그렇게 포악을 부리는 것을 은근히 즐기는 눈치다. 그렇지 않고야 눈이 오거나 비가 와서 어쩔 수 없이 늦는 경우에도 똑같이 그렇게 못되게 굴수야 있겠는가.

영감이 나에게 포악을 부리는 것은 본 게임에 앞서 진행되는 전초전에 불과하다. 신문을 다 돌리고 보급소에 들어가면 흥미진진한 본 게임이 기다리고 있다. 제법 게임다운 구색을 갖추기 위해 관중까지 모여 있기가 일쑤다. 보급소 소장의 화끈한 액션과 현란한 욕설을 익히 알고 있는 배달사원들이 이런저런 핑계로 돌아가지 않고 게임을 구경하기 위해 모여 있는 것이다. 나는 보급소에 들어가면서 크게 숨을 몰아쉬고 기도한다. 제발 짧고 굵게 끝내 주소서……

"이런 씨팔, 정말 이 짓도 못해먹겠구만."

소장의 책상 위에 있던 재떨이가 막 자전거를 밀고 들어서는 나의 발치에서 요절박살이 난다. 어쩌면 그렇게 매번 최대한의 스릴을 만끽하게끔 발끝에서 깨지는지 미스터리다. 달밤에 체조하듯 텅 빈 사무실에서 혼자 재떨이 던지는 연습이라도 하는 모양이다.

"야 이 자식아! 구독자 하나 잡기가 어디 그리 쉬운 일인 줄 알아? 너 도대체 뭐 하는 자식이야 생긴 건 멀쩡해 가지고 하는 짓은 고문관이냐 말야."

벌떡 일어난 소장이 주먹으로 철제 책상을 쿵쿵 내려친다. 보급소 안이 쩌렁쩌렁 울린다. 관중들의 놀란 눈빛에 오버랩 되는 희열과 연민. 당하는 나는 쪽팔리고 겁을 좀 집어먹지만 보는 입장에서야 이보다 더 재미난 구경거리가 없다. 하지만 너무 상심할 필요는 없다. 다음번에는 내가 그들처럼 입가에 야릇한 미소를 머금고 즐기고 있을 게 뻔하기 때문이다.

"너 어쩔꺼야? 만약에 그 영감이 진짜 신문 안 본다고 하면 어쩔꺼냐고?"

코앞으로 검지를 찔러댄다. 아차 하는 순간에 정말 콧구멍을 걸어버릴지도 모른다. 벌써 얼굴은 침으로 뒤발이 된다.

"만약 그런 날에는 달달이 네 월급에서 깔 줄 알아. 꼴도 보기 싫으니까 당장 꺼져버려 임아."

정작 소장의 현란한 액션은 그 말을 하기 위한 리셉션이었던 것이다. 내가 잘못해서 놓친 구독자는 내가 책임지라는 말에 못을 박기 위한 일종의 멍석깔기였던 셈이다. 완벽하게 마무리를 마친 소장은 웃옷을 훌러덩 벗어 던진다. 갱 영화는 많이 봤는지 옷 벗어 던지는 솜씨 하나는 걸작이다. 시들한 등껍질에서 비에 젖은 듯 흐릿한 용 한 마리가 날아보려는 듯 안간힘을 쓴다. 제 등을 볼 수 없는 소장은 섬짓하게 푸른 용을 상상하고 있을 것이다.

철문을 쾅 닫고 집으로 들어간 영감은 득달같이 보급소로 전화를 넣는다. 요리조리 소장의 성질을 달군 후 영감은 애들 교육 똑바로 시키라는 말을 끝으로 쾅 수화기를 내던진다. 좋게 말해서 교육이지 갈구라는 말이다. 배달사원 알기를 신문 사이에 끼우는 전단지 쪼가리보다도 못하게 여기는 소장이 가만히 있을 리 없고 이래저래 또 구겨지는 것이다. 망가지고 찌그러지는 것이 어디 소장에게 뿐이겠는가. 신문을 싣고 거리로 나가는 순간 발에 차이는 돌멩이와 다를 바 없는 대우를 당하기가 일쑤다. 삑 하면 반말이요 빵 하면 클랙슨을 요란하게 울려대는 통에 움칠움칠 넘어지기도 다반사다. 신문을 돌리는 동안 내 이름은 '야! 신문' 이다. '야! 신문, 이리 와봐', '야! 신문, 남는 거 있으면 한 부 줘봐' 다를 이렇게 말한다. 정말이지 신문배달은 다분히 높은 인격을 요하는 직업임에 틀림없다.

새벽에 자전거를 타고 달리면 기분이 상쾌해야 하는데 그렇지 못할 때가 많다. 상가 밀집지역인 이곳은 밤새 내놓은 쓰레기들로 너저분하다. 게다가 어젯밤 또 고양이 떼가 출몰했는지 쓰레기 봉지는 처참하게 찢겨있고, 음식물 쓰레기통은 엎어진 채 내용물을 쏟아놓고 있다. 악취도 악취려니와 보기 민망할 정도로 찌꺼기들이 흩어져 있다. 요즘 고양이들은 서너 마리씩 떼를 지어 다닌다. 가끔 어두운 골목에서 맞닥뜨릴 때가 있다. 좀처럼 도망가지 않고 눈알을 부라리며 털을 곤추세우는 녀석들은 독기로 가득 차 있다. 녀석들은 언젠가 인간들을 몰아내고 쓰레기가 널린 이 도시에 고양이 공화국을 세우고 말 것이다.

편의점 모퉁이를 돌아 세무사들이 군데군데 세 들어 있는 길로 들어선다. 듣던 대로 세무사들은 벌이가 좋은가 보다. 자회사에서 발간되는 경제신문까지 구독하는 경우가 많다. 그리고 다른 회사의 신문을 한두 부씩 더 구독하는 사무실도 많다. 사람들이 북적거리는 식당이나 수십 명이 한꺼번에 근무하는 사무실이 아니고는 어림없다. 나는 이 근처 건물들을 돌며 꽤 많은 부수를 뿌린다. 신문대금도 밀리지 않고 꼬박꼬박 잘 내니 소장에게는 우수 구독자에 해당된다. 그러니 신문도 꼼꼼히 잘 넣어야 하고 셔터가 내려진 건물에는 'ㅇㅇㅇ세무사 님'이라고 신문 윗면에 반드시 적어서 넣어야 한다. 이 모두가 세무사들 비위를 맞추려는 소장의 특별교육(?)에서 비롯되었다. '님'자를 써넣으면서 나는 비위가 상한다. 신문 한 부 더 보면 '님'이고 그렇지 않으면 그냥 구독자다. 신문 한 부에 엄연한 신분의 격차가 나누어지는 것이다. 할 수만 있다면 소장 놈 좆 대가리에

먹물을 발라 '님' 자를 수천 번이라도 쓰게 하고 싶다.

　세무사 거리를 다 돌리고 나면 한결 자전거가 가벼워진다. 그렇다고 무작정 속력을 내며 달려서는 안 된다. 밤이면 무법천지나 다름없다. 질서고 법이고 아무것도 없는 게 바로 도시의 밤이다. 어디서 뭐가 튀어나올지 장담할 수 없다. 아직 해뜨기 전이라 거리는 어둑어둑 하다.

　대여섯 명의 젊은이들이 흐트러진 모습으로 걸어온다. 걸음걸이나 윤곽만으로도 그들이 누구인지 대번에 알 수 있다. 가까이에서 보면 그들은 풋내가 풀풀 나는 십대 후반이나 이십대 초반이다. 사내 녀석들은 넥타이를 풀어헤친 채 구두를 질질 끌고 있고 계집애들은 술에 취해 몸도 제대로 가누지 못한다. 밤업소의 불나방들이다. 계집애 둘에 사내 녀석 셋이다. 새벽이면 저런 불나방들을 자주 만난다. 불나방들은 새벽이면 끼리끼리 달방을 향해 허우적거리며 걷는다.

　계집애 하나가 완전히 맛탱이가 갔는지 사내 녀석 둘에게 거의 들려서 간다. 신발이 벗겨진 두 발의 스타킹은 줄이 죽죽 나가 있다. 까만 스타킹 위로 맨살이 희끗희끗 드러나 보이는 광경은 코끝이 찡할 정도로 희극적이다. 가로등 불빛 때문에 그런대로 봐 줄만 하지, 날이 환하게 밝았다면 정말로 꼴불견이었을 것이다. 푹 꺾어진 고개가 서리 맞은 배추통 같다. 들린 상체 밑으로 허연 속살의 허리가 드러나 보인다. 아무도 신경 쓰는 사람은 없다. 사내 녀석 하나는 지폐를 헤아리며 걷는다. 제법 많

은 팁을 받은 모양이다. 기어이 계집애가 토해내고 만다. 끅-
끅- 쏟아낸 토사물이 부축하고 있는 두 녀석의 구두 위로 튄다.
그러거나 말거나 돈을 세던 녀석은 기분이 우쭐한지 처음부터
다시 돈을 헤아린다.

"씨팔년! 별거 다 나오네. 냄새 졸라 드럽구만. 내일부터 냄새
나는 거 처먹으면 뒈질 줄 알어."

부축하고 있는 한 녀석이 침을 뱉어낸다. 술이 좀 덜 취해 보
이는 계집애의 한 손에는 술 취한 계집애의 굽 높은 구두 두 짝
이 들렸다. 저렇게 높은 구두를 신고 다녀서 멀미가 난 것은 아
닐까 하는 상상을 해 본다. 다른 한 손에도 컵라면 몇 개를 담은
비닐봉지를 들고 있다. 컵라면 국물로 속 풀이를 하려는 심산이
다. 저희들끼리 컵라면으로 속풀이를 하고 있을 때 정작 부모들
은 속이 썩어나고 있을 것이다.

나도 가출이라는 것을 해봐서 잘 안다. 아직 학교를 다니던,
중학교 2학년 가을께였다. 한창 뼈가 굵어지고 거웃이 시커메지
던 시절 나는 상하방 미닫이문을 이단 옆차기로 부시고 가출을
했다. 어머니가 땟국 줄줄 흐르는 막노동꾼을 집안으로 끌어들
인 것이 화근이었다. 학교에서 돌아오니 웬 거지 사촌이 떡 하
니 밥상을 받고 있었다. 제법 돼지비계까지 올려진 밥상은 그런
대로 구색을 갖추고 있었다. 나를 보자마자 그 거지 사촌은 입
을 헤- 벌리고 웃었다. 씹다만 김치와 돼지비계 그리고 밥알이
침으로 이겨져 마치 음식쓰레기를 한 움큼 물고 있는 것 같았

다. 첫 대면부터가 비위가 싹 가셨다. 순간 어머니를 째려 봤지만 끔쩍도 하지 않았다

"어서 씻고 밥이나 먹어."

천연덕스럽게 거지 사촌의 밥그릇에 살코기를 골라서 얹어주고 있었다.

그 날부터 불편한 동거가 시작되었다. 미장이질을 하는 그는 제법 건실해서 꼬박꼬박 거르지 않고 일을 하는 눈치요 일당도 착실히 어머니에게 갖다 바치는 모양이었다. 하지만 내가 참지 못하는 것은 그가 밥상을 물리고 난 후부터다. 미닫이문을 사이에 두고 들려오는 그 끈적거리는 신음소리와 괴성은 정말이지 참을 수 없었다. 오직 그것을 목적으로 생겨난 놈처럼 하룻저녁에도 몇 번씩 어머니를 짓누르는 통에 공부는커녕 제대로 잠도 잘 수가 없었다. 그놈도 그놈이지만 그놈 밑에서 생 지랄을 떨어대며 헉헉대는 어머니가 더 미웠다.

미장이놈이 오고부터 어머니는 다니던 건물 청소를 그만두었고 반짝거리는 주방용품을 사 나르기 시작했다. 더불어 내가 등교하기 위해 집을 나설 때면 천 원짜리 한 장씩을 호주머니에 찔러 넣어주곤 했다. 어머니는 얼굴에 살이 오르고 짐작할 수 없는 웃음을 하루에도 몇 번씩 베어 물었지만 나는 왠지 그런 어머니의 얼굴이 낯설게만 느껴졌다. 밤마다 내지르는 미장이놈과 어머니의 교성을 들을 때면 채 소화도 되지 않은 밥알이 자꾸만 목구멍 밖으로 밀려나오려고 했다. 나는 도저히 그 메스

꺼움을 견딜 수가 없었다. 미장이 놈의 발기한 성기에서 뿜어진 노동력이 어머니의 뱃속으로 들어가 급기야 탄성으로 뿜어져 나오고 그 탄성이 살림살이가 되고 기름진 밥이 되고 내 용돈이 되고 있었다.

반쯤 삭은 쇠고기 미역국을 방바닥에 꺽-꺽- 쏟아내던 날 밤, 급기야 나는 미닫이문을 박살내고 그 길로 가출을 했던 것이다. 나는 거지같은 미장이놈의 등이나 처먹는 창녀의 자식으로 살고 싶지는 않았으며 날마다 속 울렁거림을 견뎌낼 자신도 없었다. 싸돌아다닐 만큼 싸돌아다니고 나서야 돌아온 집은 나갈 때보다도 더 휑한 기운이 돌았다. 미장이는 가고 없었고 어머니는 골이 빈 여자처럼 눈이 흐리멍덩해져 있었다. 솔직히 내가 가출해버린 것이 걱정이 돼서 그런 것인지 그가 가버린 것이 못내 아쉬워서 그런 것인지 딱히 가늠할 수 없는 눈빛이었다.

불나방들의 퇴근길은 어둠이 밀려가듯 그렇게 스멀스멀 멀어진다.

허기가 진다. 절반쯤 신문을 돌리고 나면 뱃속에서 뭔가 소화시킬 것을 원한다. 수많은 건물을 드나들며 계단을 오르내리다 보면 저절로 배가 고파진다. 나는 이 허기지는 기분이 즐겁다. 매일 빈둥거리며 하루를 보내는 나에게 적당한 자극은 쾌감을 느끼게 한다.

세탁소 앞을 지난다. 이 집은 어제 소리 소문 없이 이사를 가버렸다. 신문대금은 세 달이나 밀려있었다. 밀린 신문대금은 받을 길이 없다. 밀린 신문대금을 손수 주고 이사 가는 사람을 만나기란 못생긴 여자가 능력 있는 남자를 꼬시는 것만큼이나 어렵다. 적당히 눈치를 살피다가 소장 기분이 좋다고 판단되는 날 얼른 말하고 넘어가야 한다. 잘못 걸리면 또 푸닥거리 한 판을 각오해야 한다. 신문대금이 밀려있는 집은 혹시나 이사를 가는지 잘 살펴야 한다. 혹여 누가 신문배달이 단순직종이라고 말한다면 그놈의 콧잔등에 주먹을 날려줄 것이다. 구독자의 동태까지 일일이 살펴야 하는 현실 앞에서 단순직종이라니 어림 반 푼어치도 없는 소리다.

자전거를 세운다. 2층 사채업자 사무실에 신문을 넣기 시작한 지 두 달이 가까워 간다. 서비스 기간이 끝나간다는 얘기다. 다음 달부터 소장은 지로용지를 발부할 것이다. 건너편에서 환경미화원 두 사람이 부지런히 청소차에 쓰레기 봉지를 던져 넣는다. 운전사는 백미러로 작업진척 상황을 확인한다. 매일 이곳에서 청소차를 만난다. 말하자면 청소차와 내가 교차하는 지점이 사채업자 사무실 앞이라는 소리다. 신문을 들고 계단을 오른다. 사채업자 사무실은 신문 한 부 넣을 틈도 없이 굳게 철문이 닫혀있다. 도둑놈들이 행여 사채업자 사무실을 털려거든 필히 용접기를 동원해야 할 것이다. 문에는 손잡이가 없다. 열쇠구멍이라도 있을 텐데 근 두 달 동안 나는 바늘구멍 하나도 찾지 못했다. 사무실 옆에 있는 화장실로 간다. 세면대 위 수건걸이 위에 신문을 걸쳐놓는다. 신문 구독 전화를 할 때 사채업자는 신문

놓아 둘 곳을 지정해 주었다.

화장실 환풍기를 통해 밖을 내다본다. 신문 한 부가 도난당하고 있다. 나는 매일 아침 이곳 화장실에서 신문 한 부가 도난당하는 광경을 목격한다. 나는 신문 한 부가 무사히 도난당하기를 기다리며 담배 한 개비를 피운다. 범인은 잠바 속 겨드랑이 사이에 뱀의 혓바닥처럼 날름 신문을 끼워 넣고 빠르게 등을 보인다.

나는 높은 층을 다녀 온 것처럼 헐떡거리며 뛰어나간다. 운전기사의 얼굴을 쳐다본다. 운전기사는 여전히 백미러를 흘끔거린다. 운전기사는 흘끔거리는데 익숙해 있다. 저렇게 흘끔거리면서도 사이사이 모든 것을 빠르게 훑어본다. 운전기사는 나에게 한 번도 신문을 달라고 하지 않았다. 신문 한 부 달라고 말하는 것보다 빠르게 겨드랑이 사이로 집어넣는 것이 훨씬 편한 것이다. 아침마다 그는 신문을 훔쳐야 하고 나는 그가 범행을 마무리 지을 때까지 지켜보며 기다려야 한다. 그는 신문 한 부를 얻기 위해서 매일 아침 잠바 속 심장을 열었다 닫아야 한다. 언젠가는 아침 찬바람이 그의 심장을 얼어붙게 만들고 말 것이다. 서서히 청소차가 움직이기 시작한다. 나도 자전거페달을 밟는다. 언젠가는 운전기사와 정면으로 눈이 마주칠 때가 있을 것이다. 아마도 운전기사는 내 눈을 보고 오줌을 지릴 만큼 깜짝 놀랄 것이다. 나는 그런 눈빛을 보일 수 있다.

다음은 주차장이다. 주차장 안에는 밤새 고이 모셔둔 고급차량들이 꽉 들어찼다. 대부분 시내에서 장사하는 업주들의 차들이다. 내가 새벽부터 일어나 운동화 밑창이 닳을 만큼 발품을 팔고도 저 차들 하룻저녁 숙박비에도 훨씬 못 미치는 돈을 받는다고 생각하면 정말이지 입맛이 뚝 떨어진다. 따지고 보면 저 차들이 나보다 더 팔자가 좋다. 화려한 옵션으로 한껏 멋을 부린 데다가 하루가 멀다 하고 하는 세차에 광택까지, 막말로 돈을 쳐 바르는 꼴이다. 밑창이 벌어진 신발에 순간접착제를 발라야 하는 내 처지와는 비교도 할 수 없다. 조금 적나라하게 말하자면 머리끝에서 발끝까지 내 몸에 걸친 거 다 팔아봐야 저 차들 타이어 한 짝도 살수 없다. 그러니 저런 차를 끌고 다니는 사람들이 나를 어떤 눈으로 볼지는 과히 짐작하고도 남음이 있다.

　내가 사람취급을 못 받는다는 사실은 나를 대하는 주차관리소 직원의 행티만 보더라도 단박에 알 수 있다. 머리가 포물선 모양으로 벗겨진 관리소 직원은 차들이 들어올 때마다 허리를 꾹꾹 꺾으며 헤실거린다. 그렇게 날이면 날마다 머리를 조아려 대니 머리털이 쑥쑥 빠져나가는 것이다. 확인할 길은 없지만 아마도 허리디스크도 심하지 않을까 의심된다. 이제 오십대 초반인 그는 얼른 보기에 육십 대 중반처럼 보인다. 몇 올 안 남은 주변머리의 효과 때문이다. 말장난 같지만 참말로 그는 주변머리가 없다. 그는 새파랗게 젊은 사람들을 상대로 허리를 굽혀가며 '사장님' 소리를 납죽납죽 잘도 한다. 좀 과장하자면 '사장님' 소리를 기름칠한 목구멍에 달걀노른자 넘기듯 한다. 간간이 그 사장님들에게 받는 팁은 허리가 아픈 것도 머리털이 빠져나가는 것도 잊게 하는 환각제 역할을 한다. 장담하건대 조만간 그 주변머리마저 빠지고 허리는 건사를 못할 정도로 뒤틀려서 내려앉고 말 것이다. 솔직히 내가 이렇게 악담을 하는 데는 그럴만한 사정이 있다. 그는 평소 나를 대하길 불쌍해서 신문 한 부 봐 준다는 격으로 거렁뱅이 취급을 했다. 내가 들어가면 뭐 부정한 것이라도 들어왔다는 식으로 인상을 구기는가 하면 행여 뭐 물건이라도 없어질까 해서 경계를 하고 쳐다본다. 정말 재수 없는 눈빛이다. 그런 그가 차에서 내리는 사람들을 향해 얼굴을 싹 바꾸고 활짝 웃으며 '사장님 좋은 하루 되십시오' 할 때는 정말이지 주둥이에 호치키스를 박아버리고 싶어진다. 정말로 분통터지는 일은 그러니까 깨진 주차관리소 유리창에서부터 시작되었다.

추적추적 비가 내리는 날이었다. 비옷은 여간 거추장스럽고 꿉꿉했다. 빨리 비옷을 벗어버리고 싶은 마음 굴뚝같았다. 그날따라 주차장에는 차들이 많았다. 관리소 앞에 다다랐을 때 나는 깜짝 기분이 좋아졌다. 관리소 유리창이 보기 좋게 깨져 있었던 것이다. 술 취한 행인의 짓이거나 평소 주차 관리소 직원과 사이가 안 좋은 누군가의 짓일 것이었다. 깨진 모양으로 보아 주먹만 한 돌을 던진 게 분명했다. 가운데 깨진 구멍을 중심으로 거미줄처럼 수없이 많은 금들이 그어져 있었다. 꿉꿉한 비옷을 입고 있는 와중에도 나는 훅 웃음이 나올 만큼 기분이 좋았다. 솔직히 말하면 속이 후련했다. 내가 했더라면 더욱 기분이 고소했겠지만 아무렵 어떻겠는가 그 관리소 직원 놈의 기분을 잡쳐 논 것은 물론이거니와 손해까지 입혔으니 아쉬울 것이 없었다. 나는 속으로 쾌재를 불렀다. 그리고 장난기가 발동했다. 관리소 출입문을 열고 신문을 넣어야 했지만 흥분된 기분이 그렇게 밋밋한 일상을 만들게 하지 않았다. 나는 깨진 구멍을 향해 콧노래를 부르며 신문을 접어서 훅 던져 넣었다. 기분이 째졌다. 참으로 통쾌하고도 시원했다. 거기까지는 정말로 좋았다. 횡 접혀서 날아가던 신문이 펴지는가 싶더니 금간 채 간신히 매달려 있던 유리를 건드리고 말았다. 쨍그랑. 유리파편 떨어지는 소리가 났다.

"야 신문새끼! 너 거기 서."

황급히 자전거를 몰고 나가려던 나를 잡아 세우는 목소리가 있었다. 얼른 보기에도 꽤나 신경질이 나 있는 관리소 직원이 자동차 사이에서 황급히 걸어 나왔다. 관리소 직원을 미리 보지 못한 것이 실수였다.

"이 씨발 놈이 죽을라고 작정을 했나……."

놈은 다짜고짜 내 멱살부터 잡았다. 자전거는 넘어지고 신문은 빗물이 흥건한 바닥에 널브러졌다. 어찌나 세게 숨통을 조이는지 숨이 콱콱 막혔다.

"깨진 유리창으로 신문 던져 넣는 재미가 쏠쏠하냐? 이 좆만한 놈 아주 손목뎅이를 분질러버릴까 보다 이 씨-."

밀어붙이는 힘이 어찌나 센지 제대로 버티지도 못하고 뒤로 쭉쭉 밀려났다. 게다가 한 손은 주먹을 쥐고 마치 때리기라도 할 듯 헛손질을 해댔다.

"오늘 재수 드럽게 없네. 이런 날파리 새끼까지 깝쭉대니까 아주 돌아버리겠구만 씨발."

놈이 나를 확 밀어버리는 통에 나는 뒤로 벌러덩 넘어지고 말았다. 비도 구질구질 내리는데 정말 추접스럽고 더러워서 참을 수가 없었다. 나는 벌떡 일어나서 놈을 째려봤다. 꽉 쥔 주먹이 파르르 떨렸다.

"어쭈 이 자식이 눈알을 까뒤집네. 그래 어쩔래 잘 하면 치겠다? 쳐봐라 쳐 봐."

놈이 턱주가리를 치켜들고 주춤주춤 다가섰다. 눈에는 비아냥거림과 경멸이 가득했다. 정말이지 한 대 쥐어박아 버리고 싶었다.

"띠이 – 띠이 –."

자다가 깼는지 순찰차 안에서 경찰이 클랙슨을 울렸다. 와이퍼가 느리게 움직였다. 순찰차는 자주 주차장 신세를 진다. 길가에 세워두고 잠을 자면 신고가 들어가니 주차장에 틀어박혀 잠을 자는 것이다. 언제부터 자기 시작했는지 몰라도 부스스한 얼굴에 잔뜩 인상을 찌푸리고 있었다. 무슨 일이냐고 묻기보다는 왜 소란을 피워서 단잠을 깨우느냐는 표정이었다.

놈이 그런 경찰을 쳐다보면서 손을 흔들어 보였다. 아무 일도 아니니 그저 자던 잠이나 자라는 제스처다. 역겹게도 놈의 얼굴에는 친절로 가장한 비굴함이 짙게 배어있다. 경찰은 뒤로 젖혀진 의자에 벌러덩 몸을 넣고 그대로 눈을 감아버렸다.

"발로 콱 차버리기 전에 후딱 꺼져 씨발 놈아."

놈이 어깨를 으쓱 해 보이며 뒤돌아섰다. 놈은 카멜레온 띠를 타고났음이 분명했다. 수시로 바뀌는 얼굴 표정이 과히 카멜레온을 능가하고도 남음이 있다. 바닥에 흐트러진 신문을 다시 주워서 자전거에 싣는데 눈물이 핑 돌았다. 비옷 속으로 빗물이 스며들었다. 척척하게 젖어드는 빗물이 온몸을 시리게 했다. 엿같은 하루였다.

조금 있으면 날이 환하게 밝아올 것이다. 서둘러 신문을 돌려야 한다. 세상이 밝아지기 전에 모든 신문을 돌려야 진정한 신문배달부다. 신문배달부는 아침을 여는 사람이다. 아침이 열리기 전에 아침을 열어야 한다. 출근하자마자, 눈뜨자마자, 집어들었을 때 독자는 신문에 대한 매력을 느낀다. 출근한 후, 눈 뜬 지 한참 지난 다음에 배달되는 신문은 한쪽 귀퉁이에 고대로 쌓여지게 마련이다. 신문의 진정한 의미는 정보전달에 있는 것이 아니라 신속한 배달에 있다. 고로 신문 배달부는 막중한 사명감을 가지고 배달에 임해야 하며 모든 구독자는 신문을 대할 때마다 신문 배달부의 노고에 대해 깊이 감사하는 마음을 가져야 하는 것은 너무도 당연한 이치다. 이상은 인터넷 사이트 신문배달부들의 동호회 '배달의 기수'에서 보고들은 너스레들이다.

마지막으로 행복맨션만 돌리면 된다. 새로 지어지거나 건물 용도를 변경한 오피스텔은 몇 개 있지만 맨션은 딱 하나밖에 없다.

물론 아파트도 없다. 이런 상가 밀집지역에 맨션이 있다는 사실에 사람들은 가끔 놀라곤 한다. 오래 전 지어진 행복맨션은 대부분 이 근처에서 영업을 하는 사람들이 살고 있다. 그런 이유로 밤 늦게 들어와서 정오가 가까운 시간에 집을 나서는 사람들이 많다. 지금쯤이면 맨션은 동굴 속처럼 컴컴하고 고요할 것이다.

신문 일곱 부를 챙겨서 현관을 들어선다. 수위는 테두리에 무궁화 문양이 새겨진 남청색 모자를 푹 눌러쓰고 의자에 앉은 채 졸고 있다. 수위는 좀처럼 깨어있는 모습을 보기가 어렵다. 하는 일 없이 매일 밤 저렇게 퍼질러 자면서도 쫓겨나지 않는다는 것이 용할 뿐이다. 높은 층부터 차례로 들러서 신문을 넣는다. 복도는 발짝 소리를 내기가 미안할 만큼 조용하다. 신문 한 부가 남는다. 나는 신문 한 부를 일부러 더 가져왔다. 복도는 여전히 쥐 죽은 듯 조용하다. 205호 문손잡이에 매달린 우유주머니에서 1리터짜리 우유를 빼낸다. 바스락바스락 우유주머니가 배고픈 소리를 낸다. 빼낸 우유를 얼른 신문으로 싼다. 발뒤꿈치를 들고 달린다.

"야 임마! 거기 서."

쾅! 문 열리는 소리가 들리는가 싶더니 누군가 뛰어나온다.

"도둑놈 잡아! 저놈 잡아."

목청도 되게 크다. 기어이 오늘 조지는가 보다.

"우유 도둑이야! 우유 도둑!"

맨션 전체가 쩌렁쩌렁 울린다. 이 정도 큰 소리라면 아무리

곤하게 자던 사람이라도 단박에 잠에서 깨고 말 것이다. 달랑 우유 하나 훔치고 전문 절도범 취급당하는 꼴이다. 상황이야 어떻게 돌아가든 일단 뛰고 볼일이다. 훌쩍훌쩍 계단을 뛰어서 출입구 쪽으로 달린다. 그동안에도 쫓아오는 사람은 목이 찢어져라 소리를 질러댄다. 아무래도 오늘 제대로 걸린 것 같다. 무슨 영문인지 모르고 뛰어나온 수위는 잠이 덜 깬 표정이다. 어리둥절하게 서 있는 수위 앞을 냅다 뛰어서 지나친다. 신문지에 싼 우유를 자전거 바구니에 던져 넣고 바람처럼 올라탄다. 아무래도 지국을 옮겨야겠다. 이제 이 구역에서 배달하기는 글러먹었지 싶다. 다리에 힘을 바짝 주고 힘껏 페달을 돌려 밟는다. 철거덕-, 오늘 드디어 끝장을 보고 말 모양이다. 헛돈 페달이 야속하기만 할 뿐이다. 자전거 원망을 할 틈도 없이 내 뒷덜미는 큼직한 손에 꽉 틀어 잡힌다.

"이제까지 우유 다 없어진 거 네놈 짓이지?"

무슨 말이든 하고 싶지만 뒤쫓아 온 남자에게 뒷덜미가 틀어 잡힌 나는 찍 소리조차 낼 수 없다.

"두말하면 잔소리 아니것어 요놈의 자식이 곳간의 쥐마냥 그동안 우리 맨션을 드나들면서 죄다 훔쳐갔을 테지."

침을 튀기며 재게 입을 놀려대는 수위의 머리 위에 세시 방향으로 삐딱하게 모자가 돌아가 있다. 꼴로 봐서는 수위 자리도 아까울 위인이다.

"하루가 멀다 하고 없어지길래 내 오늘은 작정을 하고 기다리고 있었다. 우유가 없어진 게 우리 집뿐은 아니겠지. 그동안 전부 없어진 우유 값을 물어내지 않으면 가만두지 않을 테다."

남자는 정말로 작정을 하고 기다린 사람처럼 운동복에 운동화까지 착용하고 있었다. 필경 남자의 말처럼 자주 우유가 없어졌기에 그렇게 작정을 하고 기다렸을 테지만 정말이지 난 하늘에 맹세코 이번이 처음이다. 한번 훔치고 나면 나는 절대로 같은 집을 기웃거리지 않는다. 이것은 일종의 내가 정한 원칙이다.

"그럴 꺼 없이 이런 놈은 집어 넣어버려야 혀! 요즘 세상이 어떤 세상인디 요런 싸가지 읎는 짓을 하고 다닌단 말여……."

조금 전까지 쿨쿨 자고 있었을 수위는 한껏 목청을 높여 떠들어댄다. 어느새 하나둘 사람들이 모여들기 시작하고 유리창 밖으로 얼굴을 내민 채 구경하는 사람들도 보인다. 수위는 한껏 더 신명이 나는 모습이다. 세상모르고 쿨쿨 자던 종전의 위인이 아니다. 오랜만에 호재를 만난 사람처럼 팔딱거린다. 정황을 모르는 사람들은 나를 잡은 사람이 수위인 줄로 착각을 하고 있을 것이다. 수위가 어깨를 으쓱 해 보이며 수위실로 들어간다.

"아! 아! 관리실에서 알려드립니다. 아직 잠자리에 계신 주민 여러분께는 대단히 죄송합니다마는 필히 알려드릴 사항이 있어서 이렇게 방송을 하게 되얐습니다. 다름이 아니라 지금까지 우리 맨션에서 우유를 훔쳐가던 도둑이 잡혔으니 우유를 도난 당하셨던 주민들께서는 지금 즉시 관리실 앞으로 나오셔서 그동안 없어진 우유 값을 받아낼 수 있도록 함께 의중을 모았으면 좋겠습니다. 그리고 이번 기회에 이런 불미스런……."

수위의 방송이 다 끝나기도 전에 사람들은 많이도 불어났다. 내 얼굴을 한번이라도 쳐다보려고 사람들은 기웃거리고 수위는 그들 사이에서 범행현장을 목격이라도 한 것처럼 장황하게 설명을 하고 있다. 사람들은 열심히 열변을 토하는 수위의 얼굴과 내 얼굴을 번갈아 쳐다보면서 혀를 차는가 하면 욕지거리를 하는 이들도 있다. 누군가 신고를 했는지 백차가 경광등을 켜고 나타난다. 주차장에서 조금 전까지 잠을 자던 경찰 두 명이 근엄하게 차에서 내린다. 그중 한 명의 눈에 주먹만 한 눈곱이 달려있다. 젠장 오늘로서 신문배달도 끝인가 보다. 오히려 잘됐는지 모르겠다. 집에서는 골칫덩어리 하나 없어져서 다행이고 나는 더 이상 눈칫밥 먹지 않아도 되게 생겼으니 퍽이나 잘된 일이다.

날이 밝아온다. 언제나 날이 밝기 전에 배달을 끝내고 집으로 들어갔는데 환하게 밝아오는 하늘을 보니 기분이 묘하다.

수위의 마지막 말이 귓전을 맴돈다.

"저런 놈은 한번 잡아넣으면 내놓지를 말아야 한다니께. 저런 놈을 보고 유식헌 말로다가 사회의 암적인 존재라고 안 하더라고……."

서울의 달

서울의 한 예식장에서 나는 내내 졸았다.

수많은 사람들이 뿜어내는 이산화탄소와 소음이 아니더라도 나는 몹시 지쳐 있었다. 오소소 소름이 돋는 고속버스의 냉기와 서울에 입성하는 순간부터 혹여 길이나 잘못 들지 않을까 하는 괜한 조바심 탓이었다. 누군가 무릎을 밀치는 기척에 깨어보니 식이 끝났는지 저마다 식권을 꺼내들고 일어서는 중이었다. 무릎을 굽혀 길을 터주고 한동안 나는 멀뚱히 앉아 있었다. 정작 잠이나 자자고 이 먼 곳까지 왔는가 싶기도 하고 눈을 뜨는 순간 다시 오늘 중으로 돌아가야 한다는 생각에 선 하품이 연거푸 터졌던 것이다.

"찬식이 아이가? 이기 얼매만이고?"

정신을 차릴 사이도 없이 얼결에 뒤통수를 한 대 얻어맞은 나는 본능적으로 뒤를 돌아보았다.

"내다 임마! 민구 형. 덥수룩하이 촌스럽은 게 하나도 안빈했네. 억쑤로 반갑다이."

정작 변하지 않은 건 자신이었다. 소읍에서도 한참을 가서야 닿을 수 있는 외진 어촌에서 유학 온 그는 유달리 사투리가 심했다. 게다가 검푸른 얼굴빛하며 다른 녀석들 목에나 찰까 하는 작은 키 때문에 졸업할 때까지 줄곧 '원주민'이라는 별명을 붙이고 다니던 그였다.

"오— 랜만이네요."

나는 방금 맞은 뒤통수를 긁적이며 멋쩍게 그가 내민 손을 마주잡았다.

"우리는 안보이나 보지?"

명숙이었다. 나는 그 낯선 여자가 명숙이라는 사실을 알아차리는데 좀 시간이 걸렸다. 내가 기억하는 명숙은 시르죽은 앞니두 개 때문에 늘 크게 웃지를 못했으며, 단발머리에 철테 안경을 낀 채 항상 고개를 숙이고 다니던 부끄럼 많던 여학생이었다. 하지만 지금의 명숙은 전혀 다른 사람이었다. 누렇게 시르죽은 앞니 두 개는 새하얗게 변해있었고, 조잡한 철테 안경은온데간데없었으며, 심하게 층이 진 단발은 반지르르한 웨이브파마로 바뀌어 있었다.

"오빠 안녕!"

명숙의 옆에 바짝 붙어 선 미진이 손을 들어 알은 체를 했다. 학생 때도 몸이 날씬한 편은 아니었지만 좀 거북살스럽게 살이올라 있었다. 하지만 사내 녀석들 몸살을 시키던 그 요염한 태는 아직 그대로였다.

"자ー 신랑 신부 하객들께서는 기념 촬영이 있을 예정이니 지금 단상으로 올라와 주시기 바랍니다."

이런저런 인사도 나눌 사이 없이 우리는 기념촬영에 나섰다. 나와 동기였던 신랑은 잊어먹을 만하면 한 번씩 전화를 했다. 동대문에서 옷 장사를 배우고 있다는 그는 얼른 보기에도 빤질거리는 폼이 역력했다. 옆에 드레스를 입은 신부는 특별히 이마가 반짝이는 보기 드문 미인이었다. 사진 촬영이 끝나자 우리는 신랑 신부에게 간단한 덕담을 건넸다. 오후 비행기로 신혼여행을 떠난다는 두 사람과는 그것이 곧 작별인사나 다름 아니었다.

한바탕 손님을 치러낸 듯 지하 식당은 너저분하면서도 한산했다. 누린내가 진동하는, 게다가 게저분하기까지 한 갈비탕을 먹어내기란 쉬운 일이 아니었다. 이미 꾸덕꾸덕 마른 떡과 부침개는 좀처럼 손이 가지 않았고 시들한 푸성귀 찬은 보는 것만으로도 입맛이 사라졌다. 하지만 같은 테이블에 앉은 세 사람은 젓가락으로 이것저것 지분거리며 갈비탕 그릇에 수저 담갔다 빼기를 분주히 해내고 있었다. 괜한 음식에 나만 까탈을 부리나 싶어 좀 먹어보려 했지만 역시나 통 입맛이 당기질 않아 쭈뼛쭈뼛 그들 먹는 꼴이나 흘끔거려야 했다.

"니도 이 바닥에서 한 둬 바꾸 돌고 나믄 입맛부터 싹 바낄끼다. 살기위해가 닥치는 대로 처넣다 보믄 그기이 내 입맛이 되뿌는 기라."

시어터진 깍두기를 우적우적 씹어대는 민구는 외국인 노동자처럼 보였다. 외형상으로 그래 보이기도 했지만 그의 말대로 그의 식사법은 거지반 생존에 가까운 듯 맹목적으로 비쳤다. 더불어 미각에 대한 지각을, 현실적인 상황에 맞춤해 버린다거나 새롭게 받아들여야할 문화쯤으로 선회해버리는 묘한 합리화가 엿보이기도 했다.

"나도 처음에는 못 먹겠더라 오빠야. 근데 민구 선배 말대로 어쩔 수 없이 먹다보니 이제는 아무렇지도 않다. 우리 학교 앞처럼 푸짐하고 맛깔스러운데다가 또 싸기까지 한 그런 집은 서울에서 찾아보기 힘들다."

딱히 민구의 말을 동조하고 나서지 않더라도 숟가락 위에 그득하게 떠 얹어진 밥이 미진의 뜻을 대신하고 있었다. 그렇게 대충 만들어낸 음식을 꿀꺽꿀꺽 넘긴 탓인지 미진의 살집은 물렁물렁 부푼 밀가루 반죽 같았다.

가만, 이들이 상경한 지 얼마나 되었지……. 나는 천천히 헤아려 보았다. 서로 터울이야 있겠지만 거지반 사오 년쯤은 되지 싶었다. 어찌 보면 무모하리만치 무작정 상경한 이들이기에 그 과정이 누구 못지않게 척박했으리라는 것은 쉬 짐작이 가고도 남았다.

서울로 떠날 민구의 짐은 너무도 단출했다. 몇 권 안 되는 책과 옷가지들 외에 달랑 책상 하나가 전부였다. 오전에 짐이랄 것도 없는 것들을 대충 꾸려놓자 점심때 가까워서 그의 부모님과 시집간 누이가 찾아왔다. 그의 부모님 얼굴은 햇볕에 검게 그을려 몹시 늙어 보였지만 눈빛은 너무도 푸근했기에 잠시 들어가 한숨 푹 자다 나오고 싶을 정도였다. 나는 민구의 가족에 섞여 근교의 유원지에 식사를 하러가게 되었다. 유원지에서 밥집까지는 조금 걸어야 했다. 걷는 동안 가족들은 누구랄 것도 없이 말이 없었다. 내일이면 객지로 떠날 아들과 동생에 대한 걱정 때문이려니 짐작해 덩달아 나도 입이 무거웠다. 어쩌다보니 민구의 아버지와 내가 일행에서 저만치 처져 걷게 되었다.

"저누마가 공부를 더 혀보겠다고 고집을 부려가 올라가넌디 위째 가능성은 좀 있어 뵈나? 내도 인자 눈이 흐려가 당최 앞일을 넘겨짚을 수가 없시니……."

"……."

앞서 가는 아들의 뒷모습을 심산한 얼굴빛으로 바라보는 아버지를 대하자 새콤한 슬픔 한 줌이 저 깊은 곳에서부터 싸하게 번졌다. 도통 말이 없던 민구 아버지는 행여 앞서가는 누가 들을까 말을 조심껏 하는 눈치였다.

"높은 공부를 하자문 그만치 돈도 더 딸려들이가야 할 낀데……."

하나뿐인 아들을 의지가지없는 객지로 떠나보내야 하는 아버지로서의 걱정만큼이나 학비에 대한 걱정도 마음 한쪽을 무겁게 짓누르고 있음을 어렵지 않게 짐작할 수 있었다. 하지만 이런저런 생각보다 더 깊은 여운을 흘리는 것은 다름 아닌 아들에 대한 희망이었다. 민구 아버지의 복잡한 표정 속에서 은은하게 여울지고 있는, 설렘과도 같은 그 분홍빛 희망. 그것은 이른 새벽 갓 터진 함초롬한 진달래의 수줍음과 같은 것이었다.

"그렇게 걱정 안 해도 될 겁니다. 공부도 그만하면 잘하는 편이고 또 사귐성이 좋아서 자기 먹고 살길은 금방 알아 볼 테니까요."

사실 나는 자신 없는, 아니 생각과는 좀 다른 대답을 하고 말았다. 도저히 민구 아버지의 얼굴에 번지고 있는 그 영롱한 희망의 빛을 흐릴 수가 없었던 것이다. 썩 그리 알아주는 학교도 아닌 곳에서 대학원을 마치고 나면 무슨 특별한 수가 생기는 것인지, 그리고 종잣돈으로 들고 가는 방 뺀 보증금이 다 떨어지면 나중에는 어떻게 할 것인지 그저 막연하기만 할 뿐이었다.

"오랜만에 서울에 왔을 텐데 어디 가보고 싶은 데 없어?"

교정의 벤치에 앉아서 명숙과 나는 곧잘 시시한 이야기들을 사뭇 진지하게 하곤 했다. 그 때의 그 수수하고 앳된 명숙의 모습이 가물가물 잘 그려지지 않았다.

"글쎄……."

예전에도 이렇게 계란처럼 갸름하고 또렷한 이목구비였던가. 차라리 눈을 감고 찬찬히 기억을 소급해 본다면 예전의 모습이 떠오를 것도 같았다. 하지만 지금의 명숙 얼굴을 마주하고라면 도저히 자신이 없었다. 분명 예뻐졌으되 낯설어 보이는 명숙의 얼굴 어디에도 추억의 흔적 따위는 남아있지 않았다.

"야가 뭐 가보고 싶은디가 한두 군데 것나. 찬식이 니 남산 케블카 타봤나? 요전 앞서 거 시청률 만땅꼬로 치솟은 드라마 끝 장면에서 비차던 그기 말이다."

텔레비전 앞에서 히히거리며 삶은 라면을 빨아먹던 민구의 모습을 떠올리자 나도 모르게 웃음이 터져 나왔다. 예전에는 곧잘 그랬다. 화투를 치다가, 야구 중계를 보다가, 심지어 포르노를 보면서도 우리는 뜨거운 라면을 후후 불어가며 양껏 먹어댔다.

"민구 선배! 혹시 민구 선배가 가보고 싶은 거 아냐?"

"아니, 딱히 그렇다기 보다…… 내도 아직 남산에 안 가보고 해서 한 번 같이 가보자 그기지 뭐."

정곡을 찌르는 미진의 말에 민구는 엉거주춤 말끝을 흐렸다. 지방에 사는 나처럼 민구도 똑같이 텔레비전을 통해서 남산을 오르고, 케이블카를 타고, 연예인 얼굴을 보며 살고 있었다.

"남산은 그만두고 나는 서울대학교나 한번 가봤으면 싶은데."

"촌스럽구로 무슨 서울대학교가 임마 거 뭐 볼꺼로 있다고…… 니 누가 교직원 아니랄까봐 요까지 와서 티내는 거가."

남산 행에 동조하지 않아서인지 민구는 제법 심술궂게 고시랑거렸다. 정문 수위에 불과한 내가 교직원 티를 내고 말고 할 것도 없었다. 다만 간단하면서도 상징적으로 보이는 서울대학교의 정문을 한번쯤 실제로 보고 싶은 바람은 있었다. 그리고 오랜만에 만난 이들과 학생 때를 추억하며 함께 캠퍼스를 걸어보고 싶은 기분이 들기도 했다.

"얼른 나가자 여기서 서울대학교까지 가려면 한참 걸려."

명숙이 백을 챙겨들고 일어섰다. 미진과 나도 엉덩이를 떼었다.

"이깃들이 선배 식사도 안 끝났는데 어데서 맘대로 인나뿔고 지랄이고 열받구로시리……."

핥아먹은 듯 깨끗한 갈비탕 그릇이나 저만치 치웠더라면 차라리 덜 민망했을 것이다.

넓은 교정을 거니는 동안 우리는 왜 별말이 없었을까. 그냥 줄곧 걷기만 했다. 각자 같은 생각들을 하고 있었기에 말이 필요치 않았는지, 서로 다른 생각들을 하고 있었기에 할 말이 없었는지 알 수 없었다. 갑자기 나는 청바지가 입고 싶어졌다. 청바지 두 벌로 거의 대학 4년을 마쳤다고 해도 틀린 말은 아니었다. 주머니에 점심값이 없어도, 좋아하던 여학생이 나를 무시해도, 청바지를 입고 있으면 언제나 파릇파릇 생기가 넘쳤다. 나뿐 아니라 모두들 그랬을 것이다. 아무것도 부끄러울 것이 없는 건강한 삶들의 연속. 말없이 그냥 걷기만 하는 이들의 마음을 어쩌면 이해할 수 있을 것도 같았다. 상징적인 정문보다는 오랫동안 걸을 수 있는 넓은 교정이 더 마음에 드는 학교였다.

"교수님들은 잘 계셔?"

그늘이 있는 벤치에 앉아서 우리는 캔 음료 하나씩을 마셨다. 명숙은 마지막 두 학기 동안 조교생활을 하기도 했다. 자연, 교수님들에 대한 애정도 남다를 터였다.

"요즘은 입학생이 해년마다 줄어서 걱정들이 많으셔."

졸업을 하고 나면 사람들은 더 이상 학교를 찾는 일은 드물었다. 하지만 좁은 바닥에서 살다보면 이런저런 이유로 선후배끼리 만나게 되고 연락이 닿는 교수님을 모시기도 했다. 또 우연찮게 길이나 공공장소에서 교수님들과 맞닥뜨리는 경우도 있기 마련이었다. 타지로 떠나지 않은 사람들이야 그렇게 뜻하지 않은 만남이라도 할 수 있었다. 하지만 떠나버린 사람들은 그런 기회조차도 없었다. 그저 모래바람 같은 풍문만 서걱거릴 뿐이었다.

"전화라도 한번 드려야겠네."

"근데 여 서울에 올라와 있는 선후배들은 자주 모이나?"

"모이긴 개뿔이 모이나 오널 야덜 얼굴 본 것도 얼매만인지 모리겠구만은 머이 그리고로 바쁜지 도통 코빼기도 볼 수 없는 기라."

서울에는 꽤 많은 선후배들이 올라와 있었다. 딱히 젊은 사람들 할 일이 마뜩치 않은 지방의 사정과 모험심이 어우러진 결과였다. 언젠가 서울의 선후배들끼리 동문회를 만든다는 소문이 나돌기도 했지만 그러구러 유야무야 되어버리고 말았는지 후로별 특별한 말이 들리지 않았다. 누군가의 말처럼, 그들은 이제 서울 시민의 한 사람일 뿐, 더 이상 과거의 꼬리표를 들춰내면서까지 묵은 관계를 형성해보려고 노력할 필요가 없을지도 몰랐다. 어쩌면 지난 과거를 되돌아본다는 것 자체가 복잡 다양한 서울의 도시적 생리에 맞지 않는 것일 수도 있었다. 그런 이유의 연장선상인지 한번 서울로 떠나버린 선후배들은 얼굴 보기는 고사하고 연락 취하기조차도 쉽지 않았다. 명절이나 휴가철이 되어야 발걸음을 하지만 대부분 흔적도 없이 서둘러 떠나버리곤 했다. 겨우 가족들에게 할 도리만 하고 사라져버리는 그들은 바쁜 일상이 몸에 밴 투명인간들처럼 보였다.

"다들 먹고살기가 힘드니까 그렇지. 안 그러면 뭐 배겨낼 재간이 있나.”

질척거리는 삶의 어디쯤 서 있는 미진. 세상을 많이 살아버린 사람들에게서나 느낄 수 있는 스산함이 전해져온다. 선배들의 꽁무니를 졸졸 따라다니며 귀염을 떨던 미진은 이제 내 기억 속 박제로 밖에 존재치 않는다. 투박한 거죽을 뒤집어쓴 듯 이물스 럽게 보이는 미진이 아주 멀게 느껴진다.

“니는 하루에 네 끼를 처묵나 다섯 끼를 처묵나. 별축시럽꾸 로 지 혼자 고상은 다 하는 것맨치로 이바구를 놀리쌌키 는…….”

전공과 전혀 상관없는 문학 책을 곧잘 들고 다니던 미진은 타 학교에서 주최하는 대학 문학상에 입상하기도 했었다. 그런 이 유에서인지 미진은 졸업을 앞두고 모 방송국에서 실시하는 6개 월 코스 ‘방송작가 아카데미’에 등록했다. 친척집에 얹혀살면서 근근이 6개월을 버텨낸 미진은 자질구레한 일거리들을 맡게 되 면서 곧바로 독립을 했다. 일정한 일거리가 보장되지 않는 현실 을 이겨나가자면 없는 억척이라도 떨어야 했을 터였다.

“좀 고생스럽긴 해도 난 서울이 맞는 것 같애. 어쩌다 한 번씩 집에 내려가면 터미널에 닿는 순간부터 숨이 콱콱 막혀. 꼭 촌 구석에 온 것 같은 느낌이 든다니까.”

어쩌면 미진의 말이 맞을 것이다. 늘 정지해있는 듯 변화가 느린 지방의 소도시는 아직 젊은 미진에게 촌스럽고 답답한 대 상일 수 있었다. 그런 이유에선지 젊은이들은 한번 떠나면 좀처럼 다시 되돌아오지 않았다. 모든 동물에게 다 있다는 그 회귀 본능이 인간에게는 차츰 소멸되어 가고 있는 중이다. 주민서류에 본적지가 없어지는 날도 아마 머지않았을 것이다.

"하이구야 누가 들으몬 서울 토박인 중 알겠네. 인자 제우 사투리나 뗀 주제에 주접을 떨어대기는……."

같잖다는 듯 미진을 꼬나보던 민구가 삐딱하게 담배를 물었다. 그러거나 말거나 미진은 모르쇠로 일관하며 할 말을 마저 지껄였다.

"여기는 질척거리지 않아서 좋아. 내가 뭔가를 하면 그에 적합한 대가를 받을 수 있어, 한마디로 셈이 정확하다는 말이지. 정에 질질 끌려서 공과 사를 구분 못하는 구태의연한 지방 정서는 사람을 피곤하게만 할 뿐이야."

미진의 말은 푸른 광채가 번뜩이는 면도날처럼 섬뜩했다. 자칫 그 날카로운 칼날에 미진이 베이지는 않을까 내심 걱정이 되기도 했다.

"셈이 분명해? 이기 무신 쉰밥을 주워 묵었나…… 그긴 그레 말하닌기 아이고 공짜가 없다라고 말하는 기다 이 순진한 가스나야."

미진의 말처럼 셈이 정확할 수도 있고 민구의 말처럼 공짜가 없을 수도 있었다. 중요한 건 미진이 그런 삶의 방식을 선호하고 또 그렇게 살아가고 있다는 것이었다. 미진의 서울살이에 대해서는 익히 들어서 알고 있었다. 어떻게 그렇게 빨리 독립을 하고 자리를 잡게 되었는지 미진을 아는 대부분의 사람들은 알고 있었다. 굳이 자신의 삶을 감추려하지 않는 성격이지만 미진이 말하기 전부터 주위사람들은 대충 짐작하고 있었다. 밤마다 술자리에 불려나가고 며칠씩 앓아누워 있기도 하는 미진을 대하던 몇몇 사람들의 입에서부터 말은 흘러나왔다. 그리고 좋지 않은 소문이 빠르게 번진다는 속담처럼 먼 곳에 살고 있는 내 귀에까지 바람처럼 들렸던 것이다.

"어쨌든 난 서울이 좋아. 뭐든 자유롭잖아. 걸리적거리지도 않고 신경 쓸 일도 없고 나 혼자만 생각하면 돼. 나 여기서 이렇게 쭉– 살 거야. 다시 돌아간다는 생각만으로도 끔찍해."

미진은 서울에 살고 싶어서 방송관계자들이 부르는 술자리에 가야만 했고 그들이 요구하는 잠자리에 응했을까. 각기 다른 PD의 아이를 둘씩이나 지우면서까지 놓지 않으려 했던 것은 서울에서 살아가는 자신의 일상이었을까. '한 번씩 자주면 일거리가 하나씩 떨어져' 스스럼없이 말하고 웃어버린다는 미진은 정작 바른 셈을 하고 있는 것일까. 어느 모로 보나 균형이 깨진 채 망가져 보이는 미진의 몸에 드리운 저 시린 비애는 대체 뭐란 말인가.

"그래봐야 지가 촌년이지 밸 수 있나? 그런 씨알머리 읎는 소릴랑 치아뿌고 여 앞에가 오랜만에 쌩맥주나 한 꼬뿌씩 찌끄라뿌자."

"……."

마구 뱉어내는 민구의 말본새가 못마땅한 듯 미진은 앵돌아졌고 명숙은 시계를 들여다보았다. 해넘이가 시작되는지 먼 하늘부터 붉게 젖어들고 있었다.

"명숙이 니 와그라나? 신랑이 일찍 들어오라카드나? 아무리 그래도 니하고 친케 지내던 찬식이가 왔는데 그냥 들이가믄 섭하지. 찬식이 야를 또 언제 볼지도 모리는데 그라믄 쓰나."

그러고 보니 명숙이 결혼했다는 사실을 망각하고 있었다. 전혀 실감나지 않는 현실 앞에서 가끔 사람들은 반짝 정신이 들때가 있다.

"형! 나도 내일 출근하자면 이제 그만 가봐야겠는걸."

"시끄럽다 임마야. 심야 우등고속까지 시간 마차가 꼬박꼬박 있꼬마 뭐가 걱정이고? 또 설사 내일 니가 출근을 몬한다케도 누가 니를 짜를 끼고? 학생 때나 지금이나 학교를 위해가 그만치로 일하는 놈 있으면 나와보라케라."

민구는 내 팔을 붙잡고 휘적휘적 앞서 걸었다. 명숙과 미진은 그 뒤를 재밌다는 듯 싫지 않은 표정으로 따랐다. 객기를 부리는 민구 덕분에 우리는 잠시나마 다시 대학 시절로 돌아간 듯 명랑해졌다.

입학 초기부터 나는 한 선배에게 이끌려 학생회 활동을 했다. 그리고 줄곧 4년 동안 간부자리까지 꿰차며 열심히 했다. 운동권이니 비권이니 헤게모니 자체가 모호하던 시절 나는 학교의 행정에 부합되는 여러 가지 일을 앞장서 했다. 그 문제로 나는 명숙에게 많은 욕을 얻어듣기도 했다. 너무 학교 편에 서 있다는 게 문제였다. 명숙 뿐 아니라 많은 학생들이 나를 향해 비난을 퍼부었다. 그들 대부분이 등을 돌리고 그만이었지만 명숙은 욕을 퍼부은 다음날이면 언제나 밥을 사주었다. 그리고 나는 졸업 후 교직원, 아니 정확히 학교 정문을 지키는 수위가 되었다. 행정직원도 아니고 고작 수위가 뭐냐며 사람들은 비웃었지만 나는 보직이야 어찌되었든 학교에 남고 싶었다.

"조- 타- 아무런 걱정이 없어지는 것 같애. 오늘 하루만 딱 그때로 돌아갔으면……."

몹시 술이 고팠던 사람처럼 생맥주 반 조끼를 길게 들이켠 명숙이 해말갛게 미소 지었다. 어느 비 오는 날 오후, 텅 빈 체육관 스탠드에 앉아서 명숙과 나는 홀짝홀짝 소주를 노나 마셨다. 한잔 홀짝거릴 때마다 배실배실 얼굴을 붉히며 거듭 웃기만 하던 명숙이 재밌어서 나는 자꾸만 술잔을 채워주었다. 둘의 웃음소리와 술 넘기는 소리만 울리는 체육관은 꼭 텅 빈 고래뱃속 같았다. 몰래 숨어서 나쁜 짓을 하는 아이들처럼 우리는 설레고 아슬아슬한 기분이었다. 그 날 명숙은 술값 대신이라며 달큼한 입술로 오랫동안 내 입술을 빨아주었다.

"여 이라고 있으이까네 느그덜하고 복닥거리던 기억이 훤히 떠오르네. 그때는 벨 일도 아닌기 뭐 그리 재밌기도 하고 화가 나기도 하던지 날마다 웃고 찌지고 볶고 하는 기 일과 아니었나."

그랬다. 건수만 생기면 무조건 폭발을 시켜야 직성이 풀리던 시절이었다. 주위에서 살살 바람을 불어대면 은근히 불씨가 달 궈지고 한바탕 찌그렁이를 붙고 나면 화해주랍시고 판을 벌이 고 그러자면 언제 그랬냐는 듯 또 시시덕거리고⋯⋯ 선후배고 남녀고 가릴 것 없이 모다 건수를 만들기 위해 언구럭을 떨던 시절이었다.

"정말 어제 일처럼 기억이 너무 생생해."

미진의 말처럼 먼 과거의 일은 너무도 생생한데 과거 이후로 지금까지의 기억은 부재했다. 십 년 후, 아니 삼십 년 후에 우리 가 다시 만난다 하더라도 대학 시절의 기억밖에는 없을 것이고 다시 그때의 일을 곱씹을 것이다.

함께 어울리던 선후배들이 서울로 올라간 후 한동안 빈번하 게 서로 전화질을 해댔다. 늘 함께 하던 일상의 변화가 그리움 을 낳았고, 척박한 땅에 뿌리를 내리면서 채이고 밟힌 자존심이 서글픔을 낳았다. 우리는 덧난 상처에 연고를 발라주듯 밤마다 서로서로 송화기에 대고 호-호- 더운 입김을 불어댔다. 아직 식지 않은 우리의 가슴은 포근하게 감싸줄 여벌의 담요가 될 수 도 있었고 차가운 속을 데울 따순 국물이 될 수도 있었다.

"그란데 꼭 속에 구멍이 뚫린 것 맨치로 와 이리 허전하노? 술맛 한번 요상시럽고마."

과거에 업힌 채 이어지고 있는 현재진행형은 애틋하지만 한 편 서글프기도 하다. 민구가 씹고 있는 마른 오징어처럼 그렇게 짭조름하지만 말랑말랑하지 않은 비애가 내재되어 있는 것이다. 상처에 딱지가 아물고 빈 그리움 속에 누군가 둥지를 틀면서 차츰 우리는 서로를 잊어갔다. 멀리 있어 당장 볼 수 없는 절친한 사이보다 가까이 있어 한 잔 부딪칠 수 있는 서먹한 사이에 익숙해져가고 있었던 것이다. 현실을 서로 공유할 수 없는 사이란 피라미드의 꼭짓점을 향해 치닫는 관계와 다름 아니었다. 갈수록 높고 좁은 곳으로 한 발 한 발 제겨디디는 자신을 덤덤하게 바라보게 되는 것이다. 과연 우리는 꼭짓점을 향한 피라미드의 어디쯤 와 있는 것일까.

"그만 일어나 봐야겠어. 아무래도 취할 것 같아."

눈자위가 붉어진 명숙이 흐트러진 표정을 감추려는 듯 눈을 똑바로 뜨고 쳐다봤다. 아무리 눈알에 힘을 줘도 묽게 풀어진 눈빛은 쉽게 그러모아지지 않는 것 같았다. 수많은 상념들이 제각각 자리를 잡지 못하고 방황하고 있었다. 그제야 나는 명숙의 본 모습을 아득하게나마 들여다 볼 수 있었다. 나도 모르게 왜 고개가 끄덕여졌는지 그리고 살보드레한 미소가 번졌는지 명숙은 알고 있을 것이다. 때론 아주 미묘한 전이만으로도 서로의 심중을 헤아릴 수 있지 않은가.

"나도 갈래. 맡아 논 일거리를 처리하자면 날을 새야 할지도 몰라."

주섬주섬 마른안주를 집어서 냅킨에 말아 제 가방 속에 집어넣으며 미진이 샐쭉 웃었다. 이별은 아주 짧았다. 늘 보던 때보다 더 간단하게 뒤를 마무리 짓고 서둘러 떠났으며 그런 뒷모습을 서둘러 외면했다. 다시 만나자는 약속도, 다음에 연락하자는 기약도 하지 않았다. 부질없는 기대와 희망을 형식적으로 남기고 헤어지기에는 우린 너무 서로를 잘 알고 있었다. 흐릿한 유리창의 묵은 때를 닦아낼 수는 없더라도 그 위에 뭔가를 덧칠하고 싶지는 않았다.

"다 가뿌리네. 매번 그라지. 초저녁에 일찍 인나뿔기 아이면 아무리 늑장을 부린다케도 전철 끊기기 전에는 칼 같이 인나뿐다 아이가. 맷본 당하고 보이까네 혼자 끝까지 남아있는 내만 이상한 놈이 돼있는 기라. 그라이 무신 만남이 지대로 되겠노. 다 지 꼴린데로 갈길 가는 기지."

명숙과 미진이 먼저 가버린 것이 못내 섭섭한지 민구는 꽤 오랫동안 술잔에서 입을 떼지 않았다. 하긴 두 사람이 빠져나가자 허수한 기분에 처량하기까지 했다. 뭉쳤다 하면 끝장을 보고야 말던 당시를 떠올리자면 도저히 이해가 가지 않는 상황이기도 했다.

"옛날하고 어디 같은가. 명숙이만 해도 이제 주분데."

"그래 니 말이 맞다 명숙인 인자 엄연히 남편이 있는 가정주부다…… 그란데 니 명숙이가 우예 살고 있는지 알기는 하나?"

새로 한 조끼를 더 주문하는 민구의 얼굴이 불그무레 달아오르고 있었다.

"얼굴에 돈 처발라가 시집 잘 간다고 야단들이었제. 가시나덜 쑥떡거리싸는 통에 고마 예식장에 온 사람덜 절반은 명숙이가 뜯어 고쳤다는 거 알았을 끼고마. 우예댔든동 신부화장하고 면사포 둘러씌아놓이 인형맨치로 그리 이쁠 수가 없는기라. 그 날 침께나 흘린 자석덜 많았을 끼구마."

다른 이들과는 달리 명숙은 서울로 올라가자마자 연락이 끊겼다. 어렵사리 명숙의 연락처를 알아 전화를 했지만 명숙의 목소리는 냉랭할 따름이었다. 후로 둬 번 더 연락을 취하다가 쉽게 포기하고 말았다. 들리는 소문에 의하면 한껏 멋을 부리고 다니며 수많은 남자들을 만난다는 거였다. 그냥 부풀려진 소문이려니 하면서도 괜히 마음이 편치 않았다. 그리고 얼마 후 결혼한다는 소식을 듣게 되었다.

"그땐 괜히 옹졸한 맘이 들어서 결혼식장에도 안 갔었는데…… 행복하라고 말이라도 해줄걸 그랬네요."

명숙의 스산한 모습이 못내 맘에 걸렸다. 빈 체육관에서 헤실거리며 홀짝홀짝 술을 마시던 명숙과는 많이 다른 분위기였다. 작지만 날선 파편 한 조각이 가슴살에 날아와 박혔다.

"다들 찜찜해 했지구러. 아가 기초 없이 까지드만 영 못씨게 빈했다고 말 덜이 많았으이까네. 우예댔든동 공기업에 다니는 남편 만나가 시집 잘 간다고 부러워하는 가시나덜도 많았던기라. 듣자하이 결혼 전에 지 생일 날 지펠이라카든가 하는 대형 냉장고를 선물로 보내왔다카데. 그라고 주위에 친구 가시나덜 불러가 고급식당에서 자주 밥을 사믹이는가 하믄 연애질을 해도 꼭 무궁화가 뻔덕거리는 고급 호텔에 데불고 가서 했다안카

나. 그라이 주위 가시나덜이 봉 잡았다고 짓까불어싸코 지도 맘이 동해가시리 만난 지 두 달도 안 되가 결혼을 해뿐기라."

알큰하게 취기가 올라왔다. 민구가 명숙에 대해 이야기하는 동안 나는 연거푸 두 조끼 째 비워내고 있었다. 아직 취할 정도는 아니었지만 몽근하게 몸이 젖어들었다. 술 말고 나를 취하게 하는 그 무엇인가가 자꾸만 정신을 흐려놓았다.

"그렇게 쉽게 시집갈 줄 알았으면 내 한번 자빠씨래 보기나 할 걸 그랬네요."

괜한 몽니를 부리는 것인지 아니면 진심인지 알 수 없는 말이 나도 모르게 튀어나왔다.

"니 참말로 명숙이 가하고 아무 일도 없었나? 지지리도 못난 자석, 그리 붙어댕기쌌트이…… 아메 명숙이 가도 니 하고 한번 붙어보기나 할 걸 하고 후회하고 있을 끼고마. 결혼하고 나이까네 차근차근 날아오기 시작하는 기 있었는데 그기 뭔 중 아나?"

언젠가, 명숙의 결혼생활이 건조하다는 소문을 들었던 적이 있다. 하지만 나는 별것 아니려니 그냥 귓등으로 흘려들었다. 요즘은 행복하게 잘 살고 있다는 소문보다 갈라섰다는 소문이 더 흉흉하게 나도는 세상이니 별 문제야 있겠나 싶기도 했고 별로 새겨듣고 싶지도 않았다.

"대출금에 할부금에 카드청구서까지, 온통 돈 달라는 종이쪼가리만 쌓이는기라. 더 기가 막힌 건 뭔 중 아나, 지한테 사줬던 냉장고하며 묵고 썼던 거 모조리 갚으라고 날아온다. 알고보이 이놈아가 겉만 빤지르르 했지 지 콩팥 팔아묵기 직전이었든 기라. 한동안 찌지고 볶다가 아는 가시나덜 집을 전전했는가보데 그라이 당연지사로 소문이 나쁠지. 지도 더는 챙피하고 하이까네 들이가서 살기는 해도 밸로 정은 없는갑드라.”

예견할 수 없는 삶의 전주곡을 잠시나마 함께 들었을 우리는 한번쯤 먼 미래를 기웃거리기라도 했어야 했다. 밑그림도 없는 도화지에 덥석 칠한 물감이 그만 얼룩이 되고 만 꼴이었다. 얼마쯤 살다보면 선물처럼 깜짝 나타나는 삶의 도돌이표가 보이지는 않을까. 웃는 날보다 우는 날이 더 많은 어린아이의 얼굴을 닮아버린 우리는 앞으로 내딛어야할 발이 너무 무겁다. 도대체 어디서부터 꼬여버린 것인지 형체가 없는 매듭은 그저 단단하게 옥죄어 올 뿐 풀 길이 없다.

“아직 애 소식은 없답니까?”

달이 차면 달 새끼를 낳는다는 어머니의 말을 믿었던 나는 마루 끝에 걸터앉아 꾸벅꾸벅 졸면서 만삭인 달을 쳐다보곤 했다.

“야가 내 말을 뺄로 들었나, 사는 기 그 모양인데 무신 아 만들 정신이 있겠노. ……하긴 다 정신 몬차리고 휘둘린 명숙이지 탓이지 누굴 탓하겠노. 요즘 가시나덜 돈쪼까 뿌리고 다니마 물불 안 가리고 덤비든다 아이가. 여우도 못 되는 기 여우짓 한다고 꼬리를 흔들어 싸타가 덥석 물리뿐기지.”

술잔을 비워낸 민구가 긴 한숨을 내쉬었다. 한숨을 토한 민구의 어깻죽지가 푹 꺼져들었다. 조명 뒤로 흔들리는 민구의 그림자가 몹시 짐스러워 보였다. 노상 무거운 그림자를 짊어지고 다녔을 민구의 야윈 어깨가 초라했다.

"많이 마신 것 같은데 내일 지장 없겠어요?"

"지장은 무신 얼어죽을 지장이 있겠노? 노상 씨부리는 소리가 그 소린데…… 배라묵을 새끼덜 뭐한다꼬 수업료는 그리 비싸게 받아 처묵는지……."

술이 들어갈수록 민구의 목소리는 격해졌다. 교수들하고 사이가 여의치 않은지 교수들 험담을 할 때는 주먹 쥔 손을 파르르 떨기까지 했다. 요는, 지방 출신의 궁핍한 자신은 거들떠보지도 않으면서 서울의 돈푼깨나 있는 집 자식들은 다른 학교의 시간강사 자리까지 알아봐 주면서 든든하게 밀어준다는 것이었다. 다소 억지스럽게 들리는 민구의 말은, 어쩔 수 없는 몸부림의 비명처럼 들렸다.

"형답지 않게 웬 투정이에요…… 박사까지 밟는다는 게 어디 쉬운 일인가. 학기도 거짐 다 마쳤으니 논문만 잘 써내면 끝나는걸."

사실 민구가 박사까지 밟으리라고는 누구도 예상치 못했다. 기껏해야 석사를 마치지 않으면 그마저도 중동무이하고 내려올 것이라 생각했다. 자기관리보다는 다른 이들과 어울리기 좋아하고 경제관념도 둔한 편이라 공부와 돈에 치어서 오래 버티지 못할 것이라 추측했다.

"논문 쓰고 박사 받으몬 오데 갈 데 있나? 내 말고도 박사라

먼 시커멓게 깔렸고 외국물 묵고 온 놈덜도 수두룩한 판에 내가지 돌아올 번호표가 있겠나 이 말이다. 기껏해야 학원에 나가서 노가리나 씨부리야지."

민구의 말끝에 눅눅한 과자부스러기 같은 체념이 묻어났다. 한 주에 이틀씩 학원에 나가고 있다는 민구는 졸업 후 학원 강사를 염두에 두고 있는 듯 보였다. 여러모로 학원 강사를 하기에는 너무 혹독한 대가를 치른 셈이었다. 본인도 그 점을 억울하게 생각하는 듯 시종 빈정거리는 투였다.

"부모님 건강은 그만 하신가요?"

나무와 풀처럼 한없이 너그러워 보이던 민구 부모님이 보고 싶었다. 생각만으로도 피로가 풀리는 아련한 당신들의 미소가 몹시 그리웠다. 아마도 지금 민구에게 가장 절실한 건 부모님의 따순 가슴팍일 지도 모른다. 짐승처럼 꺽-꺽- 소리 내어 울어도 좋을 부모님의 너른 가슴팍에 얼굴을 묻고 싶을 것이다.

"하몬 건강하이 잘 있지. 우리 어매 아배는 절대로 건강이 나빠질 수가 없는 양반덜이다. 왠중 아나? 한 푼이라도 벌어가 내한테 꼬박꼬박 보내야 하거던. 내 웃기는 예기 하나 해주까. 노인네가 내한테 돈 부치는 날이 언제냐믄 말이다 국민연금 타는 날이다. 지금은 아배만 타이까네 작지만도 내년부터는 어매도 타이까네 두둑이 부칠 수 있을 끼고마."

막차를 타기엔 아직 서너 시간 남은 시각이었지만 민구의 취한 정도는 거짐 막차 시간에 임박해 있었다.

"고만 일어납시다. 내가 취했는지 영 정신이 없어서 고속버스 터미널 찾기도 쉽지 않을 것 같네."

민구의 푹 꺼진 어깨를 일으켜 세우던 중이었다.

"으– 으– 으– 니는 모린다. 내 속을 우째 알것노. 밤마다 불덩이가 지져대는 통에 도저히 잠을 못 자는 내 속을 우째 알것노 말이다. 으– 으– 으– ……."

민구가 서울로 떠나고 이태나 지났을 쯤 그의 부모님을 한 번 더 볼 기회가 있었다. 휴가를 맞아 동료 몇이 바다낚시를 가기 위해 나섰던 길에서였다. 배를 예약해 놓은 곳이 우연찮게 민구 부모님이 사는 마을이었다. 아직 이른 시각이었고 조업을 마친 배들이 하나둘 들어오는 중이었다. 우리도 배를 매 둔 곳으로 재게 발을 놀렸다. 배들이 들어오는 중이라선지 사람들이 제법 모여서 시끌벅적 했다. 부산하게 몸을 놀리는 사람들 틈바구니에서 유독 눈길을 잡아끄는 사람이 있었다. 아주 잠깐 시선이 비꼈을 뿐이지만 나는 민구 어머니를 대번에 알아 볼 수 있었다. 허름한 평상복을 작업복으로 걸친 민구 어머니는 쓸 만한 생선을 크기별로 골라내고 있었다. 작은 체구를 구부정하게 숙인 채 작업 중인 민구 어머니는 그새 꺼칠하니 주름이 많이 늘어 있었다. 어정쩡하게 선 채로 그 모습을 지켜보는 사이 또 한 사람 익은 얼굴이 보였다. 민구 아버지였다. 아주머니들이 골라 놓은 생선상자를 들어서 리어카에 옮겨 싣고 있었다. 위판장으로 생선상자를 운반하는 모양이었다. 힘에 부치는지 바로 싣지 못하고 허벅다리에 한번 걸친 후 리어카에 얹어 놓고 있었다. 나는 알은 체를 못하고 한동안 멍하니 서서 작업 중인 민구 부모님을 지켜보기만 했다. 선뜻 알은 체를 하고 손이라도 잡았어야 마땅할 상황이었지만 웬일인지 나는 그럴 수가 없었다. 버거운 노동을 견디고 있는 그들의 검푸른 얼굴이 가만히 뒤돌아서게 했던 것이다.

"보라이 빤닥빤닥 하이 얼매나 휘황찬란하노 서울이라는 디가 이리 화려한 디다. 하ー 하ー 하ー 내는 인자 두더지 굴을 통해가 수챗구멍 같은 내 방으로 기들란다. 시궁쥐 한 마리 만나가 더럽은 꼴 봤다 생각고 고마 다 이자뿌라 내 너무 말이 많았다 카이. 내려가거덩 훌훌 벗어뿌고 뒷물부터 하그라 니한테까장 시궁창냄새가 배뿌리마 안 된다 아이가."

술집을 나온 민구는 활활 타는 듯 한 서울의 야경에 삿대질을 해댔다. 거리 한복판에서 주절주절 지껄이며 휘청대는 민구를 아무도 신경 쓰지 않았다. 잠시 멈춰 구경하는 이도, 많이 취했다며 부축하는 이도, 심지어 욕을 하는 이도 없는 서울의 밤거리는 죽은 자들의 마을로 통하는 마지막 길목 같았다. 그래서일까, 근원을 알 수 없는 시취가 자꾸만 속을 울렁이게 했다. 뱀의 아가리 같은 지하철 홈이 민구를 빨아들이자 덩그마니 혼자 남은 나는 그만 미아가 돼버렸다.

사방천지 죄다 번쩍거리기만 하는 거울감옥에 갇혀버린 기분이었다. 내가 유일하게 눈 둘 곳이라고는 훤히 드러난 하늘밖에 없었다. 모가지를 길게 빼고 하늘을 올려다봤다. 거기, 곪은 달 걀노른자 같은 서울의 달이 쏟아지기 직전으로 흐물거리고 있었다. 아무런 희망도 품을 수 없는 그저 흐리멍덩한 달일 뿐이었다.

쳐든 모가지가 매가리 없이 꺾어졌다.

숭어

바다와 하천이 맞닿은 물목에 자리를 잡은 병철은 낚싯대를 뽑았다. 숭어낚시라는 것은 간단하기 그지없었다. 일명 홀치기라는 것으로, 큰 갈고리 모양의 바늘을 줄에 달아 숭어를 끌어올리면 그만이었다. 떼 지어 다니는 숭어의 특성을 이용한 것이었다. 몇 번을 던졌다 끌어올려도 숭어는 딸려 나오지 않았다. 며칠 전, 떼로 뛰어오르던 숭어의 힘찬 놀림도 볼 수 없었다. 자리를 잘못 잡은 것인가 싶어 하류 쪽으로 내려가 보았다. 흐린 물빛 속에서 숭어의 움직임은 없었고 물 밖으로 뛰어오르는 놈도 찾아볼 수 없었다. 계속해서 몇 번을 던져보았지만 헛수고였다. 매년 이맘때면 싱싱한 숭어를 썰어놓고 막걸리를 노나 마시며 농사일에 지친 몸을 달래곤 했는데 숭어 코빼기도 구경할 수가 없으니 답답할 노릇이었다. 아쉬운 마음에 병철은 계속해서 낚싯대를 던져보았지만 숭어는 고사하고 볼썽사나운 짱뚱어 한 마리 딸려 나오지 않았다.

좀 멀리 던져볼 요량으로 몸을 한껏 뒤로 젖힌 병철은 힘껏 팔을 내뻗었다. 한순간 몸이 기우뚱 중심을 잃는가 싶더니 개천으로 나동그라진 병철은 그대로 흙탕물골이 되고 말았다. 낚싯대는 저만치 나동그라져서 제 나름대로 부려져 있었다. 숭어란 놈을 잡기도 전에 꼬꾸라지기부터 하자 병철은 가뭇없이 속이 상했다. 얼추 몸을 일으켜보니 그래도 상한 곳은 없어 사지 멀쩡하고 움직이는데도 불편이 없었다. 그만한 게 다행이다 싶었다. 행여 뼈라도 어긋나 공구리라도 하게 되면 아내의 들볶음에 살 수가 없을 것이었다. 병철을 농기계나 매한가지로 보는 아내는 당분간 쓸모없어진 병철을 천덕꾸러기처럼 내돌릴 것이 분명했다.

젖은 옷을 털어내던 병철은 요상한 얼룩을 보았다. 물에 닿은 쪽으로 누르죽죽한 빛깔의 무엇이 배어 있었던 것이다. 손으로 문질러보니 물이 방울로 구르고 끈적끈적 기분 나쁜 미끌림이 있었다. 그냥 미끄러진 것이 아닌가 싶어 제 발 디뎠던 곳을 살피던 병철은 얼룩덜룩 뭔가를 뒤집어쓴 갯돌들을 보게 되었다. 자세히 살펴보니 기름이었다. 어디에선가 흘러나온 기름이 물가로 밀려든 모양이었다. 낚시를 던지는데 정신이 팔려 알아차리지 못했지만 싸한 기름내가 바람을 따라 몰려다니는 것도 알아챌 수 있었다. 그제야 병철은 엊그제까지만 해도 풍덩풍덩 뛰어오르던 숭어가 한 마리도 보이지 않는 이유를 알 수 있었다. 기름내를 맡은 고기들이 물길을 따라서 멀리 피난을 가버린 때문이었다.

대충 젖은 옷을 추스른 병철은 어디서 기름이 흘러드는지 훑어보았다. 기름이 번진 양으로 보아 쉽게 넘길 일이 아니었던 것이다. 게다가 해년마다 거르지 않고 잡아 올리던 숭어를 꼴도 못 보게 되었으니 여간 섭섭한 것이 아니었다. 기름띠를 좇던 병철은 하수관 하나를 발견했다. 분명 기름은 그 하수관에서 물과 함께 흘러나오고 있었다. 하수관은 지척에 있는 골프장에서 묻은 것이었다. 지난여름에 공사가 완료돼 영업을 시작한 골프

장은 평일이건 주말이건 고급 승용차로 복작거렸다. 들어서 아
는 말이지만 성공적인 사업 모델로 지역세수 확장에 큰 이바지
를 하고 있는 모양이었다.

어쨌든 기름이 흘러드는 것은 막아야 할 일이었다. 병철은 골
프장 안으로 들어갈까 하다가 자신의 몰골을 둘러보고는 이내
시르죽고 말았다. 반질반질 윤기가 흐르는 고급승용차를 몰고
다니며, 알록달록 산뜻해 보이는 천으로 휘갑을 한 사람들이나
모시는 골프장에서 자신 같은 촌무지렁이를 상대나 해주겠나
싶어서였다. 어찌하면 좋을지 곰곰이 생각하던 병철은 반짝 떠
오른 생각에 휴대폰을 꺼내들었다.

"아 거 군청인가요? 환경과 김 머시더라…… 하여간 환경과
좀 대주쇼."

얼마 전 병철은 군청 직원들로부터 뜻밖의 방문을 접했다. 작
년에 쓰고 걷어뒀던 폐비닐과 집에 모아 두었던 플라스틱 막걸
리 통이며 잡다한 쓰레기들을 그러모아 밭두둑에서 태우고 있
던 중이었다.

"예 감사합니다. 환경산림과 김영섭입니다."

"아 예 안녕하시오. 나 거시기 학동부락 사는 강병철이요. 거
지난번에 못씰것 태우다 걸렸든 사람 안 있소? 이 옳케 기억을
허고 계싱마. 다름이 아니라 지금 싸게 와봐야 쓰겠소. 지름이
물로 흘러들고 있당께요."

병철이 환경과 직원 김영섭을 상대한 것은 참으로 얼토당토

않은 상황에서였다. 한참 밭두둑에서 불길이 치솟아 잘 꼬실라지고 있던 중 두 사람이 다가와서는 다짜고짜 사진 몇 장을 박아대는 것이었다. 분명 행색으로 보아 관공서에서 나온 사람들임에 틀림없어 보이는데 뭔 지랄 났다고 사진은 박아대는가 싶었다.

"무슨 기름이 어디로 흘러들고 있다는 말씀입니까?"

"거 산동리 골프장 안 있소? 거그서 새나온 지름이 시방 바다 꼬랑댕이로 흘러들고 있당께요."

자신들을 군청 직원이라고 소개한 두 사람은 병철에게 대기오염물질을 태우는 것이 위법임을 아느냐 모르느냐 따져들었다. 병철은 하도 어이가 없고 기가 막혀 염통이 바르르 떠는 통에 하마터면 웃음가마리가 새어나올 뻔했다. 병철은 농사짓고 남은 폐비닐과 막걸리 통 몇 개 태웠기로서니 그게 뭐 그리 대단한 일이냐고 턱주가리를 치켜세웠다. 하지만 두 사람은 숫제 병철의 말을 귓등으로 흘리며, 해당 법이 그렇고 또 민원이 들어와 어쩔 수 없이 자신들도 단속을 해야 한다고 극구 신분을 대라고 종주먹을 댔다.

"확실한 겁니까? 다른데서, 이를테면 누가 던져버린 기름통이나 낚시꾼들이 버린 음식물에서 흘러나오는 경우도 종종 있어서요."

병철은 자신이 큰일이나 해낸 것처럼 달떠서 읊어댔지만 전화를 받는 김영섭의 목소리는 냉랭하기 그지없었다. 지난번 자

신을 죄인 취급하며 기어이 과태료 부과 통지서를 보내던 때와
는 영 딴판이었다. 하지만 확신에 찬 병철은 더욱 목소리에 힘
을 주어 쉽게 넘길 상황이 아님을 강조했다.

"와서 보시면 알것지만 연해 차꼬 번지는 것이 물 다 베래블
것소. 싸게 와줘야 쓰것는디⋯⋯."

현장으로 출동하겠다는 김영섭의 답을 들은 병철은 일순 뿌
듯한 기분까지 들었다. 비닐 몇 부대 태운 것하고는 차원이 다
른 문제이고 물고기까지 죄다 없어져버린 마당에 쉽게 넘길 일
은 분명 아니었던 것이다. 솔직히 병철이 선뜻 신고까지 한 데
는 골프장에 대한 안 좋은 심기도 한 몫 했음을 인정하지 않을
수 없었다.

골프장이 들어선 후로 병철은 전에 없이 심란했다. 제법 부티
가 나는 사람들이 번지르르한 승용차를 몰고 골프장 쪽으로 미
끄러지는 모습을 볼 때마다 병철은 괜히 우울해지고 속이 뒤틀
렸던 것이다. 특히 한참 땀을 쏟아내며 들일에 열중일 때 그런
모습을 대할 때면 당장이라도 연장을 내던져버리고 싶은 마음
굴뚝같았다. 다른 사람들이야 골프장 용지로 들어간 자신들의
땅을 비싼 값에 팔아 넘겼으니 어쩔지 모르지만 병철은 골프장
이 들어와 덕본 것이라고는 눈곱자기만큼도 없었다. 되레 잔디
에 얼마나 독한 농약을 뿌려대는지 인근 농지의 작물은 웬만한
농약으로는 충을 잡을 수 없어 겨우 반타작이나 하는 것이 고작
이었다. 그리고 폐비닐을 태운다고 신고한 사람도 골프장을 출

입하는 사람들 중 하나일 것으로 짐작하고 있었다. 너나없이 지저분한 것을 태우는 마당에 신고를 하고 자시고 할 계제가 없었던 것이다.

작년 가을에도 골프장으로 통하는 길옆의 축사를 상대로 신고가 들어간 일이 있었다. 요는 정화시설을 갖추지 않았다는 것이었다. 3년 전 귀농해 축사를 꾸려오던 젊은 부부는 다시 도시로 나가야 할지 어쩔지 한동안 고심했었다. 소 열 마리 안팎으로 먹이는 축사에서 정화시설이니 뭐니 곧이곧대로 설치했다가는 제풀에 짜부라져서 농협에 땅문서 갖다 바치는 것은 일도 아니었다. 그런 사정을 손바닥 보듯 훤히 알고 있는 농민이 그런 가당찮은 신고를 했을 리 무방하고 그때도 역시 외지 사람 짓이라고 소문이 파다했었다. 실상 골프장을 들락거리는 이들에게 거름내 풍기고 똥파리 법석이는 축사가 꼴불견으로 보였을 것은 안 봐도 뻔한 이치였다. 하지만 애먼 환경오염을 앞세워 구질구질한 것들을 걷어내려는 속셈에 더 부아가 치미는 것이었다. 환경파괴 종합선물세트라고 할 수 있는 골프장을 무시로 들락거리는 자신들이 환경파괴 주범인 줄은 모르고 되레 애잔한 촌것들을 몰아대는 꼴이 가당치도 않았다.

"이짝이요 이짝."

차에서 내리는 군청직원 두 사람을 본 병철이 손을 휘둘러 불렀다.

"한가하신가 보네요. 요새 일거리가 제법 있을 것인데."

꾸벅 고개를 숙여 인사치레를 한 김이 바닥에 널브러진 낚시 가방을 곁눈질로 흘겼다. 또 다른 이는 신 아무개라고 이름자를 댔다.

"고상들 허시오. 여 골프장으로 뻗댄 하수통에서 누런 지름이 새나와 요리 물로 흘러드니 가만히 있을 수도 없고 해서 전화를 넣었소."

병철은 기름이 새어나오는 하수구를 가리키며 그들을 쳐다 봤다.

"……."

정작 기름이 물과 함께 섞여 나오는 하수구를 대한 그들의 표정은 심드렁했다. 기름이 아니었던가 싶은 마음에 되레 병철이 무안해질 판이었다. 김과 신은 서로 묘한 눈빛을 한번 교환하더니 이내 입을 꾹 다물어버리고 그저 여기저기 둘러보는 시늉만 해댔다. 병철은 점점 애가 달았다. 지난번 저를 닦아세우던 때와는 천양지차로 달랐기 때문이었다.

"뭐 잘못된 거라도 있습니까? 내 보기에는 똑 지름 같아서 전화를 했는디……."

병철은 슬그머니 목소리가 기어 들어가고 낯빛이 흐무러졌다.

"고기는 좀 잡으셨습니까?"

병철의 묻는 말에 김은 다른 졸가리의 말을 갖다 붙었다. 대수롭잖은 표정으로 헛심 빠지는 소리만 해대는 김의 태도가 적이 못마땅했던 병철은 재우쳐 물고 늘어졌다.

"시방 물로 흘러드는 것이 지름인 것은 분명허고 인자 일은 어떻게 처리되는 것이요?"

"……."

김과 신은 서로 약속이나 한 듯 입을 다물었다. 대신 신이 차에서 하얀 플라스틱 통과 카메라를 들고 왔다. 하수통에서 흘러나오는 물을 김이 플라스틱 통에 받고 그 모양을 신이 카메라로 찍었다. 꼭 어린아이 하기 싫은 일을 억지로 하듯 굼뜨고 매가리 없어 보이는 그들의 행동거지에 짜증이 치밀었지만 별수 없었다.

"됐습니다. 시료를 채취했으니 검사를 의뢰해서 기준치에 따라 처벌을 받게 될 것입니다. 걱정 마시고 돌아가 계시면 저희들이 결과를 통보해드리겠습니다."

할 말을 마친 군청 직원들은 언덕으로 올라가버렸다. 혼자서 덩그러니 남게 된 병철은 뭔가 석연찮은 기분에 못내 헛헛하기만 했다. 하지만 검사결과가 나와야 처벌을 할 수 있고 또 그 결과를 통보해준다니 달리 따지고 들 수도 없는 상황이었다. 병철은 쭈그려 앉은 채 애꿎은 담배만 피워 물었다. 물 위를 미끄러져 내달린 바람 때문인지 담배는 잘도 고슬렸다. 괜한 짓을 했나 하는 후회가 들기도 했다. 찜찜한 맘을 추스른 채 낚시가방을 메고 일어서려던 때였다. 한 부류의 사람들이 하수구 쪽으로 몰려들었다. 그들의 양손에는 하나같이 흰색의 커다란 천이 들려있었다. 다급한 상황이라도 닥친 듯 서둘러 흩어진 그들은 물가를 훑기 시작했다. 골프장 직원용 잠바를 걸친 그들은 물위에 번진 기름이며 돌에 들러붙은 기름까지 열심히 닦아댔다. 병철은 꺼진 불이 살아나기라도 한 듯 다시금 생기가 돌았다. 부산하게 움직이는 그들의 모습을 보니 자신의 신고가 드디어 약발이 먹히는가 싶었던 것이다. 그런 그들을 뒤로하고 병철은 오토바이에 시동을 걸었다. 막 출발하려다 보니 김과 신이 골프장 입구에서 누군가와 이야기를 나누고 있었다. 한눈에 보기에도 직책이 높아 보이는 골프장 직원을 상대하고 있었다. 분명 자신이 그랬던 것처럼 골프장도 그에 합당한 처벌을 받게 될 것이라 생각하며 병철은 집으로 향했다.

아침부터 비가 내렸다. 막 모종을 낸 각종 작물들이 타들어가고 여기저기 크고 작은 산불이 회를 치는 날이 계속되던 중 단비였다. 봄비 치고는 꽤 많은 양이라 마당에 빗물도랑이 흐르고 낙수고랑이 패었다. 병철은 마루에 나앉아 쭈뼛쭈뼛 치솟은 발톱을 깎는 중이었다.

"그놈의 비 한번 야물딱지게 쏟아지네. 온 천지가 다 씨언허겄구만."

잘라진 발톱을 그러모아 마당으로 훅 내던지던 병철은 의뭉스러운 표정으로 씨알거렸다. 시커먼 하늘빛으로 보건데 비는 쉬 그칠 것 같지 않았다. 잘만 하면 내일도 또 모레도 뻐드러질 수 있을 것이었다.

"이참 비가 긋고 나면 순덜이 뿌리바림을 헐 텐디 그러자면 죄다 새시로 북을 줘야 할 꺼요."

상을 펴놓고 벌레 먹은 콩을 골라내던 아내가 고시랑거렸다. 비가 그치는 대로 빡세게 일을 시작할 것이니 맘 단단히 먹으라는 일종의 통고였다. 병철은 아내의 그런 다그침에 끙— 못마땅한 속내를 드러내보였다.

"남의 아낙들은 이렇게 궂은 날이면 그 흔헌 김치쪼가리 지짐이라도 부쳐내동만 어찌 그런 될성부른 짓은 안 배우고 매양 그저 남정네 닦음 허는 것만 배워묵었을꼬. 허긴 씨부려봐야 돌아오는 것 없이 심만 풀리고 침만 보타지제……."

아내의 하는 꼴이 밉살스러워 구시렁거렸지만 정작 뜨뜻한 지짐에 달큰한 막걸리라도 한잔 들이켜고 싶은 기분 간절했다. 응당 비가 오는 날은 그렇게 할랑거리는 것이 재미라면 재미였다.

"만날 노라리로 이녁 몸만 편허자고 드는 남정네한테 뜨신 지짐까장 부쳐낼 창아리 없는 여편네가 어디 있답디여? 지금이라도 생각있시먼 그런 맹헌 여잘 찾아 나서던지."

병철은 괜한 말 비침을 하여 되려 아내한데 퉁바리만 맞았다. 헛헛한 기운에 마른 입술만 훔쳐낼 밖에 달리 도리가 없었다.

"거 박가 놈은 어제아래 개 한 마리 끄실리자고 나발을 불어쌌트니 왜 여직 소식이 없는 겨. 그 놈도 영 말이 앞서는 놈이라 당최 믿을 수가 있어야제."

병철과는 너나들이하며 임의롭게 지내는 박가가 며칠 전 저희 집 누렁이를 삶자던 것이 생각났다. 소문내지 말고 조용히

둘이서 해치우자던 박가로부터 종무소식이었다.

"그 집이 안사람이 장에 갔다 오다가 골프장으로 치닫던 차에 치어 병원에 실려갔다등만 개 꼬실릴 겨를이 있겠소? 원 당최 나대기만 허제 동네 돌아가는 꼴도 모리고 쯧쯧."

아내의 입에서 골프장 소리를 듣는 순간 병철의 머리를 반짝 스치고 지나가는 것이 있었다. 숭어가 폴짝 뛰어오르는 예고편과 함께 기름을 뒤집어쓰고 물속에 처박히던 자신의 몰골이었다. 아쉽게 허탕치고 말았던 숭어낚시의 끝자락에 골프장 기름 사건이 끌려나왔던 것이다. 병철은 벽에 납작 붙박여 매인 농업달력을 히뜩 쳐다보았다. 벌써 달포나 지나 있었다. 이래저래 아내에게 시달리고 농사일에 치이던 병철은 결과를 알려주겠다던 군청직원 김의 말을 까맣게 잊고 있었던 것이다.

"하루 왼종일 노닥거리고도 달만 차면 돈을 받아가는 늠덜언 그늠덜백이 읊을 것이여. 모동 쭉쩡이 같은 늠덜은 단칼에 찍어 내고 새물을 내야 헌단말이제."

병철은 칵- 가래를 돋워 마당에 뱉어냈다. 연락을 주겠다는 말만 남기고 여태 감감무소식인 군청 것들이 영 못마땅했던 것이다. 내친김에 병철은 전화통을 그러안았다.

"나 학동부락 강병철이요. 아 연락 준다는 지가 언젠디 여직 즌화 한 통 없는 것이요?"

병철은 김이 전화를 받자마자 버럭 소리부터 질렀다. 농투성이에다 꼬락서니까지 후줄근하니, 대고 무시하는가 싶어 바짝

약이 올랐던 것이다.

"……아- 그 골프장 기름 껀 말씀이신가요?"

"아- 고 어- 고 간에 진말 필요 없고 어치케 되얐소?"

"그게…… 누출된 기름 양이 워낙 미미해서 경고조치 했습니다."

"뭣이여 경고? 그라믄 그냥 말로다가 매조지 해브렀다 그 말이요? 허- 참 웃기도 안 해버리네. 비니루 쪼까 불댄 놈은 기어이 벌금을 물리등만 물에다 지름을 퍼낸 놈덜은 조심허라고 존말로 타일렀다 이것잉마. 그것을 지금 말이라고 게워내고 있는 것이여?"

"저희가 미처 바빠서 결과를 통보해드리지 못한 점은 죄송합니다. 그 외에 더 드릴 말씀은 없고요 그럼 바빠서 이만."

"뭣이여? 어이! 이봐! …… 이런 배라묵을 놈들을 봤나. 허 참 시상이 어치코롬 돼갈라는지 요론 군서기 늠덜까장 벼슬치레를 허고 자빠졌으니 애먼 놈만 죽어자빠지네. 내 꼴만 우습게 되야 브렀구만."

병철은 부르르 떨리는 손을 추슬러 담배부터 찾아 물었다.

"지름을 퍼낸 놈덜언 뭐고, 이녁 꼴이 우습게 된 것은 또 뭣이요?"

아내가 토를 달고 나섰지만 병철은 한동안 울렁이는 속을 어쩌지 못하고 연기만 뻑뻑 피워냈다. 생각 같아서는 당장이라도 쫓아가 멱살잡이라도 하고 싶은 심정이었다. 직접 나선 일에 이빨도 안 박히고 유야무야 덮어져버린 것도 화로 멱을 감을 일이지만, 애꿎게 자신만 죄인취급 당하고 벌금까지 물었는가 싶자 속까지 뒤집어졌다. 게다가 사람을 얼마나 쭉정이로 봤으면 그랬을까 싶어 낯이 다 확확 달아올랐다. 병철은 분을 삭이지 못하고 옆댕이에 앉은 아내를 상대로 분풀이를 하다가 사이사이 뒷댕이에 매어진 암소를 상대로 꺽꺽 화를 토해냈다. 입에 거품까지 물어가며 억울하고 분통한 사정을 낱낱이 까발린 병철은 주전자를 입에 물고 벌컥벌컥 냉수를 들이켜고 나서야 제대로 된 트림을 끅– 토해낼 수 있었다.

"당장 나가서 벌금 찾아오지 못혀!"

빽– 질러대는 아내의 목소리가 귀를 찢어놓는 순간 병철은 들고 있던 주전자를 내동댕이치고 벌떡 일어섰다. 금방이라도 물어뜯을 것 같은 아내의 서슬에 놀란 병철은 도리없이 빗속으로 내몰리고 말았다. 말을 하다 보니 과태료 물었던 것까지 죄 까발리고 말았던 것이다. 분명 아내가 사실을 알면 그냥 안 넘어 갈 것을 제 손금 들여다보듯 훤히 알았던 병철은 아내 몰래 벌금을 납부했었다.

병철은 맘을 단단히 잡도리하고 군청을 향해 휘적휘적 걸었다. 기왕지사 이렇게 된 것 죽이 되던 밥이 되던 군청으로 쳐들어가 분풀이라도 해야겠다는 생각에서였다. 집 없는 개처럼 빗속으로 내쫓기기까지 한 마당에 더 이상 망신 살 일도 없는 지경이었다. 바짓가랑이는 젖어들고 구멍 난 우산에서는 똑똑 물이 떨어져 내렸다. 그럴수록 병철은 독한 기운이 치밀어 올랐다. 이때껏 남하고 시비 한번 해본 적이 없는 병철이지만 이번 만큼은 사정이 달랐다. 내처 들어가서 군수의 책상머리부터 걷어찰 심산이었다. 마을 초입에 있는 회관 앞을 지나게 된 병철은 잠시 발을 멈췄다. 쳐들어 갈 때 가더라도 저보다 똑똑한 누군가에게 몇 마디라도 얻어듣고 가는 것이 뒷일을 생각해서 훨씬 낫지 않을까 싶어서였다.

병철은 길을 꺾어 이장 집을 찾았다. 배운 것으로 보나 만나는 사람들의 구색으로 보나 저보다 윗길임에 분명한 이장은 제 몸 다치지 않고 군청 것들을 욕보일 수 있는 비법을 알고 있을지도 몰랐다.

"자네 내 집에 먼저 들른 것을 천우신로다가 알소. 자네 말마따나 다짜고짜 군수 책상머리부터 걷어차고 악머구리를 썼다면 아매 지금쯤 자네보다 훨썩 어린놈의 경찰 나부랭이 헌티 꼬박꼬박 존대를 해감스로 취조를 당허고 있을 것이여. 그라고 그 희끗희끗헌 대갈빼기도 시간 맞차서 꼬박꼬박 조아려야 제우 풀려나올 것이다 그 말이여."

병철의 잔에 소주를 부어주는 이장의 말끝에 거드름이 묻어 나왔다.

"지금 때가 어느 땐디 그런 일을 당헐라고? 되레 즈그들 잘못헌 것을 덮을라고 법석일 것인디."

병철은 헛기침으로 이장의 말을 뭉개며 고개를 외틀었다.

"허허 이 사람 순진헌 것이여 모자랜 것이여? 자네가 때를 이 야기 했은께 그때를 내가 갈차줌세. 그동안 폭폭시럽던 군청 재 정이 골프장 들어선 뒤로 원헌히 보드라져븐 것은 포개두고라 도, 작년 가을에 군에서 주관 허는 갈대축제라든가 뭔가 허는디 뭉텡이 돈을 집어줌스로 협찬을 헌디가 어디며 군민회관 바닥 을 무늬목으로다가 갈마들이 혀준 데가 또 어디여? 영춘에미야! 거 술빙 하나 새로 내와야 쓰것다. 그라고 요론 촌구석에 무슨 정치회동이 그리 잦아싼지 군수를 위시하야 경찰서장에 소방서 장도 모지레 거 삼거리 로타리클럽 회장까지 찌웃거리는 골프 모임이 수시로 열린다는 것을 아는 거여 모르는 거여? 그들 축 에 골프장 얼굴사장이 빠질 리 없다는 것은 들녘에 맴생이 새끼 도 훤히 아는 사실이여. 때가 이런 땐디 자네가 군청으로 쳐들 어가서 뭘 어쩌겠다는 거여?"

이장은 혀까지 차며 병철을 짠하게 내려다봤다.

"분명히 지름이 새나왔고 지들이 그 지름을 받아감스로 사진 까장 박았은께 증거가 있을 것 아니라고?"

"그 증거 자네도 갖고 있는감?"

"……."

"골프장 직원덜이 달라들어서 깨깟이 닦아내드람서? 그라고 이리 비가 많이 와서 물이 불어도 하메 얼매는 불었을 것인디 뭣 이 보일 것이며 또 그동안 얼매나 씻겨 내려가브렀을 것이여?"

비는 조금도 그칠 기미를 안보이고 더욱 거세게 쏟아졌다. 병철은 그런 하늘이 야속하기만 하다는 듯 후- 한숨을 내쉬었다.

"그럼 어찌케 혀야 쓸랑가?"

"자네 혼자 설쳤다가는 복날 며칠 앞두고 회까닥 돌아버린 똥개로 둔갑을 허게 되는 것이여. 그러니께 미친개 취급 안 당헐라믄 집단행동이 필요헌겨. 자네도 한번 생각을 혀보소. 우리 부락에서 골프장때미 피해를 본 집이 한둘이여?"

"더러 있기야 허지."

병철은 뭘 어떻게 하자는 것인지 영 생각이 따라주지 않았다.

"그 새우젓국만한 눈만 끔벅거리지 말고 잘 생각해보더라고. 당장 지난 장날 박가 안사람이 차에 치인 것만 혀도 그려. 골프장 생긴 뒤로 차들이 뻔질나게 드나들며 애어른 할 것 없이 나댕기기가 무서워지지 않았더라고. 그러더니 결국 박가 안사람이 치인 것이고 당연히 박가도 지금 열이 받아 온도가 올라도 하메 후라이 해묵을 만치는 치솟았을 것이라 그 말이여."

"……."

"그라고 우리 부락이 원제부터 저녁술 먹고 해장술로 트림 허는 위인덜이 생겨났냐 이 말이여? 말인즉슨 손에 흙 한줌 거름 한 덩이 묻히지 않는 농새꾼덜이 부지기수다 그 말이여. 골프장 개발건으로 땅뙈기 폴아서 은행에 쟁여놓고 조석으로 술타령에 니나노를 불러제끼는 인사덜이 쌔브렀다 이거여. 아매 그 사람덜 절반은 알콜 중독자일 것이여. 그 뿐이간 냄편이 술독에 빠져 골통이 물러빠지고 몸통이 녹아나니께 심께나 쓰는 놈덜 찾아서 야반도주헌 아짐씨들이 또 몇이여?"

"따지고 보니께 환경오염만 시키는 중 알았디니 우리 부락 사람덜얼 못씨게 맨들어브렀그만."

누에고치 뽑듯 쉴 새 없이 말을 뱉어내는 이장을 상대로 병철은 계속해서 고개를 주억거렸다. 이장의 말을 듣고 보니 타당한 구석이 없지 않았던 것이다.

"어따 이 사람 서해안 고속도로 개통된 지가 언젠디 여직 이렇게 느려. 환경오염 중에 질로 웃질이 바로 인간덜 오염시키는 거 아니더라고. 그랑께 그 골프장 하나 땜시 우리 부락 사람덜 태반이 오염되브렀다 그것이여. 더불어 자네도 알다시피 지금들에 변변히 목통을 질러대는 깨구락지 새끼덜이 몇이나 되며 볶아묵고 튀겨묵고 구워묵고 입맛대로 골라묵던 메뚜기 방아깨비 참새는 다 어디로 가버린겨? 죄다 원족이라도 갔나? 원족이 질어도 너무 질어. 그러자니 뭐 없는디 뭐가 어쩌드라고 씰데없는 해충 나부랑이 덜만 북새를 떠는 통에 워디 농새 짓것다고? 나락은 쭉정이고, 콩알은 곰보 낯바닥모냥 구멍이 숭숭 뚫리고 과실은 채 맛도 들기 전에 빠져 나동그는디 뭔수로 농새를 짓냔 말이여. 그것이 다 뭣 때문이간디, 그 독허디 독헌 외국산 농약을 숫제 들이붓고 뿌려대니, 이리 흘러들고 저리 휘날리고 애먼 논밭만 피해를 보는 거 아니더라고."

이 홉들이 소주병 세 개가 내장을 드러냈음에도 이장은 전혀 혀가 말려들지 않았다. 오히려 눈에 핏발까지 세워가며 골프장을 성토했다. 그런 이장의 말을 듣다보니 덩달아 병철도 분기탱천 화가 치밀어 올랐다.

"그람 그 집단행동이라는 것은 어찌케 허는 것인가?"

억울함에 악감정까지 생긴 병철은 선뜻 무슨 일이든지 할 수 있을 것 같았다.

"우선 골프장에 요만치라도 억하심정이 있는 사람덜언 죄다 찾아가서 편을 짜야혀. 그런 다음 항꾼에 쳐들어가는 거여. 일단 사람덜이 많이 모여서 요란얼 떨어대면 대번에 신문 방송에서 들고 일어날 것이고 그라면 경찰덜도 함부로 못 허게 되는 것이여. 그때 가서 골프장이 얼매나 환경오염을 시키고 있고 우리 부락 사람덜까장 베래블게 했는지 떠들어대자 이 말이여. 그러자면 자연히 군청직원덜 업무처리 잘못헌 것까지 볼가질 것이다 그 말이제. 만약에 요 일이 잘만 되야블면 자네는 우리 부락 환경지킴이로다가 테레비까장 나오는 유명인사가 되야블지도 모를 일이여. 아먼! 자네가 지름 새나오는 것을 신고했다는 것만으로도 환경지킴이 틀림없제."

병철은 그제야 속이 시원히 뚫리는 것 같았다.

"그람 자네가 시키는 대로 함세. 역시 이장은 아무나 허는 것이 아니여. 자네 같은 유식헌 사람이 이런 좁아터진 구석지에서 썩어난다는 것은 국가적인 차원으로다가 큰 손해란 생각이 등마. 참말로 존경시럽네."

병철은 거나하게 술이 달아오른 만큼 기분도 흡족했다. 그리고 약간의 영웅심도 생긴 터라 팔다리에 바짝 힘이 붙기까지 했다. 자신의 배알로는 기껏해야 군청 문전에서 몇 번 소리나 지르고 말았을 것이지만 이장이 일러준 대로 하기만 하면 골프장은 물론이고 군청직원들까지 싸잡아서 치도곤을 낼 수 있을 것 같았다.

기쁜 마음에 우산까지 접은 병철은 내리는 비를 그대로 맞으며 집으로 향했다. 처음에는 단순히 숭어를 잡지 못한 아쉬움 때문에 생긴 일이었지만 이제는 학동마을 환경지킴이까지 되어버린 상황이고 보니 비 쪼끔 맞는 것은 대수도 아니었다. 하긴 영웅호걸은 보통사람하고는 뭐가 틀려도 틀리다 않던가.

"시원허니 속풀이 국이나 한 그릇 내와 봐."

집에 들어선 병철은 비에 젖은 옷을 벗기도 전에 아내를 호령하려 들었다.

"……."

방을 훔치던 아내는 병철을 히뜩 돌아보았다. 비를 맞고 돌아다니더니 휘딱 돌아버렸는가 싶은 눈빛이었다. 병철은 그런 아내를 향해 빳빳이 고개를 쳐든 채 눈알에 힘을 줬다. 한동안 방안은 팽팽한 긴장이 감도는가 싶었지만 한순간 아내의 손에 들려있던 걸레가 병철의 얼굴을 향해 휙 던져지는 것으로 간단히 상황은 마무리되었다.

"짐승이라면 잡아 묵기라도 헐 것이고 하다못해 똥오줌만 되더라도 거름으로나 쓸 것인디…… 쯧쯧 구신이 아무리 공사가 다망혀도 여그보톰 들린단 말이제."

　아내는 허텅지거리 몇 마디를 내뱉고 마당을 가로질러 변소로 들어가 버렸다.

　"저런저런 서방 떠받들기를 하늘님 모시듯 혀야 배깥에서 큰일을 허는 법인디 대놓고 찌그렁이를 붙으니 당최 뭔일이 될 것이여."

　탓을 한들 소용없는 일이었다. 원래 성미가 그런 사람이고 보니 상대하는 것이 상대 안 하느니만 못한 경우가 다반사였다. 병철은 몸이 노곤하게 풀렸다. 취기와 한기가 한꺼번에 덤볐다. 대충 겉옷을 벗어 던지고 그대로 꼬꾸라졌다. 모로 누운 채 가랑이 사이에 두 손을 넣은 병철은 영락없는 어린애의 형상이었다. 병철은 그렇게 누운 채 배시시 입가에 웃음을 물었다. 이제 막 꿈을 가진 소년처럼 맑은 미소를 피어 올렸다. 병철은 넓은 대로를 달리는 꿈을 꾸었다. 막힐 것이 없는 대로를 마음껏 내달렸다. 병철의 뒤로 수많은 사람들이 보였다. 병철은 그들에게 손을 흔들어 보였다. 환호성을 지르며 쫓아오는 사람들을 보면서 가슴이 벅차올랐다. 병철은 그렇게 즐거운 맘으로 밤새 달리고 또 달렸다.

　"벌금은 해결을 본 것이요?"

　아침 밥상머리를 마주한 아내는 다짜고짜 병철에게 따져들었다. 병철은 귀찮기도 하고 상대하기도 싫어 못들은 척 수저만 부렸다.

"물세며 비료대며 품삯까지 나갈 데는 천진디……."

아내는 총각무 하나를 치켜들더니 버석버석 씹어 돌렸다. 애꿎은 총각무가 대신 분풀이를 당하고 있는 꼴이었다. 병철은 아내의 이빨에 사정없이 부서지는 총각무가 꼭 자신만 같아 가만히 있을 수가 없었다.

"거 벼룩이 낯짝만헌 자네 소가지로는 애꿎게 버린 벌금만 아깝겠지. 허지만 사나이 대장부로 태어난 나는 시상을 보는 배포가 다르다 그 말이여. 나가 어떤 일을 벌일지 자네헌티 쪼매 귀띔이라도 헌다믄 아매 뒤로 자빠져서 대갈통이 성허딜 못헐꺼여."

숭늉으로 입을 헹군 병철은 아침 밥상을 물리는 아내의 뒤에 대고 흰소리를 했다. 아내는 들은 척도 않고 나갔지만 병철의 거들먹거림은 영 잦아들지를 않았다.

"나가 이때껏 남 앞에 나서지를 않아서 그렇지 인자 골프장이며 군청이며 나 앞에서 발발 떨게 될 것인께 똑똑히 지켜보더라고."

병철은 예식장에 나설 때 한 번씩 걸치던 양복을 꺼내들었다. 평상시에는 제법 때깔이 빠지지 않던 양복이었으나 막상 입으려니 후줄근하고 근천스럽게 보였다. 그렇다고 달리 입을만한 옷가지가 있는 것도 아니어서 그동안 아껴두었던 새 넥타이를 매는 것으로 아쉬움을 대신했다.

"그려 그렇게 호언장담을 허니께 내 지켜보겠어. 만약에 뭔 일이던지 일을 내지 못허는 날에는 나 허고 일 날 줄이나 알어."

막 대문 밖을 나서는 병철을 향해 아내는 악매를 질렀다. 뒤돌아 뭐라고 대거리를 할까 싶다가 병철은 그대로 대문을 나섰다. 아침부터 끌탕을 해봐야 바깥일이 제대로 되겠나 싶었던 것이다.

병철은 박가 안사람이 누워 있다는 읍내 병원부터 찾았다. 없는 형편에 박카스까지 한 박스 챙겨들고 병실로 들어선 병철은 환자 용태부터 살폈다. 석고를 바른 한쪽 다리가 대롱대롱 매달린 박가 안사람은 병철을 보자 무람없이 웃는 낯을 보였다. 병철은 그런 환자에게 말주변도 없는 인사치레로 닦음하고 박가를 병실 밖으로 불러냈다. 병철을 따라 나온 박가는 자판기에서 커피를 뽑아 대접하며 기꺼워했다.

"들에 일 천질 텐디 뭣허로 여까지 왔단가? 금간 디만 붙으믄 바로 퇴원헐 텐디."

제법 살갑게 대하는 박가의 얼굴이 녹녹해 보였다.

"근심이 많제? 그놈의 골프장 때미 애먼 사람이 고상이구만. 자네는 성허니께 그렇다 치고 제수씨는 얼매나 답답증이 일겄어."

커피를 후후 불어 마시며 병철이 걱정스러워 했다.

"이런 값어치 있는 고상이라면 열 번이라도 허것네."

"……"

"차에 받혀도 비싼 차에 받히라등만 그 말이 빈말이 아니드란 말이시. 병원에 눕자마자 보험회사 직원이 달려오드니 업무처리를 제 알아서 깨끔허니 허고 합의금까지 두둑이 주더란 말이여. 아 그것으로도 감사헐 따름인디 뒤늦게 차주가 보내서 왔다고 사람이 하나 오드니 위로금이랍시고 또 봉투럴 하나 내밀고 가는 것이 아니여. 봉투럴 열어본께 큰 거 두 장이 떡허니 들어 있드란 말이여. 몸이야 좀 상했지만 이런 횡제가 또 워디 있겠는가."

박가는 달뜬 얼굴로 씨부렁거리더니 급기야 차주를 칭송하기까지 했다. 병철은 그런 박가를 상대로 사람 다친 것이 중하지 그 돈 몇 푼이 중하냐며 이치를 따졌다. 그리고 이번 기회에 골프장으로 출입하는 차들이 다니는 길을 새로 만들게 골프장 측에 압력을 가하자고 했다. 덧붙여 환경파괴 시킨 것과 마을 사람들 망쳐놓은 것까지 책임을 따져 묻자고 설득했다. 하지만 박가는 불쾌하게 여기는 기색이 역력했다.

"말얼 듣고 본께 영 거시기 허네. 자네 시방 나가 눈먼 돈얼 조까 주섰다니께 배가 아파서 그런 겨? 허허 참말로 이래서 사람은 알고 봐야 헌다니께."

시종 병철의 말을 아니꼽게 듣고 있던 박가는, 뒤틀린 소리를 쏴대며 눈알을 희번덕거렸다. 그런 것이 아니라며 전후사정을 설명하려는 병철에게 "지난번 개 끄실리자는 말은 없던 일로 허세. 마누라 약이나 해야 쓰것구만" 한마디 내뱉은 박가는 야멸치게 돌아섰다.

몹시 열이 받아서 살짝 말 비침만 하더라도 제꺽 동조하고 나설 줄 알았던 박가가 전혀 엉뚱하게 나오니 병철은 낙심이 컸다. 돈이면 안 될 것이 없다더니 박가의 꼴을 두고 하는 말인가 싶어 괜히 우울해지기도 했다. 병철은 섭섭한 마음을 다잡고 다시 발을 떼었다. 아직 찾아봐야 할 사람들이 많았던 것이다.

병철이 다음으로 찾은 사람은 한창 나이에 술병만 그러쥐고 사는 만수였다. 만수는 예의 대들보를 등지고 앉아 병나발을 불고 있었다. 벌써 아내가 집을 버리고 떠난 지 둬 달 돼서인지 집안 꼴이 엉망이었다. 병철은 절반 쯤 맛이 간 만수를 상대로 이런저런 말품을 건네다 골프장 이야기를 들춰냈다. 술로 곡기를 대신하여 몸을 망치게 된 것도, 집안이 이렇듯 짜부라지게 된 것도, 따지고 보면 골프장에 땅문서 넘기고 받은 보상금 때문이라는 말로 운을 떼었다. 내처 병철은 만수의 아내가 바람이 나 애들도 버리고 통장의 잔고까지 탈탈 털어서 도망쳐버린 것도 골프장이 원인이라고 바른말을 했다. 병철의 말을 듣고 난 만수는 그렇잖아도 발그레 달아오른 얼굴이 벌건 불로 변하더니 술병을 내던지며 벌떡 일어섰다.

"이런 씨부랄년이 화냥질을 해 처먹을라고 뻥아리만헌 아새끼들까장 떼치고 도망을 가…… 그래 꼭꼭 숨어 댕겨라 잡히는 날이 니 제삿날이니께."

갑자기 선불 맞은 멧돼지로 변한 만수는 절굿공이를 집어 들더니 닥치는 대로 때려 부수기 시작했다. 어떻게 말릴 겨를도 없고 감히 엄두도 못 낸 채 지켜보던 병철은 다리가 다 후들거렸다. 장광의 독들이 모다 박살이 나고 살강의 그릇들이 깨져나가는 광경을 더 이상 못 보겠던 병철은 그 길로 뛰쳐나왔다. 한참만에야 벌떡거리는 가슴을 진정시킨 병철은 뭐가 잘못 되도한참은 잘못 되고 있다고 생각했다. 한데 뭉쳐서 골프장까지 쳐들어가는 것은 일도 아닐 것으로 생각했더니 갈피를 잡을 수 없을 정도로 꼬여들고 있었다.

병철은 맥이 풀려 걸음까지 휘청거렸다. 아침나절 빳빳이 고개를 쳐들고 힘 있게 걷던 그의 모습은 온데간데없었다. 곧 쓰러질 것 같은 몸을 간신히 이끌고 마을 어귀 정자까지 간 병철은 담배 한 개비를 피워 물었다. 마음이 헛헛하고 모든 것이 귀찮아졌다. 뭣 때문에 자신이 이러고 돌아다녀야 하는지 그 이유까지 헷갈렸다.

"아이고 강 씨 아자씨 아녀? 고롱코롬 뺀도롬허니 빼입고 있으니께 영 몰라보겠네."

"그러게 말여 곧장 방송국으로 치달아도 연속극 배우는 해묵고도 남을 것 같은디."

밭일을 하다 점심때를 맞춰 정자에 들른 아주머니들이 알은체를 했다.

"볕도 뜨거운디 고상덜 허시는구만요."

병철도 마지못해 입을 달싹거렸다.

"그란디 워디 댕겨오시요? 월평떡언 혼자서 땀얼 퐅죽으로 쏟아감스로 써레질얼 허고 있던디…… 이렇게 바쁜 일철에는 내

우 간에 서로 일을 거들어야혀요."

월평은 병철 아내의 택호다. 아주머니들의 말인즉슨 여편네만 부려먹지 말고 네가 앞장서 일을 해라, 그 뜻이었다. 원체 아내가 일벌레로 소문이 자자하니 병철은 뜻하지 않게 마을 아낙들의 원성을 사는 경우가 종종 있었다.

"그럼 식사들 허세요."

"한 술 뜨고 가시제 그러요? 월평떡이 논에 있으니 챙겨줄 사람도 없을 것인디."

혼자서 일을 하고 있을 아내를 생각하니 병철은 가슴 한구석이 싸하게 아려왔다. 자신에게 모진 소리를 해대도 늘 한쪽 등이 되어주는 사람이 아니던가. 그런저런 생각까지 치밀어 오르자 병철은 자신의 꼴이 우습게 생각되었다. 제 가정 하나 제대로 단속도 못하는 위인이 바깥일까지 할 깜냥이나 되겠는가 싶어서였다. 찬찬히 생각해보면 한창 바쁜 농사철에 하루 품을 버려가면서까지 집단행동을 할 부락사람들이 있을까 싶기도 했다. 생각이 그에 미치자 병철은 이장을 찾아 길을 틀었다. 그쯤해서 그만둘 뜻을 비치고 싶었던 것이다.

애써 이장을 찾아갔지만 그이는 집에 없었다. 읍내에 볼일이 있어서 나갔다고 했다. 병철은 별수 없이 집으로 찾아들어 식은 밥 한 덩이를 물에 말아 훌훌 털어 넣었다. 물 말은 밥이 목구멍에 걸린다는 말은 일찍이 들어본 적도 당해본 적도 없으나 이상하게 컥컥 막히며 넘어가지를 않았다. 밥상을 밀쳐놓고 담배 하나를 태우고는 그대로 모로 쓰러져 잠이 들었다. 몸과 마음이 한꺼번에 곤죽이었다.

"아– 아– 부락민께 알려드립니다. 지금 우리 부락에 중차대 헌 일이 발생허여 어쩔 수 없이 방송을 허게 되었음을 양해바랍니다. 뭔 일인고 허니, 우리지역의 자연환경을 보호허고 우리 부락민덜이 오염되지 않게 허겄다는 일념으로다가 강병철 씨가 혈혈단신 홀몸으로 동분서주 맨발로 뛰고 있다 이 말입니다. 그러니께 우리 부락민덜도……."

꿈속에서 옹배기 쪼개지듯 퍽퍽한 이장의 목소리가 들렸다. 꿈속에서 들어도 영 맛깔스러운 구석이라고는 찾아볼 수 없는 청이었다. 아슴푸레 흘려듣다가 간신히 눈을 뜬 것은 병철 자신의 이름이 불려질 때였다.

"모다 생각덜 해보시오. 골프장이 생긴 뒤로 허구장천 술로 사는 남정네가 몇이며 또 보따리를 챙겨서 내빼버린 아짐씨들이 몇이요? 들에 깨구락지 한 마리가 얼씬을 허요? 또랑에 미꾸라지 한 마리가 개탕을 치요? 모다 목심이라고 붙은 것덜언 모조리 씨를 몰리고 그러다가 결국에는 우리 부락 사람덜 전부를 보타 죽이고 말 것이다 그 말이요. 우리 부락이 어떤 부락이요? 온갖 외침과 난리 통에도 굳건히 존속헌……."

병철이 정신을 차리고 들어보니 이것은 꿈이 아니라 엄연한 생시였다. 그러나 병철은 얼른 몸을 일으킬 엄두가 나지 않았다. 웬일인지 스피커에서 자신의 이름이 거명되자 더럭 겁이 났던 것이다.

"골프장에서 기름을 몰래 흘리고 있는 것을 본 강병철 씨가 그에 분개한 나머지 의분강개한 맘으로다가 스스로 우리 학동 부락의 환경지킴이로 발 벗고 나섰다 이 말입니다. 강병철 씨가 앞장서고 우리가 뒤럴 따라서 그 온갖 오염물질덜얼 배출 허는 골프장으로 쳐들어가자 이 말입니다."

이장의 말을 들으면 들을수록 더욱 가슴이 조여들고 두근거려 그냥 있을 수 없었던 병철은 서둘러 몸을 일으켰다. 병철은 이장 집까지 가는 동안에도 행여 마을 사람들을 만나지나 않을까 괜히 신경이 쓰였다.

"이 자네 마침 맞게 왔네. 나랑 이것들을 돌리로 다니세."

병철을 보자마자 이장은 전단지 한 묶음을 쥐어주었다. 손에 들린 전단지를 보니 골프장을 성토하는 내용과 군청직원들의 그릇된 업무처리가 빼곡히 적혀있었다. 그리고 마을 사람들을 독려하는 문장 사이사이 '학동부락 환경지킴이 강병철'이라는 글자가 유난히 짙은 색으로 찍혀있었다. 그뿐 아니었다. 이장은, 원색적인 문구가 적힌 플래카드 몇 개와 붉은색 머리띠까지 철저히 준비해놓고 있었다. 낮에 읍내에 나갔다더니 그것들을 준비하러 갔다 온 모양이었다.

"뭘 그리 멀뚱히 서있는가? 얼른 부락 사람덜얼 설득허로 가야제. 내일이면 골프장언 깨박살 날것이고 자네는 영웅이 되야 있을 것이여."

거침없이 말하고 행동하는 이장을 대하자니 병철은 다시 맘이 동했다. 시원스럽게 밀고 나가면 마을 사람들도 잘 따라줄 것 같은 생각이 다시금 들었던 것이다. 심약한 병철은 이장의 뒤를 주춤주춤 따라 나섰다.

원체 말주변이 좋은 이장인지라 집집이 들러 상황을 설명하고 전단지를 나눠주자 처음에는 냉담하던 사람들도 고개를 끄덕거리기까지 했다. 아울러 이장은 마을 사람들 앞에서 병철을 한껏 치켜세웠다. 그에 힘이 생긴 병철은 아침에 집을 나설 때처럼 기운이 솟았다. 병철은 사람들의 손을 잡고서 내일 오전 아홉시에 마을회관 앞으로 꼭 나오라고 신신당부를 했다. 그렇게 마을을 전부 돌고 나니 어느새 밤이 되어있었다. 병철은 그 밤이 꼭 소풍가기 전날 밤처럼 설레었다. 과연 사람들은 몇 명이나 모일 것이며 계획대로 골프장까지 쳐들어 갈 수는 있을 것인지 이런저런 생각에 잠을 뒤척였다.

"든든허게 드시오. 하다못해 소리라도 지르고 앞장서 나갈라면 속이 비어서는 안 되니께."

아내가 아침 밥상을 차려 내왔다. 선잠을 잔데다가 맘이 뒤숭숭하여 입맛이 없었지만 병철은 밥상을 제 앞으로 끌어당겼다.

"아니 이게 다 뭐여. 누가 죽으러 가남?"

언제 목을 비틀었는지 씨암탉이 삶아져 있고, 노상 먹어도 물려하지 않는 잡채와 두부찌개가 먹음직스럽게 차려져 있었다. 다른 때와는 달리 말도 자분자분 하는 아내가 달리 보이기까지 했다. 어쨌든 병철은 아내가 차려준 밥상을 걸게 받아먹고 얼추 시간을 대서 집을 나섰다. 그 뒤를 아내가 서너 발짝이나 떨어져서 뒤따랐다. 평소 같으면 벌써 앞질러 가며 뒤처지는 병철을 향해 눈알을 희번덕거렸을 것이다.

좀 일찍 도착해서인지 마을회관 앞에는 아직 인기척이 없었다. 병철과 아내는 내외라도 하듯 서로 사이를 두고 섰다. 잠시 후 두런두런 사람소리가 들렸다. 반가운 마음에 쳐다보니 안면이 없는 두 사람이 나타났다. 찬찬히 뜯어보니 내색은 않지만 골프장 직원들이 분명해 보였다. 미리 정보를 얻어듣고 염탐을 하러온 이들로 보였다. 그들은 멀찌감치 떨어져서 이쪽 상황을 예의주시하고 있었다.

"아직 아무도 안 나왔는가?"

이장이 나타나더니 시계를 쳐다보았다. 아홉 시 십분 전이었다. 이장과 병철은 담배를 나눠 피우며 거푸 시계를 쳐다보았다. 아홉 시가 다 되어서야 여자들 셋이 모습을 드러냈다.

"잠깐만 지다리고 계시쇼. 얼런 방송얼 한번 때리고 전화도 돌리고 혀야 쓰겄구만."

이장은 회관 안으로 들어가더니 목소리를 북돋아 마을 회관 앞으로 한 사람도 빠짐없이 나오라고 거듭 당부를 했다. 그리고 여기저기 전화를 넣는 눈치였다. 그동안에 네 사람이 더 왔고 두 사람이 사라졌다. 벌써 삼십 분이 지나 있었다. 기다리고 있는 사람들도 슬슬 뒤를 살피는 눈치였다.

"워따 이 사람덜이 공일이라고 퍼질러 자는 것이여 아니면 죄다 목간이라도 간 것이여?"

이장의 목소리에 답답한 기운이 묻어났다. 병철은 슬슬 불안해지기 시작했다. 아내를 슬쩍 곁눈질 하니 표정이 그리 썩 좋지 않은 기색이었다. 나와서 기다리고 앉았는 몇몇 사람들 보기도 민망했다.

"요래같꼬는 안 되것는디 어쨌으면 좋겄는가?"

병철이 이장에게 물었다.

"글씨 나도 요롷게 안 나와블지는 몰랐는디⋯⋯."

이장도 당황해 하기는 마찬가지였다. 꼭 나올 것이라고 믿었던 사람들이 모습을 나타내지 않으니 막막했다. 처음부터 이쪽 사정을 주시하고 있던 두 사람은 이미 파장을 알아차렸는지 자리를 뜨고 없었다. 그쯤 그나마 나왔던 사람들마저 홑바지에 방귀 빠지듯 솔솔 사라져버렸다. 마지막까지 마을회관 앞에 남은 사람은 병철과 이장 그리고 아내였다.

"제수씨도 그만 들어가시오. 아무래도 오널언 일이 안 될랑갑소."

이장이 병철의 아내를 챙겼다. 하지만 정작 병철은 그런 아내에게 미안하기도 하고 부끄럽기도 하여 무슨 말도 못하고 슬그머니 회관 뒤를 돌아 큰길로 나와 버렸다.

병철은 마음이 찹찹했다. 아내에게 그런 헐렁한 모습을 보인 것도 그랬거니와 뭐하나 제대로 해내지 못하는 자신이 마냥 희떱게 생각되었다. 병철은 전방에서 막걸리 두 통을 사서 뒷산으로 올랐다. 아침상을 거하게 받은 것도 한없이 후회스러웠다. 이것저것 상을 차리기 위해 새벽같이 일어났을 아내의 얼굴이 묵지근하게 가슴 한쪽을 짓눌렀다. 저 아래로 헐거운 자신의 집이 내려다보였다. 번듯하게 양옥으로 올려 세운 집들도 많은데 유독 짜부라져 보이는 자신의 기와집이 꼭 자신을 닮은 것 같아 측은한 생각마저 들었다. 병철은 거푸 막걸리를 들이켰다. 낮술이 들어가서 그런지 은근하게 취기가 올랐다.

"워매 큰일나브렀소. 지금 우리 부락 환경지킴이 강병철 씨 내자가 질바닥에 경운기를 가로질러놓고 그 아래 바쿠에다가 몸띵이럴 들이밀고 누워서 꼼짝도 안 헌당께요. 이 방송을 듣는 즉시 병철이 자네는 속히 이짝으로 와야쓰겄네. 잘못 허다가는 자네 안사람이 크게 상해블게 생겼응께. 그라고 부락민덜도 싸게 나와 봐야 쓰것어라. 이거 보통 난리굿이 아니란 말이요."

막걸리를 두 통째 나발 불던 병철은 이장이 질러대는 스피커 소리에 간이 철렁 내려앉았다. 뭔 사단이 나도 단단히 났구나 싶어 막걸리 통을 내던지고 산길을 내달리기 시작했다. 원체 드센 아내의 성질머리를 잘 알고 있는 터라 병철은 마음이 다급했다. 뛰면서 보니, 집에서건 들에서건 마을사람들도 바삐 모여들고 있었다. 생각보다 사건이 크게 터졌구나 싶자 오히려 발걸음이 무겁고 자꾸만 땅에서 발이 떨어지려 하지 않았다. 마음은 다급하고 몸은 말을 들어먹지 않으니 죽을 지경이었다.

병철이 도착하니 벌써 마을사람들이 거지반 모여 북새를 이루고 있었다. 그 속을 뚫고 들어가니 아내는 정말로 경운기 바퀴 밑에 배를 들이밀고 누워있었다. 그런 아내를 지켜보는 마을사람들의 머리에는 '골프장은 반성하고 군청은 각성하라'고 적힌 붉은 띠가 매져있고 남자들 몇은 '골프공에 멍들고 농약에 썩어가는 우리국토'라고 적힌 플래카드를 흔들어댔다. 아내와 사람들이 가로막아버린 길은 벌써 차들이 셀 수도 없이 늘어서 있었다. 봄볕 화창한 일요일이라 골프장을 찾는 사람들이 특히 많았던 때문이었다.

"환경파괴 시키는 것도 모자라 우리 부락 파멸시키는 골프장을 몰아내자."

"몰아내자 몰아내자."

이장이 목청을 높여 소리를 지르자 다들 따라서들 하는 폼이 제법 텔레비전께나 본 솜씨였다.

"여러분 우리 부락의 환경지킴이 강병철 씨가 왔습니다."

이장이 병철의 오른손을 번쩍 들어 소개를 하자 여기저기서 박수와 함께 환호성이 들렸다. 얼결에 부락사람들 앞에 서게 된 병철은 어리둥절했지만 제법 막걸리까지 마셔 부끄러움도 가신 터라 못할 것도 없었다.

"지름을 흘려보내 숭어를 내쫓은 골프장을 처벌하라."

"처벌하라 처벌하라."

"느그들이 뿌린 농약 묵고 우리 토종 다 죽어간다."

"다 죽어간다 다 죽어간다."

언제 도착했는지 골프장 직원들이 부리나케 달려왔다. 하지만 길을 막아선 마을 사람들을 어쩌지 못하고 그 중 끗발이나 있어 뵈는 사람이 병철 앞으로 다가섰다.

"강 선생님 제발 농성을 풀고 차들 좀 들여보내 주십시오. 오늘 저 손님들 놓치면 손해도 손해지만 이미지 타격이 막대해서 앞으로 영업하기 정말 힘들어집니다."

저 멀리 큰 차도까지 줄줄이 이어진 고급 차들이 셀 수도 없었다. 그런 모습을 보자 병철은 없던 힘까지 솟아났다.

"국산 자치기도 있는데 수입산 골프가 웬 말이냐."

"웬 말이냐 웬 말이냐."

정말로 이장이 예상한대로 여지저기서 카메라 플래시가 터지더니 저 멀리서 방패와 곤봉을 든 전경들까지 뛰어오고 있었다. 그러거나 말거나 병철은 목청껏 소리를 지르며 마을 사람들을 선동했다. 시종 입을 꾹 다문 채 경운기 밑에서 상황을 관망하던 병철의 아내는 언제부터인가 눈물을 흘리고 있었다. 방울방울 떨어져 내리는 눈물 속에 병철의 얼굴이 다보록이 담아져 있었다.

수상한 여자

미로

"이렇게 많은 색깔을 보긴 처음이에요."

노을에 비낀 여자의 얼굴은 가을 감빛 그대로다. 여자의 말처럼 가을 산은 수많은 색들로 눈이 부시다. 마른 침엽수 잎 하나가 바람에 날린다. 여자의 머리카락을 닮은 마른 침엽수 잎. 빨랫비누로 감은 듯 아무렇게나 산발한 짧고 곱슬거리는 머리카락. 이렇게 심한 곱슬머리 여자는 어릴 때 이후로 본 기억이 없다.

"잊고 있었던 바람 냄새가 나요."

쑥부쟁이 하나를 꺾어 여자의 코끝 가까이 가져가자 깊게 숨을 들이마신다. 그런 여자의 눈이 참 맑다. 시린 겨울 하늘을 닮은 여자의 눈은 너무 맑아서 금이 갈까 두렵다. 얼어붙어버린 듯 까만 눈동자는 한 번도 본 적 없는 북극의 겨울밤을 떠올리게 한다.

"그럼 그냥 바람꽃이라고 부르면 되겠네."

여자가 무릎을 굽혀 운동화 끈을 고쳐 맨다. 새것 같지만 헌것 같아 보이는 때 탄 운동화 위에서 희고 가는 여자의 손이 버석거린다. 탄력도 없고 촉촉하지도 않은 마른 손. 속절없는 여운과 함께 쉽게 손바닥을 펴 보일 것 같지 않은 단단한 기운이 느껴진다. 여자의 손바닥 안에는 어떤 운명이 똬리를 틀고 있을까. 실금이 수없이 그어진 여자의 손바닥에는 알 수 없는 미로가 복잡하게 얽혀있다. 그 미로 속을 헤매고 있는 나는 방향감

각을 잃어버린 지 오래다. 계속 어딘가를 향해 걷지만 아무런 확신이나 믿음이 부재한 몽환적 걸음걸이는 연신 허방을 짚는다.

사과

여자는 예고도 없이 날 찾아왔다. 불현듯 맞이한 여자의 창백한 얼굴에 나는 적이 당황했다. 특별히 다시 만나리라고 생각지 않았던 사람의 급작스러운 방문은 기분과 몸을 한꺼번에 경직되게 만든다. 전날 술자리에서 동물 보호협회 간사인 윤을 따라서 뒤늦게 나타난 여자였다. 얼떨떨한 기분으로 커피를 타는 동안 나는 어제의 기억을 더듬었다. 사실 나는 전날 좀 취해 있었고 매번 취하면 소소한 실수들을 하는 버릇이 있어 혹시나 하는 기분에 되도록 빨리 기억을 더듬었다.

"나도 이런 방 하나만 있었으면 좋겠다."

여자는 흡족한 눈빛으로 사무실을 둘러봤다. 오피스텔을 사무실로 쓰고 있는 공간이 여자의 맘에 들었던 모양이었다. 환경단체에서 어렵게 꾸려가고 있는 사무실은 상주인원이라고는 고작 나 혼자밖에 없는 처지이고 보니 내 주거공간과 크게 다를 바 없었다. 여자의 말은 왠지 앞으로 자주 들르겠다는 통고처럼 들렸다. 내 기억이 맞다면 여자는 거의 술자리가 파장일 때 왔고 아무런 흔적도 없이 그대로 앉았다 일어섰다. 그런데 왜 여자는 다음날 내 사무실까지 찾아왔을까.

"달갑지 않은 방문인가요? 쓰네요."

살짝 커피로 입술을 적신 여자가 혼잣말처럼 중얼거렸다. 시니컬한 여자의 말끝에서 나는 전날 취중에 명함을 건넨 사실을 떠올릴 수 있었다. 아마도 미인이라는 찬사를 덤으로 주었을 터였다. 그래도 여전히 낯설기만 한 여자의 존재는 창자 속에 들앉은 음식물 덩어리처럼 부담스럽기만 했다.

창문을 넘어서 느리게 걸어 들어온 볕이, 부스스한 여자의 머리와 야윈 어깨를 핥아먹고 있었다. 여자는 추워 보였다. 10년쯤 그 자리에서 그렇게 추위를 견디며 앉아있었던 사람 같았다. 어쩌면 여자는 몸을 녹이러 들어온 것일 수도 있었다.

사무실은 여자가 들어온 후부터 고요의 공간으로 변했다. 공기의 흐름과 먼지의 일렁임, 그리고 집기들이 부식되는 소리까지 여자의 리듬을 타고 흐르는 듯 했다. 가늘고 섬세한 울림의 파장이 전혀 다른 분위기를 연출해냈다. 점점 나는 이방인이 되어가고 있는 느낌이었다. 눈에 익고 몸에 감기던 사무실의 모든 것들이 여자의 포로가 되어 하늘거렸다. 소리도 없이 마음 한 귀퉁이에 생채기를 남기는 여자의 비낀 눈빛은 대체 무엇이란 말인가.

"이 의자, 앞으로 내 의자 할래요."

"……."

여자는 의자가 맘에 들었던 걸까? 그냥 흔한 사무용 의자에 불과할 뿐인데…… 여자가 일어서고 엉거주춤 나도 따라 일어섰다. 그만 가려는 모양이었다.

"요즘 눈병이 유행이라죠? 두 번만 먹어두면 끄떡없대요. 의자 값이에요."

바비 인형이 그려진 손지갑을 열더니 여자는 뭔가를 꺼냈다. 여자의 손바닥 위에 캡슐 약 네 개가 얹어져 있었다. 파란색 캡슐 약은 꼭 여자처럼 당돌해 보였다. TV에서는 연일 눈병 피해 사례와 예방수칙에 대해 호들갑스럽게 떠들어대고 있었다. 마치 핵물질이라도 살포된 듯 착각할 정도였다. 나는 여자의 손바닥 위에 놓인 약을 집어 들었다. 약을 집어드는 내내 여자는 내 눈을 뚫어져라 쳐다봤다. 눈이 시렸다. 여자의 눈을 똑바로 쳐다보지 못하는 나는 금방 얼굴이 붉어졌다. 손잡이 돌리는 소리가 들리고 여자의 몸이 문 밖으로 절반쯤 빠져나갔다.

"잠깐만요."

나는 왜 여자를 불렀을까? 까닭 없이 또 얼굴이 붉어졌다.

"……."

"저도 뭔가 드려야 될 것 같아서."

나는 냉장고 문을 열고 사과 한 알을 집어 들었다. 빛깔이 곱고 탐스럽긴 했지만 내가 정말로 여자에게 사과를 주려고 했던 것인지는 확실치 않았다. 사과를 내민 채 멀뚱히 내가 서있고, 여자는 한쪽 손으로 안경테를 천천히 밀어 올리면서 내 눈을 웅숭깊게 들여다봤다. 뭔가 들켜버린 사람처럼 저 깊은 속에서 훅 뜨거운 것이 치밀어 올랐다. 이런 수치스런 장면은 또 뭐란 말인가. 사과를 받아든 여자는 말없이 사라졌다. 한 겹 허물도 남기지 않은 여자가 스르르 문밖으로 빨려나가고 나는 그 문을 응시한 채 내내 서 있었다.

의자

여자는 한동안 소식이 없었다. 그러나 사무실 안은 여자가 남기고 간 체취로 몸살을 앓고 있었다. 구체적으로 무엇을 남기고 간 것인지 모르지만 분명 여자의 잔영은 사무실을 온통 지배하고 있었다. 여자가 오기 전처럼 모든 것들이 제자리에 그대로였지만 하나같이 달떠있는 모습이었다. 흐트러지고 분산된 듯 보이는 불안전한 기다림. 대체 여자는 이 작은 공간에 무엇을 흘리고 간 것일까.

청소. 청소를 해보기로 했다. 모든 문을 열어젖히고 굴러다니는 집기는 모조리 밖으로 뺐다. 실내는 넓어 보였고 금세 시원해지는 느낌이었다. 한결 기분이 좋아졌다. 간단히 바닥을 쓸어내고 젖은 걸레로 먼지를 닦아냈다. 기분은 상쾌해지고 있었지만 아주 우울한 노래 한 곡을 틀었다. 기분이 묘한 변이 작용을 일으키더니 상쾌함과 우울함이 한꺼번에 엉겨들었다.

청소가 다 끝날 때까지 지리한 감정의 샅바싸움이 계속되고 있었다.

청소가 다 끝나고 다시 자리에 앉았을 때 나는 비로소 깨달았다. 소용없는 짓이었다는 것을. 한 번에 싹 쓸어서 내버릴 수 있는 그런 간단한 문제가 아니었다. 나는 정말로 우울해지기 시작했다. 근본 없이 밀려온 그 우울함과 무기력함이 몹시 거추장스러웠다. 나도 모르게 등 뒤를 흘끔거렸다. 칙칙한 그 무엇이 있었다. 풀죽은 남자의 실루엣. 푹 젖은 모습으로 웅크리고 앉아서 곰팡내를 피워내고 있는 남자는 뭔가를 도둑맞은 사람처럼 휑한 눈을 달고 있었다.

여자는 가지 않았다.

끊임없이 나를 휘감는 그 실체를 알아챈 순간 멀지 않았을 여자와의 또 다른 조우를 예감할 수 있었다. 여자는 없지만 의자는 여전히 여자의 존재를 증명하고 있었다. 여자는 가만히 의자 위에 앉아서 그 투명한 눈으로 나를 지켜보고 있었다. 형체도 없이 사무실을 지배하는 여자의 신비로운 기운을 어떻게 설명해야 할까. 여자가 '내 의자' 라고 말하는 순간 의자는 정말로 여자의 의자가 되고 말았던 것이다. 의자에게 생명을 불어넣고 떠난 여자, 다음번엔 그 어떤 것에게 마술을 걸지 알 수 없었다.

나는 여자가 앉았던 의자에 깊숙이 몸을 뉘었다. 여자는 나를 마비시키듯 깊숙이 받아들였다.

선물

"오늘도 두 마리 보냈더니 꿀꿀하네. 아무래도 약 좀 먹어야겠어."

방금 개 두 마리를 안락사 시켰다는 윤의 목소리는 꼭 가을

빗소리처럼 축축했다. 해도 지지 않은, 아직 술시로는 이른 시각이었다. 나는 선뜻 답을 하지 못하고 머뭇거렸다. 이른 시각이기도 했지만 왠지 썩 내키지가 않았다. 어디선가 날선 파편조각 하나가 날아와 순식간에 살 속을 파고들 것 같은 괜한 불안이 엄습했다.

"스르르 눈꺼풀이 감기는데 말이야, 그걸 보고 있는 내가 물처럼 녹아내리는 거야. 그런 기분 알어?"

차라리 시인이 되었어야 할 친구였다.

"그럼 먼저 시작하구 있으라구. 시청에 서류 하나 보낼 게 있거든……."

나는 어떻게 해야 할지 몰라 뒤를 흐린 채 전화를 끊었다. 그냥 죽은 듯 있고 싶었다. 내 자신을 허허벌판에 버려두고 싶었다. 쩍쩍 갈라진 땅 사이사이를 황량한 바람이 쓸어대는 그 벌판 어딘가에 나를 방치하고 싶었다. 정리되지 않는 머리통을 썰어내 버리고 싶기도 했다. 여자의 출현 이후로 나의 신경과 맥박은 종잡을 수 없었다. 내 깊은 어디선가에서 바람 한 점이 일었고 그 바람이 회오리로 돌변하는 중이었다. 나는 어떤 적요의 흐름에 나를 흘려보내고 싶었다. 나를 뒤흔드는 불규칙한 파장을 잠재울 깊은 적요에 나를 내맡기고 싶었다. 하지만 적요는 요원한 바람일 뿐이었다. 안개처럼 묽게 풀어지기도 하고 먹구름처럼 얽혀들기도 하는 나는 끈 떨어진 연의 꼬리처럼 그렇게 너풀거릴 뿐이었다.

"아직 안 끝났어?"

벌써 서너 잔 걸친 듯 윤의 목소리는 한결 경쾌하게 들렸다.

"어…… 다 끝나가네 금방 나설게."

수화기를 내려놓고 습관적으로 점퍼를 챙겨드는 내가 거울 속에 비쳤다. 푹 한 발이 빠져들고 이제 머잖아 스멀스멀 몸뚱이가 빠져들 것이다. 복잡한 감정의 소용돌이는 언제나 생경한 미풍의 교태로부터 시작된다.

시큼한 맥주 맛은 많은 것들을 담고 있다. 세련되지 못한 인테리어, 족히 십년 전에나 유행했을 법한 음악들. 그리고 이미 시대의 흐름과는 동떨어져 보이는 후줄근한 인간 군상들. 눅눅한 소파에 몸을 부린 채 그날그날 팔리지 않은 묵은 술을 마시며 값싼 서비스 안주를 씹어대는 익숙한 얼굴들 사이에 여자가 있었다. 아직 한잔도 마시지 않은 듯 여자의 얼굴은 창백해 보였다. 알은 체를 하는 것도 아니고 그렇다고 외면하는 것도 아닌 모호한 눈빛. 한 치의 기움도 없이 정확히 꼭짓점을 타고 앉은 여자의 폼은 무척이나 능숙해 보였다.

"현아 씨 알지? 왜 지난번에 봤잖어?"

여자의 한쪽 어깨에 손을 얹으며 윤이 나에게 턱을 치켜세웠다.

"……어……."

긍정도 아니고 부정도 아닌, 뜻 모를 소리가 불협화음처럼 흘러나왔다. 호기롭게 들리는 목소리와 과장된 몸짓의 윤은 낯선 사람처럼 보였다. 여자는 윤의 한쪽 손에 어깨를 맡긴 채 지그시 나를 올려다봤다. 뭔가 비밀을 공유하는 눈빛이었다. 나는 황망히 구석자리를 찾았다.

"자 이제 다 모였으니 제사를 지내야지."

윤이 술잔을 들어 개를 위한 장송곡을 불렀고 뒤이어 다른 이들의 곡소리가 이어졌다. 유들거리는 표정에 맞지 않게 곡소리는 서글펐다. 진정 죽은 개들을 위한 곡인지 아니면 시큼한 맥주에 젖어있는 자신들의 청춘을 위로하는 곡인지 알 수 없었다.

무슨 이유에서인지 나는 급히 술잔을 비웠다. 내가 동의하지 않은 짜여진 각본이 천천히 나를 옭아매는 느낌이었다. 실체도 없고 동조자도 없는 그 짜여진 각본의 수순에 따라 순순히 잠식되어 가는 수동적인 나를 보면서 스스로 비참한 기분에 휩싸이기까지 했다. 그래서 나는 더욱 술을 탐하고 있었는지도 몰랐다. 원치 않는 불덩어리를 안고 몸이 타들어가는 불놀이를 즐겨야만 할 것 같은 불안이 엄습했다. 알 수 없는 두려움을 참아내느라 나는 거푸 술잔을 비웠다.

"요새 사무실 운영이 어려운가 봐. 하긴 관공서 상대로 예산 타내기가 그리 쉬운 일은 아니지 천천히 마셔 이 사람아! 그러다 또 지난번처럼 길가에 세워진 트럭 위에서 자지 말고."

별 말도 없이 술만 마셔대는 내가 걱정스러웠던지 참여자치 직원 송이 거들고 나섰다. 사실, 같이 앉아 있는 모든 이들의 고민은 모두 한결같은 것이었다. 어떻게 하면 눈먼 예산을 더 많이 타낼 수 있을까. 하지만 사회단체라는 것이 거대한 사회의 허리춤에서 기생하는 벼룩 같은 존재로 풍요란 애당초 신기루 같은 허상에 불과할 뿐이었다. 어쨌거나 나는 그런 물질적 풍요를 걱정하고 있는 것은 아니었다.

이미 무거워진 물주머니를 비우기 위해 자리에서 일어섰다. 아랫배가 묵직한 게 꽤나 많이 들어찬 모양이었다. 무거운 것은 비단 물주머니뿐 아니었다. 술집에 처음 들어서면서부터 머리가 자꾸만 몽근하게 부풀어 오르는 느낌이었다. 소변기 위의 거울 속에 도저히 따라잡을 수 없는 거리로 처진 낙오자 같은 모습의 내가 들어있었다. 부른 배 밑으로 쑥 빨려 들어간 성기를 몇 번 늘어뜨려 물총을 쏘았다. 매끈한 총구를 통해 몸 안에 갇힌 모든 잔 감정들의 찌끼까지 모두 쓸려나가 버렸으면 하는 마음으로 더욱 아랫배에 힘을 줬다. 세차게 밀려오는 물줄기를 무연히 들여다보면서 나는 왜 괜한 자괴감에 빠져들어야만 했는지 알 수 없었다.

찬물로 거푸 얼굴을 씻었다. 얼얼했지만 정신이 좀 돌아왔다. 더 늦기 전에 일어서는 것이 좋을 것 같다는 생각을 했다. 기분이 미묘하게 얽혀드는 게 꼭 예기치 않은 실수를 할 것만 같았다.

"......."

여자는 내가 걱정돼 기다리고 있었다는 듯 화장실 앞을 지키고 있었다. 정신이 좀 돌아왔던 것이 다시 몽롱해지는 순간이었다. 여자는 환각작용을 일으키는 어떤 기운을 내뿜고 있음이 틀림없었다. 한동안 나는 여자의 눈을 들여다보았다. 안개처럼 천천히 나를 잠식해 들어오는 여자의 잿빛 기운을 걷어내고 싶었다. 여자는 나의 그런 눈빛을 그대로 받아들이고 있었다. 여자는 더없이 부드럽고 관대한 눈빛을 보이고 있지만 한편 절대 자신감이 저 깊은 곳에서부터 은근하게 배어 나오고 있었다. 너무나 정교한 포장으로부터의 자신감인지 깨끗이 드러내 보인 속으로부터의 자신감인지 도시 짐작할 수 없는 눈빛이었다.

다시 술자리로 돌아왔을 때 이미 분위기는 흐트러져 있었다. 저마다 조금씩은 취해서 헤픈 웃음을 짓고 과장된 말과 몸짓을 연출해내고 있었다. 내가 빈자리를 찾아 앉자 여자가 옆으로 와 앉았다. 다른 누군가 여자와 나의 자리를 차지해버린 이유 때문이었지만 나로서는 그리 편치 않은 상황이었다. 기회를 봐서 얼른 자리를 털고 일어나야지 하는 생각으로 나는 틈을 보기 시작했다. 모두들 거나하게 젖어든 상태라 말없이 사라진다 해도 그리 흠될 것 같지는 않았다.

"여기 맥주 두 잔이요."

지금껏 맥주를 마셨었는지 조차 모를 만큼 앉아서 이야기만 듣던 여자가 술을 시켰다. 그것도 두 조끼를. 그리고 술이 왔을 때 여자는 내 앞에 한 조끼를 밀어놓으며 "오늘은 제 생일이에요." 잔을 들어 건배하기를 동의해왔다. 뜻밖의 말에 놀란 것은 나뿐 아니었다. 취중에도 생일이라는 말은 그냥 귓등으로 흘려버릴 수 있는 그런 흔한 말이 아니었던 것이다. 여자와 내가 술잔을 비우는 사이 자리가 다시 추슬러지고 누군가는 케이크를 사러 나가기도 하는 눈치였다.

"오늘이 현아 씨 빛 본 날이란 말이지? 자 여러분 오늘을 해방의 날로 선포합니다."

윤이 술잔을 높이 들며 소리를 질렀다. 뒤이어 같이 자리를 하고 있던 사람들의 함성소리가 이어졌고 노래를 하라느니 춤을 추라느니 각종 요구가 터져 나왔다.

"오늘은 제가 살 테니 맘껏 드세요."

여자는 짧게 한마디 했다. 다시 사람들의 함성이 터지고 술판이 흥청거리기 시작했다. 잠시 후 케이크가 공수되었고 대파 한 다발이 꽃을 대신하는 진풍경이 연출되었다. 너나 할 것 없이 즐거워하는 중에 나만 혼자 섬이 되어있었다. 영, 어정쩡한 기분이었다.

자리를 뜨려던 생각을 잠시 접고 나는 다시 술잔을 비우기 시작했다. 이제 막 자리가 술렁거리기 시작했는데 자리를 뜬다는 것이 썩 내키지 않았다.

여자는 술을 잘 마시는 사람이었다. 그러니까 술을 마셔야겠다고 맘먹으면 많이 마시지만 안 먹겠다고 맘먹으면 좀처럼 입에 대지 않는 사람, 그런 사람인 것 같았다. 여자가 홀짝거리며 술잔을 비워내는 모습을 보면서 나는 이상하게 긴장이 풀렸다. 나는 제법 농까지 풀어내며 자리를 뜨려던 생각은 까맣게 잊어버리고 술술 잘도 마셔댔다. 여자에 대한 긴장은 이미 술에 타서 마셔버린 지 오래였다. 취기는 오르고 기분은 점점 호기로워지고 있었다. 마음껏 떠들고 잘난 체도 하면서 시시풍덩하게 웃어댔다. 왠지 그러고 싶은 기분이었다.

너무 많이 마셨는지 머리가 무겁고 속이 편치 않았다. 시간은 벌써 새벽 1시를 넘긴 지 오래였다. 바람도 쐴 겸 화장실을 찾았다. 할 이야기가 많은 것처럼 오줌은 끝없이 흘러나왔다. 뜨거운 오줌이 거짐 빠져나가자 그 빈자리를 한기가 파고들었다. 나도 모르게 진저리를 쳤다. 나는 비틀거리며 아직 몇 방울 더 쥐어짜려는 성기를 바지 속으로 구겨 넣고 지퍼를 올렸다. 몸은 흔들거리고 있었지만 기분은 좋았다. 이제 정말 자리를 떠야지 생각하며 화장실을 나왔다.

"......"

여자에게 취미가 뭐냐고 물으면 화장실 앞에서 술 취한 남자를 기다리는 것이라고 대답할지도 모른다. 여자가 얼굴에 홍조를 띠고 빤히 나를 쳐다보고 있었다. 여자도 약간 취기가 오른 듯 살풋 수줍은 표정을 하고 있었다. 예뻤다. 여자를 향해 스르르 빨려드는 나를 어쩔 수 없었다. 미처 다 짜내지 못하고 구겨 넣어졌던 성기가 탄력을 받으며 미처 짜내지 못했던 오줌 한 줄기를 흘렸다. 그렇게 한쪽 다리가 미지근하게 젖어들고 있었다. 아무런 망설임 없이 여자의 입술에 키스를 했다. 여자는 그대로 가만히 나에게 입술을 맡긴 채 서 있었다. 아주 긴 입맞춤이었다.

"내가 꼭 받고 싶은 선물을 주셨네요."

오랜 입맞춤 끝에 여자가 한 말이었다. 유리알 같던 여자의
눈이 잠시 흔들렸던 것 같기도 했다.

모래

그쯤 여자의 사무실 방문은 잦았다. 어디선가 날을 새고 온
것 같은 – 두꺼운 피곤이 내려앉은 얼굴과 갈아입지 않은 듯 후
줄근한 옷차림만 보더라도 – 모습으로 아침나절에 들어설 때도
있었고 막 외출준비를 끝내고 나온 사람처럼 말끔한 모습으로
퇴근 시간 쯤 나타나기도 했다. 하지만 여자의 방문은 대부분
일정치 않은 시각에 이루어졌다. 아무런 연락도 없이 갑자기 들
이닥치는 게 여자의 특기였다. 그리고 자신의 방을 찾은 것처럼
전혀 거리낌이 없었다. 자고 싶으면 책상에 엎드려 자고, 음악
을 듣고 싶으면 컴퓨터를 켜고, 먹고 싶으면 뭔가를 주문해 먹
었다. 심지어 업무 차 들른 누군가가 있어도 여자는 전혀 개의
치 않고 자신이 하고 싶은 무엇인가를 했다. 그럴 때면 서둘러
일을 보고 나가는 사람의 얼굴에 썩 좋지 않은 낯빛이 드러나곤
했다.

여자가 사무실로 복숭아 한 봉지를 들고 온 날 나는 뭔가 질
척거리는 이 불안한 징후에 종지부를 찍어야겠다고 생각했다.
벌컥 문을 열고 들어온 여자가 자신의 의자(?)에 털썩 주저앉았

다. 늘 있는 일이어서 별로 대수로울 것도 없었다. 여자는 노크를 할 줄 모르거나 아니면 하는 방법을 잊어버린 사람 같았다. 휴- 숨을 길게 내쉬더니 살풋 웃어 보였다. 혼자만 아는 비밀을 즐기는 듯 야릇한 표정이었다. 여자의 눈빛 끝에는 늘 비밀 주머니 하나가 달려있었다. 여자가 주머니를 열고 뭔가를 하나씩 꺼낼 때마다 나는 깜짝 놀라거나 우울해지는 것이었다. 언젠가는 나와 똑같은 모양의 바보 온달을 그 비밀 주머니 속에서 꺼내놓을 지도 모를 일이었다. 여자는 자신의 품안에서 복숭아가 담긴 비닐봉지를 꺼내 놓았다. 척 보기에도 제법 굵고 빛깔이 탐스러워 먹음직스럽게 보이는 복숭아가 제법 여러 개 담아져 있었다. 복숭아를 책상 위에 풀어놓는 여자의 모습은 흡사 먹이를 물고 나타난 어미 짐승처럼 보였다. 더 없는 여유로움과 포만감이 나른하게 묻어나는 폼이었다. 여자가 한 개 집어 들더니 게걸스럽게 입을 놀렸다. 입에서 침이 돌고 먹고 싶은 마음이 들어 나도 복숭아 한 개를 집어 들었다.

"맛있게 보이는데……."

한 입 베어 물었다. 복숭아는 바로 먹을 수 있도록 깨끗이 씻겨 있었다. 맛이 달고 살이 연한 최상급 복숭아였다. 기분까지 한결 좋아지는 싱그러움이 입안 가득 퍼졌다. 이빨로 연한 복숭아 살을 물어뜯는 사이사이 나는 여자와 눈을 맞추었다. 과육에서 우러나온 달콤함이 그대로 배어나오는 눈빛이었다. 맛있는 것을 먹으면 저절로 몸이 흥분된다는 사실을 처음으로 알았다.

복숭아는 붉은 빛으로 잘 익어서 꽤나 깊은 맛이 났다. 복숭아는 덜 익으면 풋내가 나고 너무 익으면 물렁거려 서걱서걱 씹히는 맛이 없다. 꼭 제 날짜를 잘 맞추어서 따낸 복숭아 맛이었다. 나도 잘 익은 복숭아 하나를 손아귀에 쥐고 따내고 싶은 충동이 일었다.

"아— 맨날 이렇게 맛난 것만 먹고 살았으면 좋겠다."

여자가 다 먹고 난 복숭아씨를 개구쟁이처럼 쓰레기통에 던졌다. 그리고 팔을 뒤로 한껏 젖혀 기지개를 켰다. 위로 치켜 올라간 상의 아래로 하얀 허리 살과 매화꽃을 닮은 배꼽이 드러났다. 미처 씹히지 않은 복숭아 덩이가 미끈덩 목구멍으로 넘어갔다. 숨이 컥 막혔다. 몸의 근육이 구석구석 부풀어 오르면서 팽팽하게 긴장을 하기 시작했다. 여자는 한껏 교태를 부리며 그런 나를 즐기듯 붉은 혀로 입술을 적셨다. 나는 여자의 입술을 빨고 싶었다. 그 달콤한 복숭아 과육이 묻어 반질반질 윤기가 흐르는 입술을 세세히 핥고 싶었다. 간절한 바람에 비해 나의 몸은 선뜻 나서지 못하는 미련을 떨고 있었다. 이미 생각으로는 여자의 몸을 더듬고 있지만 몸은 뻣뻣한 책상다리나 매 한가지로 어쩌지 못하고 있었다. 나의 머뭇거림을 눈치 챈 여자는 씩— 웃어 보였다.

"복숭아가 잘 익었죠?"

여자가 내 목을 두 팔로 휘감고 귓가에 더운 김을 뿜어내자 비로소 나는 발정 난 수소처럼 여자의 입술을 거칠게 빨기 시작했다. 여자의 알맞게 익은 젖무덤과 군살 없는 허리의 촉감이 한껏 몸을 달아오르게 만들었다. 여자의 손은 어느새 나의 벨트를 풀고 있었다. 서로의 허물이 한 겹씩 벗겨질 때마다 호흡은 더욱 거칠어졌다. 여자의 엉덩이는 부드럽고 탄력적이었다. 여자의 손에 의해 바지와 함께 팬티가 발목까지 내려졌다. 여자는 복숭아 향이 피어나는 그 입술로 나를 정성껏 빨기 시작했다. 여자의 입안에서 복숭아는 무럭무럭 자라서 붉은 색으로 터질 듯 살이 차올랐다. 아래턱이 덜덜 떨리고 나도 모르게 동물적인 신음소리가 새어나왔다.

여자에게 책상을 짚게 하고 뒤에서 급히 몰아붙였다. 더 이상 팽창할 곳이 없는 나의 뿔이 여자의 몸 안에서 심한 갈증을 호소하며 깊은 샘을 팠다. 샘물이 솟아날 때마다 여자는 살이 찢기는 거친 신음소리를 내질렀다. 여자의 몸속으로 깊숙이 들어갈 때마다 나는 여자의 마음속을 헤집는 느낌으로 더욱 기분이 황홀했다. 여자는 이제 나에게 모든 것을 맡긴 채 헉헉 가쁜 숨을 몰아쉴 뿐이었다. 여자는 절정에 달아오른 살 떨림으로 책상 위에 있던 봉숭아 봉지를 꽉 움켜쥐었다. 여자를 밀어붙일 때마다 여자의 손에 쥐어진 복숭아 봉지는 바스락거리는 소리로 묘한 자극을 불러일으켰다. 절정을 치달아 한껏 포효하던 나의 성난 뿔이 갑자기 스르르 흐무러지고 말았다. 아직 여운을 남기고 흩어지는 여자의 신음소리가 먼 이명처럼 귓속을 윙윙거렸다. 온몸이 흐물흐물 녹아내리면서 여자에 대한 이질감으로 오싹 소름이 돋았다.

여자는 고개를 돌려 싸늘하게 식어버린 나를 쳐다보았다. 여자의 몸도 빠르게 식어가고 있었다. 털 뽑힌 닭 두 마리가 냉동인 채로 몸뚱이가 붙어있는 형국이었다. 여자도 나도 급작스러운 이 상황을 수습하지 못한 채 한동안 엉켜 있었다. 얼음보다도 더 차가운 물이 내 몸을 타고 여자에게로 흘러갔다.

나는 말없이 여자가 움켜쥐고 있는 복숭아 봉지를 눈으로 가리켰다. 복숭아의 감미롭던 미각은 이제 은근한 울렁거림으로 뱃속 저 깊은 곳에서 느물거렸다. 무연한 내 눈빛이 머문 복숭아 봉지에서 여자의 손이 나불거렸다. 바스락바스락 여자에 대한 감정이 과자 부스러기처럼 바스러지고 있었다. 여자는 비닐봉지에 붙어있던 무엇인가를 떼어내더니 신경질적으로 구겨서 휙 던져버렸다. 그리고 여자와 나는 한동안 말이 없었다. 돌연한 감정의 기복을 추스르지 못한 수컷과 예상치 못한 상황을 맞닥뜨린 암컷의 벗은 몸에 붙은 몇 가닥 거웃이 쓸쓸하게 서로를 외면하고 있었다.

'선생님 담배 하나 피울 때마다 복숭아 한 개씩 꼭 드셔야 되요. -내가 누굴까요?-'

옆방은 나보다 서너 살 위인 화가의 작업실이었다. 눈이 부리부리하고 수염발이 좋은 화가는 남자인 내가 보기에도 꽤 멋진 구석이 있었다. 가끔 같이 점심을 하거나 차를 마시기도 하지만 대부분 화가의 제의에 의해서 이루어지는 것이 통상적이었다.

화가의 시간이라는 것은 거의 불규칙했고 그 불규칙성이 작업에서 기인한다는 것을 알고 난 후 내 쪽에서 약속을 묻는 일은 하지 않게 되었다.

여자가 구겨서 던져버린 것은 메모지였다. 유독 화가를 따르는 편의점 아가씨가 남긴 메모지였다. 기혼인 화가와 아직 애티를 벗어버리지 못한 편의점 아가씨는 소꿉놀이 같은 연애를 하고 있었다. 종종 화가의 방문 손잡이에는 편의점 아가씨의 메모장이 붙은 먹을거리들이 걸려 있곤 했다. 화가가 방에 없을 때도 그랬지만 가끔은 화가가 방안에 있을 때도 그냥 걸어놓고 가곤 하는 눈치였다.

그동안 여자가 사무실로 들고 왔던 또 다른 무엇이 화가의 것이었거나 아니면 내가 모르는 타인의 것이었을 수도 있다는 생각에 뒷머리가 서늘했다. 일단 머리가 차가워지자 판단을 흐리게 하는 물렁한 감정들이 걷어지고 확실한 상황을 인식할 수 있는 단단한 감정만이 남게 되었다. 그동안 나는 여자의 행동에 대해 방관했거나 아니면 눈을 흐리게 하는 무엇인가에 가려 제대로 보지 못했음이 분명했다.

여자가 나타난 후 같은 라인의 오피스텔에서 두 번의 소란이 있었다. 엘리베이터 출입구 바로 옆방에 살고 있는 미스 고와 배달원 아줌마 사이의 승강이였다. 밤업소에 다니는 미스 고는 술로 나빠진 장을 다스리기 위해 시중에서 제일 비싼 유제품을 먹고 있었다. 오후 쯤 일어나는 미스 고는 눈을 뜨자마자 쓰린 창자에 그 유제품을 흘려보내야 비로소 하루가 시작되는 것이었다. 말하자면 미스 고에게 그 유제품은 약 같은 존재로 먹는다기보다는 복용한다는 표현이 더 설득력이 있었다. 그런데 그 유제품이 잘 배달이 되지 않았던지 복도에서 미스 고와 배달원 아줌마 간에 고성이 오갔다. 쓰린 창자를 문지르며 밖에까지 나가야만 했던 미스 고는 배달원 아줌마에게 그 화풀이를 해대는 것이었다. 한 번도 시끄러운 적이 없던 주변에서 그 날의 사건은 매우 이례적인 것이었다. 그리고 얼마 후 또 유제품이 보이지 않았던지 미스 고는 배달원 아줌마에게 심하게 분풀이를 하고는 아예 들어올 때 사가지고 오겠다며 배달을 그만두라고 했다. 그 후 미스 고가 나를 대하는 태도는 냉랭했다. 마주치면 가게에 놀러 오라고 하기도 하고 싱거운 농담도 하던 미스 고가 알은 체를 하지 않는 것이었다. 그냥 그러려니 했었는데 찬찬히 생각해보니 미스 고의 냉랭한 태도가 이유 있는 것일 수도 있다는 생각이 들었다. 몇 번인가 여자가 내 방에 들어올 때 미스 고가 배달해 먹는 그 유제품과 똑같은 것을 손에 들고 오곤 했다. 눈치 빠른 미스 고는 내 사무실을 들락거리는 새로운 얼굴에 의혹을 품었음이 분명했다.

일단 여자의 행동에 의심이 생기자 소소한 일까지 신경에 거슬렸다. 여자는 식당이나 찻집에서 나올 때 뭔가를 가방 속에 집어넣는 버릇이 있었다. 포크나 수저, 재떨이 등 비교적 자잘한 것들이었지만 어느 때는 음식을 담아 내왔던 접시를 티슈로 닦아 가방에 넣기까지 했다. 그런 그녀의 행동이 의아해 "왜 그런 장난을 해요?" 언젠가 물었더니 "재밌잖아요." 그러면서 혀를 내밀고 웃어 넘겨버렸다. 마치 아무 일도 아니라는 듯 웃어버리는 여자를 보면서 나도 대수롭지 않은 일로 치부해버리고 말았다.

나는 대체 여자에 대해 뭘 얼마나 알고 있을까? 아무리 생각해 봐도 여자에 대해 별로 아는 것이 없었다. 기껏해야, 가리지 않는 식성이나 면바지에 운동화를 즐겨 신는다는 것 그리고 타인을 전혀 의식하지 않는다는 점 등이 고작이었다. 그에 비해 여자는 나에 대해 너무나 많은 것들을 알고 있었다. 여자는 나의 삶 속을 비집고 들어와 둥지를 틀었지만 과거를 짐작할 만한 그 어떤 것도 말끔한 채로였고 추측할 수 있는 그 어떤 이야기도 흘리지 않았다. 여자에 대한 이물감이 스멀스멀 내 몸을 감싸더니 급기야 무섬증이 들기 시작했다. 여자가 투명인간처럼 여겨지기도 했다. 나는 볼 수 없지만 여자는 언제든지 맘만 먹으면 나의 일거수일투족을 마음껏 들여다 볼 수 있는 존재처럼 여겨졌다. 반면에 나는 여자가 보여주는 딱 고만큼 밖에 여자에 대해 알 수 없었다. 한쪽으로 너무 많이 기울어서 위험해 보이는 시소처럼 이 관계는 심한 불안감을 짊어지고 있었다. 나는 비교적 냉정하고 딱딱한 표정을 여자에게 지어보였다. 딱히 일부러 그러지 않아도 이미 내 안에서 여자에 대한 온기는 빠져나가버린 후였다.

"솔직히 좀 혼란스럽군요. 내가 지금 상대하고 있는 당신이 어떤 사람인지도 모르겠고 당신에 대한 나의 감정도 확실치 않은 것 같아서⋯⋯."

나는 되도록 여자를 똑바로 쳐다보려 했지만 단지 마음뿐으로 눈은 자꾸만 아래로 내려지고 있었다. 어떻게든 흘러내리는 눈을 치켜들어 보려고 안간힘을 쓰는 사이 귀밑머리에서 진득한 땀방울이 흘러내렸다.

"그래서요?"

여자의 입에서 칼날 부러지는 소리가 났다. 부러진 칼날이 목구멍에라도 꽂힌 듯 컥 숨통이 막혔다. 똑바로 쳐다보는 눈은 시퍼런 광채를 뿜어냈다. 나는 애써 마음을 진정시키면서 하려던 말을 이어나갔다. 그러는 와중에도 자꾸만 고개는 아래로 아래로 떨어져 내리고 있었다.

"그러니까⋯⋯ 이제 우리는 고만⋯⋯."

독하게 마음을 먹고 끝까지 이야기를 하려던 나는 그만 말을 끝까지 잇지 못하고 말았다. 좀처럼 들을 수 없는 이상한 소리가 더 이상 말을 할 수 없게 만들고 말았다. 그것은 이빨 가는 소리와 비슷하기도 했고 자잘한 쇠구슬 부딪는 소리와 흡사하기도 했다. 하지만 그보다 몇 배는 더 소름끼치고 잔인하게 들리는 소리였다.

"왜 그래요? 그만해요 도대체 어쩌자는 거예요? 알았어요 알았어 내가 잘못했으니까 제발 그만해요."

여자가 실성한 사람처럼 창백한 낯빛으로 모래를 한 움큼 씹어 삼키고 있었다. 나는 뭐가 뭔지도 모를 소리를 허둥거리며 내뱉었고 여자의 입을 강제로 벌려서 손가락을 집어넣었다. 그러는 와중에도 여자는 차돌같이 단단한 표정으로 계속 모래를 씹었다. 그 모래 씹는 소리는 온몸을 갈기갈기 찢어놓을 정도로 소름끼치는 소리였다. 빈 수족관을 청소하고 따로 모아둔 모래를 여자는 나의 말이 끝나기도 전에 입안에 한 움큼 집어넣고 괴물처럼 씹었던 것이다. 아마도 내가 말리지 않았더라면 여자는 그 어떤 괴기스러운 행동을 했을지 장담할 수 없었다. 여자는 급기야 목안에서 모래가 막혔는지 컥-컥- 젖은 모래를 토해내기 시작했고 나는 더럭 겁이 났다. 그러다가 기도라도 막혀 죽어버리는 것은 아닌지 당황스러웠다. 나는 물을 따라서 여자에게 들이밀고 여자는 물과 함께 계속해서 모래를 토해냈다. 여자의 흰 이빨 사이에 낀 모래의 그 섬뜩함이란 도저히 다시 당하고 싶지 않은 광경이었다.

개

"역시 소주엔 닭발이 최고야!"

벌건 고추장에 양념된 닭발을 윤은 오도독오도독 씹었다.

"동물 보호협회 간사가 육식을 너무 탐하는 거 아냐?"

"무슨 동물이건 그저 많이 쓰는 곳이 맛있어. 사람두 손발이 맛있을라나?"

"자네는 바람기가 많으니 손발보다 거기가 더 맛있을지 몰라."

"후후, 나만 그럴까. 요즘 현아 씨 만난다며?"

매운 고추장 양념이 갑자기 텁텁하게 느껴졌다. 덩달아 술맛까지 스르르 달아나버렸다.

"좀 복잡해. 만나면 만날수록 어떤 사람인 줄도 모르겠고……."

"아마 그럴 거야. 아직 나도 현아 씨에 대해서 아는 게 전무하다시피 하니…… 뭐해? 술잔 비었어."

윤이 빈 술잔을 앞으로 내밀었다. 투명한 소주가 몇 방울 기포를 만들어 내면서 술잔에 채워졌다.

"근데 현아 씨는 어떻게 알게 됐어?"

"제 발로 걸어 들어왔어. 강아지 한 마리를 안고 왔더라고. 길잃은 개를 주워 왔다면서 닥스훈트 한 마리를 데려 왔는데 제대로 몸을 가누지 못 할 정도로 살이 쪘더군. 척 보니까 관절염은 기본이고 기름덩이 때문에 심장까지 압박이 가해지고 있더라고. 근데 좀 석연치 않은 구석이 있었어. 이 집 닭발이 맛있긴 한데 이놈의 연기 때문에 미친다니까. 현아 씨는 주워왔다고 하는데 개는 주인이라는 거라. 개는 거짓말을 못하거든. 주인을 쳐다보는 눈빛하고 다른 사람을 쳐다보는 눈빛은 분명히 다르거든. 똑같이 칼을 들고 덤벼도 제 목을 따려는 칼인지 제 아픈 곳을 째려는 칼인지 안다 이거야. 그래서 내가 부러 물었지. 두 달이 지나도 주인이 나타나지 않으면 어쩔 수 없이 안락사 시킬 수밖에 없습니다, 했더니 간단하게 예, 그러는 거야. 그리고 새끼 고양이 두 마리를 자기가 돌보겠다고 가져가데. 그 뒤로 가끔 들러서 애들이랑 놀다가는 정도야."

"현아 씨가 가져온 개는 어떻게 됐어?"

"안락사 시켰어. 현아 씨도 그때 있었지 아마. 눈 하나 깜짝 않던걸."

사진

"오늘 저희 집에 오지 않을래요?"

일요일 아침, 여자가 전화를 했다. 차라리 꿈이었으면 하는 기분으로 한참을 침묵하고 있었다. 여자도 말이 없었다. 나는 이불을 머리 위로 끌어올려 창문으로 비치는 빛을 가렸다. 가늘지만 아주 예민하게 들리는 여자의 숨소리가 귀속 깊숙이 촉수를 들이밀었다.

"……그러죠."

얼마나 시간이 지났을까 잠티를 벗은 내가 시원치 않은 목소리로 말했다. 딱히 잠자리가 불편했던 것도 아닌데 영 몸이 무겁고 마음이 답답했다. 나는 한동안 침대에서 몸을 일으키지 못하고 멍하니 천장을 바라다봤다. 건포처럼 말라비틀어진 나의 자화상이 천장에 납죽하게 들러붙어 있었다. 자꾸만 목이 움츠러들었다. 입안이 꺼칠했다. 다시 눈을 감아버렸다.

우체국을 지나 식료품 도매점을 끼고 돌면 복덕방이 나오고 맞은편 큰 가죽나무가 서 있는 집이었다. 일정한 크기의 돌들이 수없이 쌓여서 만들어진 이층집은 성처럼 견고해보였다. 높은 담 너머로 집의 상층을 올려다보는 나는 스르르 다리에 힘이 풀렸다. 아니 왔어야 할 곳을 온 것 같은 때늦은 후회가 담벼락만큼이나 높은 발돋움을 하고 있었다.

"띠– 띠–."

오로지 문밖에 누가 왔다는 신호만을 알리기 위해 만들어진 것처럼 벨소리는 단순 명료했다.

"철거덕."

커다란 철문이 저절로 풀리면서 사람이 드나들 정도의 틈이 만들어졌다. 머리부터 들이밀고 집안을 휘둘러보았다. 대문 안쪽에 이것저것 쓰다 버린 생활용품이 모아져 있었다. 그 중에서 유독 나의 눈길을 끈 것은 양은냄비였다. 한쪽 손잡이가 떨어져 나간 양은냄비를 보자 문득 여자에게도 가족이 있을 것이라는 생각이 들었다. 그동안 여자에게 가족이 있을 것이라는 생각은 한 번도 해본 적이 없었다. 나는 들어서려던 발길을 멈추고 잠시 되돌아설까 망설였다. 빈손이 몹시 초라해 보였다.

"들어와요."

절반 쯤 열린 현관문 밖으로 씻지 않은 듯 부스스한 여자의 얼굴이 보였다. 조금 전 느꼈던 빈손의 초라함이 슬그머니 사라져버리는 순간이었다. 집안으로 들어선 나를 처음으로 맞이한 것은 눅눅한 공기였다. 질척하게 와 닿는 눅진한 공기의 느물거림이란 형언하기 어려운 어떤 늪지의 근원에 깊이 뿌리를 내리고 있음이 분명했다. 습한 공기를 들이마시자 내 몸에 천천히 물이 차오르고 늪지로부터 뻗어 나온 물관이 살 속을 뚫고 들어왔다.

채 마르지 않은 긴 머리를 풀어헤치고 밖으로 나가는 또 다른 여자. 고개를 숙여 인사를 하려던 내가 머쓱하게 서고 독한 샴푸 향에 눈이 따갑다.

"내 동생이에요."

이제 더 이상 집안에 여자의 가족은 없는 듯 고적한 기운이 감돌았다. 쇠고기 장조림·햄·김…… 여자가 서툰 손놀림으로 푸석한 식탁을 차렸다. 식탁 위에 벌거벗고 누운 유리판의 살색은 창백하다 못해 시퍼렇다. 무엇이 유리판을 그렇게 질리게 하는지 알 수 없었다.

"집이 참 잘 지어진 것 같아요."

별 의미도 없는 말이 튀어나오고 여자는 그런 말에 신경도 쓰지 않았다. 열린 냉장고 안은 내용물이 담긴 플라스틱 통과 비닐봉지 그리고 자질구레한 식료품으로 온통 뒤죽박죽이었다. 여자가 뭔가를 찾는 모습은 흡사 보물찾기를 연상하게 했다. 거실 한 귀퉁이에 금방 세탁기에서 꺼내 놓은 듯 후줄근한 옷가지들이 뒤얽혀 있었다. 벽면의 가족사진이 담긴 액자는 오래 전에 목이 졸린 채 잠들어버린 것 같았다. 남자 하나, 여자 셋, 모두

네 명이었다. 모두 한곳을 바라보고 있지만 다들 다른 생각들을 하고 있는 복잡한 표정들. 불안한 화합이 몹시 버겁게 보였다. 네 명의 가족이 사는 곳이라고는 믿기 어려울 만치 집안은 사람 냄새가 나지 않았다.

"다 됐어요. 먹기만 하면 되요."

여자가 밥주걱을 들고 밥통을 열었다. 한동안 멀뚱히 밥통을 들여다보던 여자는 다시 밥통을 닫았다.

"잠깐만 기다려줄래요?"

웃옷을 걸친 여자는 그대로 밖으로 나갔다. 식탁이 맞닿은 벽면으로 덕지덕지 들러붙은 음식점 스티커들이 차라리 반가웠다. 여자가 열었다 닫은 밥통을 내가 열었다. 밥통은 깨끗이 비어있었다. 여자가 그랬던 것처럼 나는 빈 밥통을 열어놓고 한동안 멍하게 서 있었다. 여자는 나를 위해 빈 밥통을 준비하고 있었을까. 빈 밥통 속으로 기어 들어가 한 보시기 걸쭉한 진액으로 고아져버리고 싶었다.

"차라리 시켜먹을 걸 그랬나요?"

햇반 두 개를 손에 들고 여자가 나타났다. 애초부터 식욕은 없었다. 전자레인지에서 뜨거워진 햇반이 식탁에 올려졌지만 입안은 좀처럼 침이 고이지 않았다. 여자도 게작거리고 있기는 마찬가지였다. 벼룩만한 바퀴벌레가 쇠고기 장조림 접시를 돌아, 햄 접시로 향하고 있었다. 민방위 훈련이라도 하는지 발밑으로는 더 많은 바퀴벌레들이 부산하게 움직였다. 오래 있다가는 그것들에게 물어 뜯겨 온몸에 구멍이 숭숭 뚫리고 말 것 같았다. 수저가 너무 무거웠다.

"너희들 언제 내려왔어?"

흠칫, 나도 모르게 상체가 뒤로 젖혀졌다. 2층에서 내려오는 계단 사이에, 몸을 웅크린 채 동태를 살피는 척후병의 모습으로 고양이 두 마리가 나를 주시하고 있었다.

"배고파서 내려왔어? ……그런데 이 사람들은 멸치를 보내준다고 한 지가 언젠데……."

여자가 고양이 두 마리를 가슴에 안고 식탁으로 왔다. 거짓말처럼 들리겠지만 고양이는 작은 발발이만큼이나 컸다. 축 늘어진 뱃살과 퉁퉁 부은 것처럼 보이는 머리가 기우뚱거리는 중년 부인을 연상케 했다. 한 마리 들기에도 여자에게는 힘겨워 보일 정도였다. 두 마리 고양이는 여자의 품안에서 잔뜩 긴장한 눈빛으로 나를 노려봤다. 각각 한쪽 귀 끝이 잘려나간 것으로 보아 중성화수술을 받은 것이 분명했다.

"이봐요. 지금 그걸 말이라고 해요? 물건이 없어서 못 보내줄 것 같으면 미리 연락을 해줘야죠. 얘네들이 지금 굶고 있잖아요. …… 그때까지 언제 기다리겠어요. 동물들을 상대로 영업을 하는 사람들이면 동물을 사랑하는 마음이 기본 아닌가요? …… 그렇게 무책임하게 쇼핑몰을 운영할 거면……."

여자의 입 언저리가 뒤틀리는가 싶더니 눈은 차갑고 단단하게 굳어졌다. 나는 수저를 놓고 그런 여자를 무심히 바라다봤다. 싸늘한 식탁보다도 더 싸늘한 네 개의 고양이 눈알이 참치 통조림을 핥는 사이사이 나를 흘겨보고 있었다. 집안에 내가 스며들 것이라고는 일말의 여지도 없는 듯 모든 것들은 제각각 단단한 표피를 뒤집어쓰고 있었다. 격분한 여자는 결코 끝날 것 같지 않은 신경질을 쉼 없이 쏟아냈다.

더 이상 여자를 마주하고 있을 자신이 없었던 나는 화장실을 찾는 척 일어섰다. 어떻게든 여자의 시야에서 벗어나고 싶었다. 이성을 잃어버린 듯 자신의 신경질에 휘말려있는 여자에게서 떨어지고 싶었다. 나는 조심스럽게 의자를 뒤로 밀고 일어섰다. 조금이라도 여자의 신경을 건드리고 싶지 않았다. 여자가 이성을 찾을 때까지 만이라도 화장실을 피난처 삼고 싶었다. 화장실로 향하던 나는 한 뼘 정도 문이 열려진 방을 보게 되었다. 뭐든 확인하고 싶었던 나는 살며시 문을 밀었다. 여전히 주방 식탁에 앉은 여자는 언성을 높이고 있었다. 환불에 위약금까지 요구하는 것 같았다.

방을 들어서는 순간 나는 발을 어디에 놓아야 할지 난감했다. 만화책과 잡지들이 널브러져 있고 구겨진 휴지뭉치와 함께 온갖 인형들이 방바닥을 가득 뒤덮고 있었다. 침대 위에는 벗어던져둔 추리닝과 함께 절반쯤 꺼내 쓴 생리대 봉지가 있고 방바닥으로 흘러내린 이불의 귀퉁이는 때에 찌들어 있었다. 켜진 컴퓨터 모니터에는 칼부림 와중에 피가 낭자하게 흐르는 일본 애니메이션이 진행되고 있었다. 나는 대략난감 했다. 방구석의 꼬락서니를 보자니 여자의 머릿속을 들여다보는 것 같아 정신이 사나울 지경이었다. 여자의 모든 불안전한 정신의 근원이 곧 방이라는 생각이 들었다.

침대 위, 한입 베어 물고 놓아둔 초코파이 옆에 여자의 열쇠꾸러미가 있었다. 나는 여자의 열쇠꾸러미 속에서 내 사무실 키를 빼가야겠다는 생각을 했다. 더 이상 여자가 키를 쥐고 마음대로 문을 여닫는 행위에 방관하고 있을 수는 없었다. 나는 그동안 여자에게 너무 많은 열쇠를 허락하고 있었는지도 몰랐다.

침대를 향해 발을 내디딘 나는 뭔가 미끈하는 바람에 하마터면 중심을 잃고 넘어질 뻔했다. 발을 미끈거리게 했던 것은 펼쳐진 앨범이었다. 패션잡지들 사이에 끼어 있던 작은 앨범 속에 몇 장 안 되는 여자의 유년이 들어있었다. 원본이 훼손된 여자의 유년은 또 다른 진실을 드러내고 있었다. 손과 발이 잘린 아버지는 사타구니가 뭔가에 마구 짓이겨져 있고, 목에서부터 얼굴이 통째로 잘려 나간 어머니는 실체가 없었다. 모든 사진에서 아버지의 눈은 도려진 채 구멍이 뚫려있었다. 그 뚫린 구멍에 여자는 또 다른 눈을 그려 놓았다. 여자가 그려 넣은 눈은 아이의 눈알 같았다. 순정만화에서나 봄직한 촉촉하고 따뜻한 눈은 너무 어두운 곳에 갇혀서 울고 있는 것처럼 보였다. 사진 속에서 아버지와 어머니의 모습은 그렇게 훼손되어 있었다. 그 훼손된 사진의 끝은 모자이크였다. 잘려낸 아버지의 팔과 다리를 장작더미처럼 쌓아놓고 그 위에 도려낸 어머니의 얼굴들을 올려

놓았다. 장작더미 위에 올려진 어머니의 얼굴은 각각 다른 사람처럼 보였다. 미친 사람처럼 웃고 있거나, 아무런 표정 없이 이빨을 꽉 물고 있거나, 잔뜩 악이 받친 모습이었다. 엽기적인 사진들 속에서 유일하게 훼손되지 않은 사진 한 장이 있었다. 어린 여자와 동생은 부들부들 떨고 있었다. 커다란 개 한 마리를 양쪽에서 꽉 끌어안은 여자와 동생은 사진 밖의 무엇인가를 향한 두려움에 잔뜩 겁을 먹고 있었다.

나는 결국 여자의 열쇠꾸러미 속에서 사무실 키를 빼내지 못했다. 여자에게 있어 사무실 키는 그렇게 간단히 빼어버려도 되는 그런 것이 아닐 지도 모른다는 생각이 불현듯 들었기 때문이었다. 나는 어릴 때부터 담장 높은 집에 대한 불안이 있었다. 담장 높은 집은 한번 들어가면 좀처럼 다시 빠져나올 수 없을 것이라는 원인 모를 두려움이 있었다.

구토

개떼가 몰려든다. 벌겋게 충혈된 눈알을 희번덕거리며 부연 안개처럼 개떼가 엄습해 온다. 개들 목에는 단단하게 목줄이 매어져 있다. 어떤 놈은 너무 꽉 조인 목줄 때문에 머리가 몸뚱이보다도 더 크게 부풀어 있다. 채 눈도 뜨지 않은 핏덩이 개들도 있다. 어미 뱃속에서 숨이 막혀 죽었을 핏덩이들은 그대로 붉은 살덩이들이다. 나는 철사로 만든 올무를 손에 들고 놈들을 노려본다. 자 어서 와봐라! 이 올무로 네놈들의 목을 낚아채서 차례로 매달아 주마.

혀를 길게 빼어 문 개들은 바투 다가선다. 등골을 타고 주르르 땀방울이 흘러내린다. 목에 단단히 줄이 매어진 개들은 짖지 않는다. 주먹만 하게 불거져 나온 개들의 눈에서 핏물이 뚝뚝 떨어져 내린다. 싸늘한 증오로 가득한 개떼들의 눈빛을 타고 어둡고 습한 바람이 불어온다. 나는 뒤를 돌아본다. 칠흑처럼 검은 어둠이 두꺼운 벽으로 막아 서 있다. 온몸이 검게 그은 개 한 마리가 쏟아진 내장을 질질 끌고 나를 노려본다. 아직 더운 김을 피워내는 내장은 온통 피멍으로 얼룩져 있다. 나는 근육이 불거진 팔뚝을 위협적으로 흔들어 보인다. 어떤 놈이든 가까이 오기만 하면 이 튼튼한 팔에 쥐어진 몽둥이로 연하고 맛있는 수육을 만들어 주리라. 다가오는 개들을 향해 나는 휙-휙- 몽둥이를 휘두른다. 몽둥이가 빈 허공을 가를 때마다 내 팔에서는 썰물처럼 힘이 빠져나간다. 언제부터 내가 뒷걸음질을 치고 있었을까. 바투 다가서는 개떼들을 마주보며 바쁜 뒷걸음질을 쳐보지만 갈수록 사이는 좁혀져만 간다.

섬뜩한 기운이 느껴지는가 싶더니 내 목에 개창자가 걸린다. 비릿한 개창자가 목에 걸리는 순간, 오싹 소름이 끼친다. 창자는 단단한 목줄이 되어 내 목을 천천히 조여든다. 숨이 막혀온다. 아무리 발버둥 쳐도 목줄은 점점 조여들기만 한다. 눈에서 벌겋게 핏물이 터진다. 목줄이 내 몸을 허공으로 끌어올린다. 질기디 질긴 창자는 끊어질 줄 모르고 내 목을 조여들고, 나는 허공에 매달린 채 자꾸만 살려달라고 외쳐보지만 입 밖으로 아무런 소리도 새어나오지 않는다. 목줄에 매달려 혀를 길게 빼어 문 개는 짖을 수가 없다. 하얗고 날카로운 이빨을 드러내며 개들이 달려든다. 날카로운 이빨보다 더 무서운 건 나를 향한 개떼들의 시뻘건 눈이다.

배표를 발견한 건 어쩌면 우연이 아니었을지 모른다. 오랫동안 나를 기다려왔던 것처럼 배표는 그렇게 스스럼없이 눈 안에 들어왔다. 땅끝 발 구도(狗島) 행. 엷게 색이 바란 배표는 나의 시선을 아득히 먼 곳으로 향하게 했다. 최면을 걸 듯 천천히 마음을 일렁이는 누런빛의 향연. 배표 상단에 비스듬하게 누운 10528984 일련번호가 화인처럼 가슴속을 파고들었다.

배표에서는 두 가지 냄새가 났다. 하나는 칼라 인쇄물에서 맡아지는 잉크 냄새였고 또 다른 하나는 삭아드는 종이 냄새였다. 나는 애초에 배표를 소지하고 있었을 그 누군가를 그리며 모든 신경을 집중했다. 아주 희미한 그 누군가의 기운이 느껴졌다.

귀퉁이가 흐릿한 그림자 하나가 자맥질하듯 허우적거린다. 쓸리고 깎여 헤진 그림자는 입에 재갈이 물려 있다. 검은 바람에 목줄이 걸린 그림자는 신음소리조차 내지 못하고 팔랑거린다. 그림자의 발에는 구두가 신겨져있다. 퉁퉁 부운 발에 꿰어진 구두는 밑창이 닳아있다. 발짝소리도 없이 내딛는 구두는 퉁퉁 부어오른 발을 이기지 못하고 북― 찢어지고 만다. 구두는 너무 오래 견디고 있었던 것이 분명하다.

『인어 여인숙』, 들기에도 생소한 어느 이름 없는 작가의 처녀시집이었다. 사회과학 서적들이 빼곡히 꽂아진 진열대 사이 틈바구니 속에서 야윈 어깨로 끼어 있었다. 그냥 지나치려는 나의 눈길을 잡아끈 후줄근한 시집 한 권. 그 속에 마른 꽃잎처럼 배표는 숨어 있었다. 누런 시집의 빛깔을 닮아서일까 알 수 없는 사연이 서려있는 듯 배표는 처연하기만 했다. 처음 대하는 시집이었지만 전혀 낯설지 않은 느낌에 오히려 생경한 기분까지 들었다. 깃털처럼 가볍고 섬세한 감정들이 서서히 일렁이기 시작했다. 문학 코너에나 있어야할 시집이 사회과학 코너에 있다니, 무언가 심상치 않은 예감에 순간적으로 구미가 당겼다.

땅끝이라면 전라남도 해남. 우리나라 육지의 끝이라는 땅끝 선착장에서 배표를 쥐고 구도 행 배를 그 누군가는 기다리고 있었을 것이다. 어쩌면 너른 바다를 향해 시집을 펼쳐들고 있었을지도 모른다. 시집은 누렇게 빛이 바래 있었다. 발행된 지 7년이

지난 후였고 그만큼 세월의 흔적도 묻어 있었다. 손끝에서 느껴지는 시집의 기운은 참 묘한 것이었다. 시집을 묶은 시인은 지금 이 세상 사람이 아닐지도 모른다는 생각을 불현듯 들게 하는 그런 느낌이었다. 시집 사이에서 살짝 얼굴을 내밀고 있는 배표는 마치 시인의 죽음을 알리는 부고처럼 보였다. 벌써 배표의 날짜는 1년이나 지나 있었다. 전혀 안면이 없는 사람의, 그것도 1년이나 날짜를 넘긴 부고를 받아들었는데 꼭 가야될 것만 같은 그런 기분이었다.

"어이 김 기자 잘 되가나?"

시집의 겉표지를 막 넘겼을 때 부장에게서 전화가 왔다. 책장 사이에서 나는 예, 예, 하는 짧은 응답으로 전화를 받았다. 도서관이라 길게 통화를 할 수도 없었고 큰 소리로 대꾸를 하기도 뭐했지만 사실 부장과의 통화를 길게 끌고 싶지가 않았다. 언제 들어도 느글느글한 부장의 목소리는 속을 매스껍게 했다.

"마감시간 전까지는 무슨 일이 있어도 꼭 마무리를 지으라구. 자네야 능력이 신통한 사람이니 걱정은 안 하지만 말이야. 그럼 수고해."

어질머리가 일었다. 특별히 머리가 아플 이유도 없는데 종종 머리가 아파 왔다. 양복 안주머니 속에서 두통약 한 알을 꺼내 입안에 넣고 삼켰다. 눈이 침침했다. 습관처럼 먹기 시작한 두통약은 머리뿐만이 아니라 감정까지도 무뎌지게 만든다. 시원한 바람이라도 쐬고 싶은 기분이었다. 넥타이를 헐겁게 풀고 길게 숨을 내쉬었다. 넥타이는 아무리 헐겁게 매고 나와도 늘 목을 조여 왔다. 너무 헐겁게 매진 넥타이를 본 부장은 가끔 손수 넥타이를 조여주곤 했다. 어깨를 탁탁 두드려 주면서 말이다. 아랫사람을 대하는 부장의 여유는 넥타이보다도 더 타이트하게 숨통을 조여들었다. 크게 숨을 들이켜도 언제나 시원한 기분은 들지 않았다. 부장이 모르는 또 다른 호흡 기관이 몸 어딘가 숨어 있으면 좋을 것이다.

오전 열한시가 가까워 오고 있었다. 부장의 전화는 내가 왜 도서관에 왔는지 일깨워줬다. 나는 마감시간까지 요즘 많이 읽히고 있는 사회과학서적에 대한 기사를 써야했고 제일 많이 읽히는 책에 대한 서평도 만들어 가야 했다. 마음이 답답했다. 원하지 않는 내용을 강제로 머릿속에 집어넣고 적당히 숙성시켜 그럴싸한 내용을 만들어내야 한다는 사실이 나를 피곤케 했다. 사서 직원에게 부탁해 놓은 사회과학 서적 대출 현황이 파악되려면 조금 더 기다려야 했다.

『인어 여인숙』의 겉표지를 넘겼을 때 나는 그만 싱겁게 웃고 말았다. 시인의 약력에는 기이한 구석이 있었다. 지방의 어느 농업고등학교 졸업과 함께 개장수 10년이라고 쓰여 있었다. 간결하고 정직한 이력이었다. 대개 이름 없는 시인들의 시집에는 작자의 이력이 화려하기 마련이었다. 없는 이력을 만들어 쓰기도 하고 이력이라고 내세우기도 뭣한 직함들을 줄줄이 동원하는 게 보편적이었다. 하지만 개장수 10년이라는 이력은 어딘지 모르게 생뚱한 느낌이 들었다. 나는 개장수와 시인을 연상해 보았다. 처음에는 뭔가 서걱거리는 느낌이 들기도 했지만 또한 그럴듯한 풍경이 그려지기도 했다. 시인과 개장수의 허파에는 비슷한 크기로 구멍이 하나씩 뚫려 있는 것이다. 그리고 그 뚫린 구멍을 통해서 개장수와 시인은 세상과 소통을 한다. 세상의 모든 것들이 물처럼 흐르는 그들의 허파 속 구멍은 걸러질 것이 없어서 더욱 유연하다. 개장수는 '개팔어'를 외치고 시인은 '시 팔어'를 외치는 것이다.

휴대폰이 진동했다. 발신번호를 확인하면서 나는 마음 한쪽이 무거워 졌다. 아내에게서 걸려온 전화였다. 아내는 요즘 신경이 날카로워 있다. 하루에도 대여섯 번씩 전화해서는 별말도 없이 한숨만 쉬다가 전화를 끊는다. 머릿속이 바람으로 꽉 들어 찬 것처럼 윙윙거렸다. 전화기를 통해 들리는 아내의 침묵은 매번 나의 심장을 바짝 바짝 조여들게 한다. 아내보다도 더 무서운 아내의 침묵은 자꾸만 나를 구석지고 어두운 곳으로 몰아간다. 건강한 아내의 목소리를 들어본 적이 언제인지 기억도 나지 않았다. 나는 수분을 공급받지 못한 식물처럼 점점 시들어가는 중이다. 거미줄처럼 가늘다가는 몸속의 혈관을 들여다 볼 때면 내 자신에 대한 연민이 느껴지곤 했다. 과연 내 심장이 제 기능을 다하고 있는지 의심스러웠다.

다닥다닥 세워진 높은 책꽂이들이 점점 나에게로 다가왔다. 한껏 움츠린 채 두려움을 견디는 나는 식은땀이 줄줄 흘렀다.

타들어 가는 목을 적셔줄 그 무엇이 간절했다. 그대로 책꽂이 사이에 눌려서 쥐포처럼 납작하게 눌러 붙고 말 것만 같았다. 그 어디에도 출구는 보이지 않았다.

"부탁하신 자료 다 되었는데요."

사서가 프린터 된 종이를 흔들어 보였다. 사서의 얼굴이 흐릿했다. 웃고 있는 것인지 찡그리고 있는 것인지 알 수 없었다.

"괜찮으세요? 어디 불편하신 것 같은데……."

손에 쥐어진 휴대폰은 여전히 부르르 떨고 있었다. 휴대폰의 진동에 따라 온몸이 흔들렸다. 앳된 얼굴의 사서 아가씨가 걱정스러운 듯 쳐다봤다. 아내도 저렇게 앳되고 착해 보이던 적이 있었다고 생각하니 쓸쓸한 미소가 번졌다.

정수기에서 물을 받아 급하게 들이켰다. 연거푸 들이켜도 갈증은 쉬 가라앉지 않았다. 결코 물로는 채워지지 않을 갈증에 목이 타들어 가고 심장은 바작바작 말라갔다. 화장실 수도에서 손에 물을 가득 받자마자 거푸 얼굴에 끼얹었다. 물이 튀고 양복 소매가 젖었다. 계속해서 물로 얼굴을 씻어냈다. 손도 얼굴도 찬 기운에 얼얼했다. 거울 속에 비친 얼굴에서 물이 뚝뚝 떨어져 내렸다. 내가 언제 이렇게 시들해 버렸을까. 축 처진 눈꼬리 밑으로 짐스러운 그늘이 걸려있었다. 두 얼굴이 마주보고 측은한 눈빛을 교환했다. 생기라고는 전혀 느낄 수 없는 푸석한 기운의 눈빛을 주고받는 두 얼굴은 슬그머니 서로를 외면했다. 풀썩 고개가 꺾였다. 꺾인 고개를 받치고 있기에 나의 어깨는 너무 왜소해 보였다. 언제부터 이렇게 왜소한 어깨를 달고 다녔는지 짐작도 할 수 없었다.

인간의 도덕성에 관한 내용의 사회과학 서적 한 권을 대출해 나오려는 순간 삐- 소리가 났다. 도난 경보장치가 울렸다. 그러고 보니 아직 내 한쪽 손에 『인어 여인숙』이 들려 있었다. 나도 모르게 얼굴이 후끈 달아올랐다. 사서를 향해 나는 최대한 당당한 얼굴로 웃음을 지어 보였다. 결코 일부러 그런 것이 아니라 실수라는 사실을 인지시키고 싶었다. 얼굴은 후끈 달아오르고 눈동자는 파르르 떨면서 최대한 당당해 보이려고 웃고 있는 나를 사서는 일별 했다. 사서의 차가운 표정은 순식간에 내 몸을 얼어붙게 만들었다. 다시 시집이 꽂아졌던 자리까지 걸어가는 동안 나는 너무도 가혹한 형벌을 받고 있는 느낌이었다. 한 발 한 발 내딛는 내 발걸음은 쇠뭉치라도 달아놓은 듯 너무도 힘겨웠다. 내가 왜 이렇게 가슴이 조마조마 하고 비참한 기분이 들어야 하는지 알 수 없었다. 결코 훔치려고 한 것도 아니고 단순한 실수를 했을 뿐인데 큰 죄를 지은 사람처럼 느끼고 행동하고 있었다. 언제부터인가 나는 매사에 자신이 없어지고 주눅이 들었다. 누가 옆에서 나를 부르기만 해도 깜짝깜짝 놀라기 일쑤고 늘 쫓기는 느낌에 불안했다. 직원들과의 식사나 술자리도 이 핑계 저 핑계로 매번 참석하지 않았다. 사람이 많은 자리에 가기만 하면 자꾸만 가슴이 두근거리고 어떻게 처신할지 몰라 당황해 했다. 혹시나 나 때문에 자리가 불편해질까봐 도리어 겁이

낲다. 한순간 나는 도서관 안의 사람들 시선이 모두 나에게로 쏠려 있음을 알아차렸다. 찡그린 얼굴 가득 경멸을 담고 있는 사람도 있었다. 누군가 손가락으로 소리 없이 내 발을 가리켰다. 손가락은 희고 가늘었으며 고드름처럼 차가워 보였다. 나도 모르게 신발을 질질 끌면서 잡음을 내고 있었다. 언제부턴가 나도 의식하지 못하는 사이에 신발을 질질 끄는 버릇이 생겨 있었다. 내 인생도 그렇게 밑창이 닳아지며 어딘가로 질질 끌려가고 있는 중이었다.

시집이 몸을 뺀, 딱 고만큼 틈은 비어있었다. 시집을 제자리에 꽂는 손이 떨렸다. 까닭 없이 답답하고 불안해하는 나를 어떻게 추슬러야 할지 난감했다. 속옷이 기분 나쁘게 감겨들었다. 축축하게 배어 나오는 땀 때문이었다. 얼른 이 도서관을 빠져나가야겠다는 생각밖에 아무 생각도 들지 않았다. 시집 사이에서 나비가 한 마리 스르르 미끄러지듯 바람을 타고 발밑으로 내려 앉았다. 시간이 정지해버린 꿈 속 같은 공허함 속에서 나는 나비에게로 팔을 뻗었다. 나비는 잠을 자고 있는 듯 몸을 뒤집은 채 아무런 움직임도 없었다. 한없이 가녀린 나비의 날개는 금방이라도 손에서 바스러질 것만 같았다. 그 가녀린 날개의 뒷면에 얼룩무늬가 수놓아져 있었다. 나는 그 얼룩무늬를 찬찬히 들여다보았다. 기이한 얼룩무늬의 형상은 나의 정신을 혼미하게 만들었다. 자꾸만 자꾸만 나는 얼룩무늬 속으로 취한 듯 빨려들고 있었다.

땅끝으로 가는 버스는 한산했다. 정오가 가까워 오는 부신 햇살만이 차안 가득 밀려들었다. 어깨가 축 처져 보이는 늙은이 몇 명이 꾸벅꾸벅 졸고 있거나 사탕을 우물거리는 무료한 표정으로 출발하기를 기다리고 있었다. 흑백의 전경 속으로 뚜벅뚜벅 걸어 들어간 나는 창가 쪽으로 자리를 잡고 앉았다. 작은 먼지들이 차안으로 들어온 햇살 속에서 소리 없이 절규하고 있었다. 발을 들여놓는 순간 누구라도 금방 눈이 감겨올 것 같은 차안의 분위기는 빛바랜 유화 속 풍경을 떠올리게 했다. 목적지도 없이 무작정 아주 먼 곳을 향해 차는 떠날 것 같았다. 술에 취한 듯 몽롱한 기운이 느껴졌다. 오직 명료한 것이라고는 앞 의자 등받이에 휘갈겨진 '뭘 봐 씨발 놈아' 뿐이었다.

그리고 나는 잠이 들었다.

나는 커다란 개장 앞에 서 있다. 쇠창살은 두꺼웠고 군데군데 핏자국이 묻어 있다. 오그라진 양은 밥그릇에 새카맣게 들러붙은 파리 떼가 일순간 회오리치며 날아오른다. 윙— 윙— 윙— 귓속에서 파리의 날개 치는 소리가 점점 크게 울려 퍼진다. 귀는 한없이 커지고 파리 끓는 소리는 끝없이 증폭된다. 그러다가 뺑고막이 터져버리고 말 것 같다. 갈비뼈가 앙상한 개 몇 마리는 나를 노려보며 침을 뚝뚝 흘린다. 내 목안에서도 굵은 침이 꿀꺽 식도를 타고 넘어간다. 목이 찢어질 듯 아프다. 어디선가 딱딱한 발자국 소리가 들린다. 온몸의 솜털이 바짝 치솟는 섬뜩한 발자국 소리다. 개들이 날카로운 송곳니를 드러내 보이며 으르

렁거리기 시작한다. 독기가 서려있는 괴기스러운 으르렁거림이
다. 피 냄새를 맡기라도 한 듯 한껏 살기를 드러낸 개들이 미친
듯 날뛰기 시작한다. 다리는 땅에 들러붙기라도 했는지 꼼짝 할
수 없다. 발자국 소리는 점점 가까워지고 온몸의 피는 바짝바짝
타들어 간다. 차라리 내가 먼저 목숨을 끊어버리고 싶은 극도의
공포가 엄습한다. 음습하고 차가운 기운이 양쪽 겨드랑이 사이
를 파고든다. 싸늘하게 피가 식어 내린다. 검은 그림자 몇이 나
의 양쪽 팔을 단단히 움켜쥔다. 몸을 맞댄 검은 그림자에게서는
왠지 낯설지 않은 체취가 느껴진다. 너무 익숙해서 선뜻 기억이
나지 않는다. 그 익숙함 속에 깊고 차가운 강물이 흐르고 있다.
검은 그림자 하나가 커다란 철창의 자물쇠를 흔든다. 멀쩡한 사
람도 금방 미쳐버릴 것 같은 괴기스러운 소리가 사위를 흔들어
댄다. 자물쇠 소리를 들은 개들이 저들끼리 한데 뒤엉켜 물어뜯
기 시작한다. 강파른 눈에서 푸른빛이 번뜩거린다. 뭐든 걸리기
만 하면 금세 걸레조각으로 만들어 버릴 것 같은 송곳니가 서로
의 거죽을 뚫고 살점 속으로 푹푹 박혀든다. 그때마다 시뻘건
핏물이 튀어 오른다. 비릿한 피 냄새가 진동한다. 철거덕 쇠창
살문이 열린다. 그제야 나는 온몸을 버둥거리며 소리를 지르기
시작한다. 그림자는 그런 나를 아랑곳하지 않고 계속해서 철창
안으로 집어넣으려고 한다. 나는 절규하듯 소리치며 그림자를
뿌리친다. 간신히 그림자를 뿌리친 나는 길고 긴 터널을 빠져나
오듯 온 힘을 다해 도망치기 시작한다. 뒤에서는 입가에 피치를

한 개들이 미친 듯 쫓아온다. 가쁘게 몰아쉬는 개들의 거친 숨소리가 심장을 옥죄어온다.

뭔가 툭 떨어져 내리는 기척에 나는 눈을 떴다. 『인어 여인숙』이었다. 나는 한동안 물끄러미 떨어져 내린 시집을 쳐다보다가 천천히 주워들었다. 버스가 중간 경유지로 들어서고 있는 중이었다.

도서관에서 『인어 여인숙』을 대출해 나온 것은 순전히 배표 때문이었다. 시집을 제자리에 꽂아두려던 찰라 배표가 미끄러져 내렸다. 나비의 날갯짓이라면 과장일까. 배표를 좇는 나의 시선도 따라서 흔들렸다. 배표의 뒷면에는 '인어 여인숙 107호'라고 아무렇게나 쓰인 글씨가 얼룩져 있었다. 묘한 흘림체의 얼룩이었다. 알 수 없는 신비감으로 나는 배표를 주워들었다. 그리고 시집을 뒤져 '인어 여인숙 107호'를 찾았다. '인어 여인숙 107호'는 시집의 마지막 시 제목이었다. 시인은 '인어 여인숙 107호'가 구도에 있다고 했다. 나는 아득하게 구도를 상상했다. 그리고 식용으로 쓸 개들을 찾아서 구도로 들어갔을 시인을 떠올렸다. 개를 잡기 위해 시인은 달콤한 시를 읊었을까. 영악한 육지의 개들과는 달리 섬에서 파도소리만 듣고 자란 개들은 달콤한 시의 흥얼거림에 스스로 목을 올무에 걸었을지 모른다. 여기저기 개들에게 물린 상처가 선명한 팔뚝을 흔들어 보일 필요도 없이 시인은 개를 손쉽게 잡아들이는 것이다. 파시의 흥겨움을 듣고 자란 개들은 으르렁거릴 줄 모른다.

시인은 잔인해지지 않아도 되었을 것이다. 하지만 바다는 저 밑바닥에서부터 천천히 일렁이기 시작한다. 심한 파도에 발이 묶인 그날 밤 시인은 개들과 함께 잠이 든다. 시인은 잠꼬대로 계속 시를 읊어대고 개들은 옆구리에서 날개가 솟아나온다. 다음날 텅 빈 개장에 홀로 잠들어 있는 자신을 발견한 시인은 스스로 컹-컹- 큰 소리로 짖어대지만 목은 꽉 잠긴 채 소리는 새어나오지 못한다.

아내는 또 전화를 걸어왔다.

아내는 전화를 걸어놓고 말이 없다. 아내의 침묵은 원시의 동굴처럼 어둡고 답답하다. 나는 아내의 동굴 속에서 길을 잃었다. 한 발자국도 내딛지 못하고 그대로 선 채 다리가 굳어지고 있는 중이다.

"…… 출장 중이야. 아마 오늘 못 들어갈지 모르겠어."

나는 상황을 어떻게 설명해야 할지 몰라 간단히 출장 중이라고 말했다. 사실대로 말한다고 해도, 표현하기 어려운 감정과 무작정 땅끝 행 버스를 타게 된 사정을 잘 설명할 수 있을지 자신이 없었다.

"흐-"

가늘게 내쉬는 아내의 숨소리에는 분출되지 못하고 짓눌려버린 감정의 찌끼들이 배어있다. 물론 아내도 출장 중이라는 나의 말을 진실로 받아들이지는 않았을 것이다. 하지만 정작 아내는 나의 거짓말 따위는 관심도 없다. 아내는 언제부턴가 말을 잃어버렸다. 처음에는 나에 대해서만 말이 없더니 언제부턴가 세상 누구에게도 말을 하지 않았다. 장모는 아내를 끌다시피 병원으로 데려갔다. 의사는 아내에게 실어증이라는 진단을 내렸다.

"햇빛은 왜 이렇게 따가운 건지 눈에 가시가 박히는 것 같아. 그만 끊어야겠어."

나는 서둘러 전화를 끊었다. 하지만 나는, 아내가 빈 수화기를 든 채 얼마동안이고 그렇게 숨죽여 앉아 있을 것이라는 사실을 잘 알고 있었다. 아내의 병명은 실어증이 아니었다. 의사가 진단해 내지 못하는 그 어떤 병을 앓고 있었다. 아내의 병은 아내 스스로가 잘 알고 있었다. 장모는 아내를 데리고 이비인후과로 갈 것이 아니라 정신과로 갔어야 했다. 아내는 중요한 결심을 해야만 했고 나의 답을 기다리고 있는 중이었다. 나는 자꾸만 본질을 회피한 채 겉돌고 있고 그런 나를 지켜보는 아내는 목구멍 속으로 점점 혀가 말려들어 가고 있는 중이었다.

나도 모르게 긴 한숨이 새어나왔다. 이미 버릇처럼 몸에 배어버린 한숨은 점점 더 나를 무기력하게 만들었다. 한숨을 내쉬는 내 모습 어디에도 희망이라고는 찾아볼 수 없었다. 이제 나에게 꿈이란 아주 먼 옛날이야기일 뿐이었다. 나에게도 꿈은 있었다. 난 어부가 되고 싶었다. 그물 한가득 매일 큰 물고기들을 담아 올리고 싶은 게 내 꿈이었다. 그물은 아주 넓고 긴 것이어서 세상 그 어떤 고기라도 다 건져 올릴 수 있는 것이라야 했다. 검게 그을린 피부와 근육이 잘 발달된 몸으로 너른 바다를 마음껏 휘

젓고 다닐 수 있길 바랐다. 낮에는 힘들게 바다와 싸우고 밤에
는 시체처럼 잠들고 싶었다. 그래서 나는 매번 바다가 나오는
꿈을 꾸었다. 해안가 높은 절벽에서 크게 숨을 들이쉬곤 했다.
바다를 다 마셔버리고 싶었다. 가슴이 터져버릴 만큼, 내 가슴
안에 바다를 키울 수 있을 만큼 크게 숨을 들이마셨다. 바다는,
바다는 그러나 번번이 밀려가기만 했다.

　창 밖 풍경에 초췌한 나의 얼굴이 오버랩 되어 보였다. 나의
얼굴 너머로 보이는 풍경은 온통 잿빛이었다. 풍경은 저 멀리
사라져 가도 나의 몰골은 계속해서 제자리였다. 하나도 애정이
느껴지지 않는 나의 모습을 물끄러미 쳐다보면서 나는 스스로
에게 왜? 라고 질문해 보았다. 모든 것에 의문부호를 붙일 수 있
었다. 수많은 의문이 떠올랐지만 의문의 종착역은 역시 나였다.
복잡하고 미묘한 의문부호를 수없이 달고 사는 나는 그대로 커
다란 하나의 의문부호였다.

　십자가 대신 의문부호를 짊어진 나는 사막 한가운데를 걷는
다. 햇살은 껍질을 갈라놓을 정도로 따갑고, 뜨거운 모래는 기
갈 들린 것처럼 수분을 빨아 마신다. 간혹 불어 닥친 회오리바
람에게 나는 저항 없이 몸을 맡긴다. 내 머리 위를 배회하는 대
머리독수리는 내가 쓰러지는 순간을 위해 지루한 기다림을 견
뎌내고 있다. 사막은 가도 가도 끝이 없고 똑같은 모래언덕은
늘 속을 울렁이게 한다. 존재하는 모든 것들이 오직 나의 다리
가 풀썩 꺾이는 순간을 고대하고 있다. 나는 차라리 누군가 나

의 다리를 대신 꺾어 주길 바랄 뿐이다. 연골이 다 닳은 다리 관절은 삐걱삐걱 노쇠한 소리가 난다. 스르르 눈이 감겨온다. 흘릴 눈물이라도 있다면 따뜻하게 한 번 흘려보고 싶다. 나는 이렇게 낮과 밤도 없이 사막 위를 걷고 있다. 가끔 검게 그을린 힘찬 팔로 큰 물고기를 건져내는 내가 멀리 신기루로 보이곤 한다. 내 몸의 살점들이 모래바람에 씻겨나가는 줄도 모르고 나는 신기루를 쫓아서 허우적댄다. 모래언덕의 끝에 서면 나는 하나의 작은 모래 알갱이일 뿐이다.

처음 직장에 발을 들여놓았을 때 나는 새로운 삶에 대한 활력을 느꼈다. 날마다 건강한 심장소리를 들으며 하루를 시작하곤 했다. 입사 때부터 난 유능하다는 소리를 줄곧 들었다. 내 몸 안에는 나도 모르는 더듬이가 하나 있었다. 남들에게는 그저 사소한 그 무엇이 나에게는 특별하게 보이곤 했다. 그래서 나는 종종 좋은 기사거리를 만들어 낼 수 있었다. 나의 더듬이는 날마다 분주해졌다. 윗선에서 내려오는 일거리에는 대부분 기사의 방향이 설정되어 있었다. 전혀 쓰고 싶지 않은 기사거리들이 나를 피곤하게 했다. 나는 점점 지쳐갔다. 먹고 싶지 않은 음식들을 억지로 먹자 정작 먹고 싶은 음식이 눈앞에 있어도 식욕이 당기지 않았다. 내가 재주부리는 곰이었다는 사실을 알게 되면서 나는 사표를 양복 안주머니에 넣고 다니기 시작했다. 나에게 기사를 맡긴 윗사람들이 이해 당사자들과 거래를 한다는 사실을 알게 된 것은 꽤 오랜 시간이 지나서였다. 입사 동기들은 시간이 지나면서 제법 폼이 잡혀가는데 나는 늘 뭔가에 허덕이는 모습이었다. 거대한 조직 안에서 나는 혼자서만 열심히 돌아가는 부속품이었다. 나는 제자리를 자꾸 돌고 있었다. 다들, 근면 성실 유능이라는 수사를 섞어서 찬사를 아끼지 않았지만 일과 관계된 형식적인 말만을 건넬 뿐 아무도 속을 드러내 보이려하지 않았다.

휴가철이나 되어야 붐빈다는 땅끝 선착장은 축 늘어진 채 오수를 즐기고 있었다. 근 한 시간이나 기다려야 구도 행 철선을 탈 수 있다고 했다. 누구라도 스르르 옷깃을 풀어헤칠 것 같은 느긋한 풍경이었다. 신원 조회를 하려는지 신분증을 요구하는 의경의 얼굴은 검게 그을려 있었다. 의경은 사진 속의 내 모습과 실물의 나를 번갈아 쳐다보면서 무선으로 신분조회를 했다. 지금까지 내가 알고 있던 내가, 전혀 다른 사람이었으면 좋겠다는 생각을 했다. 정말 그랬으면 좋겠지만 내 주위의 일상이 나를 그렇게 놓아주지 않을 것이었다. 모든 일상으로부터 나는 자유로울 수 없었다. 개장수는 자유롭고 싶어서 시인이 되었을지 모른다. 개장수는 일상을 살아가야 하지만 시인은 일상을 스케치한다.

한낮의 선착장은 스케치하기 딱 좋은 풍경이었다. 빈 부대자루를 깔고 앉아서 돈다발을 헤아리는 여자의 엉덩이는 옆에 놓인 빈 대야만큼이나 펑퍼짐했다. 한번 바닥에 붙으면 좀처럼 추스르기가 어려울 것 같았다. 여자의 엉덩이 속에는 그동안 살아

온 온갖 이야깃거리가 풍성하게 들어있을 지 모른다. 곧 아내의 배도 여자의 엉덩이처럼 커질 것이다. 아내는 뱃속에 이야깃거리를 만드는 중이었다. 그러나 슬프게도 아내의 이야깃거리에는 줄거리가 없다. 아내는 줄거리를 찾기 위해 침묵을 지키고 있지만 차츰 시들어만 갈 뿐이다. 아내는 현명하고 착한 여자였지만 실어증에 걸린 불쌍한 여자일 뿐이다.

"뚜−뚜− 구도 행 배가 도착했습니다. 승선하시기 바랍니다."

철선에서는 이상하게 개 냄새가 났다. 비를 맞거나 하면, 더 심하게 진동하는 그 특유의 개 냄새가 배 안에서 진동했다. 나는 한동안 생선 비린내가 아닌가 내 코를 의심했지만 틀림없는 개 냄새였다. 개 냄새를 맡고 있자니 나는 오래 전 들었던 소문이 생각났다. 남쪽의 어느 섬에 가면 들개 떼가 밤마다 온 섬을 휘젓고 다닌다는 이야기였다. 그래서 개장수들이 가끔 섬에 잠입하기도 한다고 했다. 나는 그 남쪽의 어느 섬이 구도가 아닐까 하는 막연한 상상을 해 보았다. 정말로 들개 떼가 집단으로 서식한다면 개장수들이 욕심을 낼만도 할 것이다. 철선에서까지 개 냄새가 진동을 하는걸 보면 어쩌면 구도가 그 소문의 섬이 확실할지도 몰랐다.

개 냄새가 코에 익숙해질 즘 축축한 기운의 해무가 선상으로 밀려들었다. 앞은 한 치도 볼 수 없을 만큼 흐렸다. 방향을 알 수 없는 곳으로 배는 점점 밀려가고 있었다. 배의 옆구리를 때리는 물소리만이 바다 한가운데라는 사실을 일깨워 줄뿐이었다. 사방이 보이지 않는 바다 한가운데서 해무에 쌓여있는 나는 정신이 몽롱해졌다. 짙은 해무에 취해가고 있었다. 어디선가 개 짖는 소리가 또 들렸다. 멀고도 긴 여정을 겪은 지친 개의 짖음 이었다. 여울져 들려오는 개 짖는 소리는 파도처럼 배 안으로 밀려들었다. 나는 그 개 짖는 소리를 따라해 보고 싶은 기분이 들었다. 축축한 나의 목은 꺽−꺽− 헛구역질만 몇 번 쏟아낼 뿐 아무런 소리도 뽑아내지 못했다. 모든 것이 흐릿한 가운데 아내 의 스산한 얼굴만이 뚜렷하게 다가왔다. 아내는 표정이 없는 얼 굴로 나를 쳐다보고 있었다. 하지만 눈에는 원망이 가득했다. 나는 아내에게 무슨 말이든지 해야 할 것 같았지만 아무런 말도 할 수가 없었다.

아내의 침묵이 시작된 건 내가 사표를 내고 돌아온 날 부터였 다. 다시는 발을 들여놓지 말아야겠다는 생각으로 사표를 냈지 만 나는 결국 다음날 다시 회사의 문턱을 밟아야 했다. 발끝에 서부터 머리끝까지 온통 오물을 뒤집어 쓴 기분이었다. 하지만 나는 다시 발길을 되돌릴 수 없었다. 집까지 찾아온 부장의 설 득도 집요했지만 무엇보다 사표를 냈다는 말을 전해들은 아내 의 침묵이 그렇게 만들었다. 비교적 골치가 덜 아픈 문화부로 자리를 옮기는 조건으로 나는 사표를 다시 되받았다. 하지만 변 한 것은 별로 없었다. 만성 경영난에 시달리는 지방일간지의 기 자는 늘 일에 허덕이고 몇 푼 안 되는 봉급에 만족해야만 하는 게 현실이었다. 난 스스로 유능하다고 생각했지만 내 삶을 업그레이드시킬 기회나 여건은 주어지지 않았다. 게다가 아내는 점점 나를 무능력하다고 생각하는 눈치였다. 말은 없지만 아내의 눈은 늘 그렇게 바라보고 있었다. 당신처럼 한심하고 무능력한 남자를 따라 산다는 것이 얼마나 지겨운지 알기나 해? 이렇게 말이다. 웃기는 일이지만 지금의 아내는 나를 하늘처럼 생각하는 쫄따구 신입사원이었다. 그녀는 나의 능력에 반했다고 말했고 늘 나를 졸졸 따라다니다가 정말 의도적으로 사고를 쳐서 나의 발목을 붙들어 맨 여자였다. 아내가 조금 더 현명한 여자였다면 나의 능력이 어느 정도의 경제 가치로 환산될 수 있을지의 여부도 함께 타진하고 사고를 쳤어야 했다. 거저 주는 촌지도 받아먹지 못하고 늘 일에 치어 사는 나를 좀 더 현실적으로 계산하지 못한 것은 명백한 아내의 실수였다. 아내가 꾹 입을 다물어버린 이유도 어쩌면 그러한 자신의 그릇된 선택을 인정하고 싶지 않은 것의 한 줄기일 수도 있었다. 사실, 아내 못지않게 나의 가치에 대해서 의문을 갖는 사람은 다름 아닌 바로 나 자신이었다. 나는 어느 때보다 기력이 많이 소진된 상태였다. 이미 내가 배운 것들은 거지반 써먹은 상태고 신선하게 두각을 내는 신참들은 나를 언제쯤 넘어뜨릴 수 있을까 가끔 태클을 걸어오기도 했다. 한번 걸려 넘어지면 그대로 끝없이 밀릴 것이고 단물 빠진 껌처럼 쉽게 뱉어 질 것은 너무도 자명한 일이었다. 물론 내가 고민해야할 것은 내 능력의 정도가 아니라 정작 아이의 분유 값이었는지도 모른다.

"어이 김 기자 잘 되가나?"

부장은 사무실 앞 우동가게에서 튀김 우동 한 그릇을 시켜놓고 전화를 했다. 부장은 매일 꼭 시간에 맞춰 새참으로 튀김 우동 한 그릇을 먹었다.

"……그게 저……."

"왜 무슨 문제라도 있나?"

사각사각, 단무지 씹는 소리가 수화기 속으로 생생하게 전해져 왔다. 단무지 씹는 소리는 꼭 나의 동태를 살피는 부장의 눈알 굴러가는 소리와 흡사했다.

"갑자기 일이 생겨서 지금 어디 좀 가고 있는 중입니다. 아무래도 오늘 기사 내기가 어렵겠는데요."

"왜 무슨 일인데?"

"……."

나는 적당한 말을 찾지 못해 머뭇거렸다. 그렇다고 없는 말을 지어내기도 싫었다. 수화기 속에서는 부장의 단무지 씹는 소리가 촘촘하게 들려왔다. 단무지 소리에 맞춰 부장의 뇌도 빠르게 운동을 하고 있을 터였다.

"아 뭐 그렇게 하라고! 오늘 기사는 잊어버리고 맘 편하게 일봐. 자네처럼 유능한 사람이 하루 펑크 낸다고 누가 뭐랄 사람 있겠나. 그럼 내일 보자구 수고해."

부장의 목소리는 호기로웠다. 하지만 막 수습딱지를 뗀 정 기자에게 전화를 해서 손쉽게 만들어 낼 수 있는 기사를 주문할 것이다. 그리고 나에게 맡겨졌던 기사는 없던 일이 될 것이다. 그리고 나를 생각하며 부장은 단무지를 잘근잘근 씹을 것이다. 마치 단물이 거의 빠져 뱉을 때를 가늠하는 껌을 씹듯.

구도는 갑자기 모습을 드러냈다. 한치 앞도 내다볼 수 없는 해무가 계속되더니 거짓말처럼 환하게 구도의 전경이 드러났다. 나는 순간 놀라지 않을 수 없었다.

"어따 이 아자씨 놀란 표정이 금메 똑 막 잡아 올린 망둥이 표정이네 그려. 초행길인가 본디, 원래 구도는 사시사철 요롷게 짙은 갯안개로 덮여서 불쑥 나와뿌러. 그렁께 밖에서는 구도가 보이덜 안단 말이시 있는 듯 없는 듯 그런 섬인 셈이제."

땅끝 선착장에서 돈을 세던 여인이었다. 그녀의 눈에는 내가 정말로 막 잡아 올린 망둥이 쯤으로 보였을 것이다. 어찌 생각하면 나는 정말 막 잡아 올린 망둥이를 닮아 있을지 몰랐다. 모든 것이 뒤죽박죽 뒤엉킨 채로 실마리를 찾지 못하고 있으니 말이다. 달리 생각하면 풀어헤쳐진 실 꾸러미에 내 몸이 감긴 채 헤어 나오지 못하고 있는 꼴이었다. 나는 쉽게도 내 꼴을 읽어낸 여자의 엉덩이를 쫓아서 발걸음을 떼었다.

아내는 지금 임신 5개월째다. 5개월 동안 아내는 내 입만 바라보고 있었다. 그러나 정작 나는 아내에게 어떤 답도 해주질 못했다. 뱃속의 아이는 점점 자라고 있고 아내의 얼굴은 그만큼 어두워 가고 있었다.

"둘째가 생긴 것 같아."

아내는 지나가는 말처럼 아주 간단하게 내 의사를 물어왔다. 말은 몇 마디 되지 않았지만 아주 오랫동안 속 안에서 다져진 찐득한 말이었다. 그 말을 하기 위해서 아내는 수없이 고민했을 것이다. 하지만 나는 아내에게 아무런 답을 하지 못했다. 분명 두 명의 아이는 내 능력 밖의 현실이었다. 그것은 아내도 잘 알고 있었다. 윤전기 돌리기에도 버거운 회사는 간판을 내리지 않으려고 안간힘을 쓰고 있는 중이었다. 직원들은 거의 전투태세로 돌아선 지 오래였다. 신입 딱지만 떼고 나면 누가 가르쳐 주지 않아도 스스로 자생력을 배웠다. 기사는 점점 질이 떨어지고 광고성 글들이 수두룩했다.

날마다 소주는 혀끝에서 달게 녹아내렸다. 가끔 소주잔 안에 비친 내 모습을 들여다 볼 때면 헛웃음이 나오곤 했다. 다 닳아서 색이 바란 가죽 가방을 옆에 끼고 저녁마다 강소주 한 병씩을 마시고 가는 나를 지켜보는 포장마차 주인도 멀건 오뎅국을 퍼주며 맥빠진 웃음을 지었다. 나도 따라 웃었다. 사실, 맨정신으로 아내 얼굴을 본다는 것이 나로서는 도저히 힘든 일이었다. 난 너무 무료하고 탄력적이지 못한 삶을 그녀에게 지워 주었다. 그녀는 쭉 그렇게 내 옆에서 견디며 살아왔다. 아이를 지우라고 말한다면 그녀는 오히려 홀가분할 테지만 아이가 없어진 딱 그만큼 바람이 들어찰 것이다. 시린 배를 부둥켜 안고 평생을 살아갈 아내는 영영 말을 하지 못하게 될지도 몰랐다.

"저…… 어르신 인어 여인숙을 찾는데요."

나도 모르게 어수룩하게 말이 나왔다.

"…… 쭉 걸어봐! 선착장이 끝나는 곳에 있을 테니께."

그물을 꿰매고 있던 노인은 고개도 처들지 않고 입만 달싹거렸다. 어느 곳이든 늙은이들은 외지인들에게 호의롭지 못하다. 선착장이라고 해봐야 목선 몇 척이 정박해있는 게 전부였다. 섬전체가 잠을 자듯 고요했다. 배가 들어오는 새벽녘이나 되어야 살아날 듯 보였다. 널어놓은 생선에서는 썩은 내가 진동하고 파리 떼가 바글바글했다. 나는 쉬 발을 떼지 못하고 멀리 바다를 바라봤다. 벌겋게 물든 수평선이 아득했다. 그 수평선 위로 아내의 옆모습이 보였다. 아내는 고개를 숙이고 혼자서 울고 있었다. 붉은 빛으로 물든 얼굴위로 반짝반짝 빛나는 눈물들이 똑똑 떨어져 내렸다. 아내는 한 번도 운 적이 없는 여자였다. 그런 아내가 울고 있었다. 노을에 비친 아내의 어깨는 좁고 가냘 펐다. 나는 한 번도 아내의 좁고 가냘픈 어깨를 본적이 없었다. 쏴─ 붉은 파도가 밀려들었다. 가슴이 붉게 물들었다. 그렇게 바다가 내 안에 벌건 불을 질렀다.

노인의 말처럼 인어여인숙은 선착장의 끝에 있었다. 외형으로 봐선 여관이라고 짐작하기 어려워 보일 만큼 일반 가정집과 달라 보이지 않았다. 마당이 넓은 한옥이었고 대문이 없는 게 특징이었다. 담 옆 바닥에 버려진 듯 비스듬히 몸을 기대고 있는 목재간판만이 유일하게 그 집이 인어여인숙임을 알리고 있을 뿐이었다. 간판은 두꺼웠지만 이미 귀퉁이가 삭아 있었고 오목형의 휘갈겨진 글씨 위에 칠해진 페인트도 대부분 벗겨진 모습이었다. 섬에는 인어여인숙이 유일한 숙박시설인 듯 보였다. 아직 도회지 사람들의 구토가 실려 오지 않은 처녀성 같은 섬이었다.

나는 인어여인숙으로 곧장 들어가려다가 잠시 발길을 멈췄다. 이미 예전에 인어여인숙을 다녀갔을 시인의 형상이 살풋 떠올랐다. 아니 개장수의 형상이라 함이 옳을 것이다. 개장수는 섬으로 들어서자마자 개를 찾았을 것이고 아주 많은 개들을 잡았을지도 모른다. 아무리 깊은 곳에 숨어 있어도 개를 쫓는 개장수의 후각은 집요하게 개들의 은신처를 찾아냈을 것이다. 개들을 가득 실은 트럭을 세우고 인어 여인숙으로 들어서는 개장수의 모습이 아득히 떠오른다. 오랜만에 많은 개들을 실은 개장수의 웃음소리도 들리는 듯하다.

나는 개장수의 웃음소리를 쫓아서 인어여인숙으로 들어섰다. 마당 한가운데서 한창 제철인 수국이 수많은 웃음소리로 피어나고 있었다. 귓속이 윙윙거렸다. 세상의 온갖 웃음소리들이 귓속으로 꽉 들어찼다. 나는 오도 가도 못하고 귀를 막고 사방을 휘둘러봤다. 사람의 기척이라곤 찾아볼 수 없는 집안에서 웃음소리만 가득했다. 그 웃음소리들은 거미줄을 쏘듯 마구 나에게로 달려들었다. 그때마다 수국이 벙긋벙긋 피어났다. 활짝 핀 수국 대신 낯익은 얼굴들이 대롱대롱 매달린 채 마구 웃어대고 있었다. 너무 화사해서 푸른빛이 도는 얼굴들은 섬뜩했다. 나는 달아나고 싶었다. 잘 벼린 칼날처럼 섬뜩한 웃음소리들을 피해 달아나고 싶었다. 눈이 따가웠다. 반들반들 푸르게 눈부신 그들의 광채에 눈이 아팠다. 나는 충혈된 눈을 비벼가며 주위를 살폈다. 107호를 찾아야 했다. 개장수가 묵어갔다는 107호를 찾아 어서 빨리 기어들어야 했다. 그 방은 세상에서 가장 편안하고 안락한 방일 것이었다. 나는 숨을 곳이 필요했다. 시퍼런 웃음소리들로부터 영원히 벗어날 수 있는 미지의 쉼터가 필요했다.

나는 쉴 곳을 찾아왔던 것이다. 인어여인숙 107호에서 편안하게 잠들고 싶었다. 그 방에서 나는 시체처럼 깊이 잠들고 싶었다. 그리고 넓은 바다에서 큰 고기들을 끌어올리는 어부가 되는 꿈을 밤마다 꾸고 싶었다. 나는 107호를 찾기 위해 두리번거렸다. 방마다 빨간 아크릴 판으로 만들어진 호수가 붙어 있었다. 계속해서 들리는 웃음소리는 정신을 혼미하게 만들었다. 아직 정신이 남아있을 때 찾아야 했다. 나는 방마다 호수를 확인했다. 101, 102…… 방은 모두 여섯 개였다. 106호를 끝으로 더 이상의 방은 없었다. 나는 다시 눈을 부릅뜨고 확인했다. 개장수가 묵었다는 107호는 어디에도 없었다. 나는 풀썩 다리가 꺾였다. 이 세상 어디에도 내가 편안히 쉬어갈 곳은 없었다. 수국 대신 대롱대롱 매달린 얼굴들이 비웃기라도 하듯 기분 나쁜 웃음소리를 만들어 냈다. 웃음소리는 나에게 너무도 독한 것이어서 서서히 나는 녹아내린다. 나는 실없이 웃으며 「인어 여인숙

107호」마지막 13행을 중얼거렸다.

그 많던 개들은 없고 나는 덩그러니 혼자서 개장 속에 있다.

소풍

오늘밤 나는 총알이 되고 싶다. 한번 총구를 떠나면 결코 멈추지 않고 어느 곳에선가 콱 박혀버리고 마는 그 강렬함이고 싶다. 숨구멍이 미어질 만큼 바람이 세차게 밀려든다. 한순간 훅ー 숨을 빨아들이면 그대로 허파가 터져 버리고 말 것 같다. 모든 신경이 살아서 꿈틀거리는 전율이 느껴진다. 불꽃놀이처럼, 일순간 모든 신경들이 수많은 빛으로 하늘 높이 치솟는다. 몸이 떠오른다. 바람이 꽉 들어찬 허파는 팽팽한 긴장감으로 흥분한다. 어머니의 자궁 밖을 빠져나오면서 느꼈던 그 환희를 나는 아직도 생생히 기억하고 있다. 온몸으로 확 끼쳐오던 다른 세상의 생경한 바람. 지금도 내 몸속 어딘가를 떠돌고 있는 그 바람에게 나를 내맡기고 싶다. 가슴 저 밑바닥에서 작은 바람 한 점이 일렁이면 나는 한순간 바람의 노예로 변해버린다. 온 천지를 휘돌다가 결국 포도씨만 한 작은 점이 되어 되돌아오는 바람을 키우며 나는 지금껏 살고 있다. 나는 그 바람의 끝자락에 몸을 맡긴 채 세상 어딘 가로 빠르게 쓸려가고 있다.

도시의 도로가 끝나는 지점에서 한 여자가 손을 든다. 나는 습관적으로 액셀러레이터에서 브레이크로 발을 옮긴다. 끽ー, 차가 밀리면서 타이어 닳는 냄새가 난다. 썩은 고무가 타는 냄새는 머리를 지끈거리게 한다. 여자가 물끄러미 선 채로 차안을 쳐다본다. 살아서 움직이듯 관능적으로 나부끼는 긴 치마가 인상적이다. 프랑스 영화에서나 봄직한 챙 넓은 모자를 머리 위에 없은 여자는 누군가 옮겨다 놓은 마네킹 같다. 여자에게서 낯선 이방인의 냄새가 난다. 시공을 초월한 그 무엇이 여자를 아주 멀게 느껴지게 한다. 여자는 두 발을 땅에 기댄 채 태연을 가장하고 있지만 미세한 두근거림이 밤의 정적 속으로 스멀스멀 피어오른다. 엔진이 덜덜거리는 소리로 빠른 판단을 재촉한다. 여자의 얼굴을 빤히 쳐다보면서 클랙슨을 빠르게 두 번 누른다. 아차 싶다. 여자의 눈에 초점이 없다. 여자가 그림자처럼 조수석에 올라탄다. 먼지 부연 고서점에 들어서는 순간 콧속을 파고드는 종이와 잉크 삭아드는 냄새가 싸하게 번진다. 관 하나를 옮겨 실은 기분이다.

액셀러레이터를 힘껏 눌러 밟는다. 거친 숨을 몰아쉬며 택시가 튕겨나간다. 몸이 뒤로 한 번 젖혀진다. 피돌기가 빨라진다. 할증버튼을 누른다. 2300원, 기본료가 메타기에 빨갛게 찍힌다. 푸줏간에서 고기를 잘라 전자식 저울 위에 올려놓으면 금액이 찍혀 나오는 것과 같다. 그러니까 고기로 치자면 이 여자는 기본적으로 2300원 어치는 되는 셈이다. 근수로 치자면 돼지 한 마리 값도 안 된다는 생각이 들자 시답지 않은 웃음이 나도 모르게 흘러나온다.

「어디로 모실까요?」

실내등을 켠다. 인적도 드문 캄캄한 야밤에 조수석에 올라타는 여자. 간이 남들보다 한 덩어리 더 붙었거나 아니면 다른 생각이 있는 것인지도 모른다.

「파도가 치는 바닷가로 데려다 주세요.」

캄캄한 어둠 속 저 너머에서 여인의 미소처럼 화사하게 밀려드는 파도의 정취를 여자는 알고 하는 소리일까? 가끔, 밤늦게 무작정 어딘가를 가자고 하는 여자들이 있다. 한적한 시외에 접어들면 담배나 하나 피우고 가자며 차를 세우라고 한다. 담배연기를 후― 내뱉으며 외로워서 죽어버릴 지경이라고 말한다. 어둠 속으로 스며드는 담배 연기처럼 여자들은 흔적을 남기지 않는다.

얼핏 보기에도 처녀는 아닌 것 같고 30대 중반쯤 보인다. 반달처럼 선이 고운 눈매가 챙 넓은 모자와 잘 어울린다. 여자의 치마 위에 얼굴만 한 크기로 피처럼 붉게 핀 목단이 매혹적이다. 패트 김의 '초우'가 연상되는 분위기를 가졌다.

「파도가 있는 바닷가면 어디라도 괜찮은 거요?」

태우지 말고 그냥 내달렸어야 했다. 괜히 칙칙한 느낌이 드는 게 별로 기분이 개운치 않다. 스멀스멀 찬 기운들이 등골을 타고 올라온다.

「나를 쓸어 가버릴 만큼 거친 파도라면 더 좋겠죠.」

「……」

큰 파도에 쓸려가고 싶은 여자. 서늘한 느낌이 전해져 온다. 아무런 표정도 없이 입만 달싹거리는 여자는 아주 먼 곳에서 온 사람 같다. 금방이라도 문을 열고 내리면 그만일 것 같은 홀연함이 물처럼 전해져온다.

「빨간 불 아니었던가요?」

여자의 목소리가 미세하게 갈라진다. 갈라진 틈 사이에서 지친 바람소리가 새어나온다. 여자는 줄곧 시선을 앞에 두고 있다. 신호등은 벌써 저 뒤로 멀어지고 있다. 앞 유리창에 가로수 은행잎 하나가 착 달라붙는다. 한적한 도로 앞쪽에서 고양이 한 마리가 무엇에 놀란 듯 눈에 불을 켜고 쫓겨 간다.

「평생, 신호 따위는 상관하지 않고 살아왔수다. 그런 것들이 다 거추장스럽고 불편해서…….」

걸리는 신호마다 브레이크를 밟는다는 것은 참으로 따분한 일이다. 빨간 불이건 녹색 불이건 지나칠 수 있으면 생각할 겨를 없이 내빼고 볼일이다. 나는 가끔 신호등이 하나도 없는 도시를 상상하곤 한다. 차들은 뒤얽히고 운전자들은 경적을 울려대면서 욕설을 해대는 무법천지의 도로 한가운데 내가 끼어 있다. 나도 여느 운전자들처럼 욕설을 하고 빵빵거리면서 먼저 가보겠다고 핏대를 세우며 싸움질을 한다. 빨간 신호등 앞에 질서 정연하게 멈춰 섰다가 녹색 불이 되면 속력을 내고, 또 빨간 신호등에 걸리면 딱 멈춰서야 하는 그런 답답한 짓은 딱 질색이다. 기다림이란 나에게 있어 벽과 같다. 내 앞을 딱 가로막고 있는 벽 말이다. 잠시 동안이라도 나를 옴짝달싹 못하게 만드는 빨간 불을 볼 때마다 나는 욕지기가 튀어나온다. 나를 구속하려드는 모든 것들에게 나는 적대감을 갖고 있다. 매달 범칙금으로 납부해야 하는 돈이 만만치 않지만 그래도 나는 이런 생활에 만족한다. 멈추지 않고 달려 나갈 수만 있다면 그까짓 범칙금 따위는 아무런 문제도 아니다.

「난 지금껏 너무 신호를 잘 지키면서 살아 온 것 같군요.」

줄곧 앞을 바라보고 있던 여자의 시선이 옆으로 기운다. 여자의 귀밑머리가 가을 들판의 갈대처럼 스산한 기운을 드러내 보인다. 만지면 바스락거려지고 말 것 같은 건조한 기운이 여자에게서 느껴진다. 창밖으로, 수많은 네온사인 불빛들이 공중에 매달린 채 발광하는 모습이 보인다. 매일 밤 똑같은 모습으로 번쩍거리는 네온사인은 하나같이 미쳐있다. 아무리 몸부림쳐도 지루하게만 보이는 네온사인 불빛들은 자해하는 기분으로 미쳐버렸을지 모른다. 높이 하늘을 찌르고 있는 십자가들마저 식상해 보이는 밤 풍경은 이유 없이 사람을 지치게 한다.

「근데, 이 시간에 바닷가는 무슨 일로 가려는 거요?」

추적추적 비라도 내리면 딱 어울릴 것 같은 고적한 밤이다.

「소풍.」

힐끗 여자의 얼굴을 훔쳐본다. 담담한 말투만큼이나 표정이 없다. 불현듯 급브레이크를 한번 콱 밟아서 깜짝 놀라는 여자의 얼굴 표정을 보고 싶다. 아니면 슬쩍 손목이라도 한 번 잡아볼까. 별 신경도 쓰지 않고 손목이 잡힌 채 목적지까지 갈 것 같은 표정이다. 나도 모르게 소름이 오싹 돈다. 세상의 모든 일에 신경을 놓아버린 듯 무연이 창밖을 향하고 있는 여자의 눈이 흐릿하다. 숨은 쉬고 있는 것인지 의심스러울 정도다.

「이 야밤에 소풍이라……. 거 꽤 괜찮은 생각인 것 같군요. 그럼 소풍 가는 기분으로 어디 한번 신나게 달려볼까요.」

도시를 벗어나면서 사위는 급격히 어두워진다. 간간이, 앞쪽에서 달려오는 자동차의 헤드라이트 불빛이 스칠 때 잠깐씩 눈이 부시다. 여자는 온통 검은빛 뿐인 창밖을 넋 빠진 듯 감상하고 있다. 그렇듯 어두운 창밖을 주시하다가 홀연히 사라져버리고 말 것 같은 묘한 기운이 느껴진다.

「그냥 맨숭맨숭 가자면 잠이나 올 테고 서로 얘기나 나누면서 가는 게 어떻겠소?」

「무슨 이야기를 어떻게 해야 하는지…… 난 아무 할 이야기가 없어요. 내 삶 속에는 줄거리가 없거든요.」

여자는 여전히 창밖을 쳐다보면서 무심히 대꾸한다. 편도 1차선 국도를, 그것도 한밤중에 차를 몰고 달리기란 여간 따분한 일이 아니다. 액셀러레이터를 쑥 눌러 밟는다. 엔진 오일을 토해낼 것 같은 굉음을 내지르며 차가 쏜살 같이 내달린다. 여자가 깜짝 놀랐는지, 반짝 나를 쳐다본다. 나는 도로 앞쪽을 주시하고 한층 속도를 낸다. 탄력을 받은 택시는 시위를 떠난 화살처럼 매끈하게 달려 나간다. 여자가 머리 위쪽의 손잡이를 잡는다.

「정 할 이야기가 없으면 하루 종일 무얼 하며 지냈는지 그거라도 읊어 봐요.」

속도가 붙으면서 시야가 좁아진다. 상향등으로 헤드라이트를 조절한다. 여자는 나를 물끄러미 쳐다본다. 이야기를 해야 하나 말아야 하나 망설이는 눈치다. 나는 여자의 시선을 피한 채 운전에 열심인 척 앞쪽에 주의를 기울인다.

「글쎄요…… 오늘 내가 무얼 했는지 잘 기억나지 않는군요. 딸아이를 유치원에 보내고…… 그래요 집을 세었던 것 같아요. 우두커니 거실에 앉아 있는데 수많은 집들이 눈에 들어왔어요.」

아주 오래 전 일을 떠올리는 사람처럼 기억을 더듬는다. 오늘 있었던 일도, 먼 옛날의 일로 기억하는 여자가 아주 멀게 느껴진다. 하루를 열흘처럼 살기도 하고 1년처럼 살기도 하는 사람들의 눈은 항상 먼 곳을 향하고 있다. 먼 곳을 바라보는 그들의 눈빛은 깊이를 짐작할 수 없을 공허함이 스산하게 깃들어 있다.

「우리 집은 십삼 층이에요. 인근에 다른 아파트가 없어 주위가 한눈에 내려다보이죠. 검정 빨강 초록색 기와집이 오밀조밀하게 내려다보여요. 원체 변두리 쪽이라 한옥이 아직 많이 남아 있죠. 나는 빨간색 기와집을 세기 시작했어요. 하나 둘 셋…… 꼼꼼하게 셌지만 일흔 여덟 개를 세고는 그만 헷갈려버렸어요. 다시 셌어요. 하나 둘 셋…… 하지만 이번에도 역시 여든 개를 넘기지 못하고 헷갈려버리더군요. 나는 거실에 앉아 그렇게 빨간 기와집을 계속해서 셌어요.」

여자는 꿈을 꾸듯 몽롱한 목소리로 천천히 말을 이어갔다. 그리고 기와집을 셀 때는 여든 개 가까운 숫자를 꼬박꼬박 소리내어 끝까지 세는 걸 잊지 않았다. 어찌나 진지하게 숫자를 세는지 나는 어쩔 수 없이 끝까지 여자의 숫자 세는 소리를 듣고 있어야만 했다. 캄캄한 어둠 속에 여자 혼자 버려두고 가버릴까 하는 생각이 불현듯 뇌리를 스친다.

「재미없죠? 들어봐야 하품만 나올게 뻔해요. 그만 하는 게 낫겠어요.」

「내가 재밌으려고 댁한테 이야기하란 줄 아시오? 그저 말벗이나 하자는 거니 하던 얘기나 계속 해봐요.」

여자는 잠시 사이를 두었다가 다시 하던 이야기를 이어간다.

「아직 딸아이가 학원에서 오려면 한참을 기다려야 했죠. 그래서 이번에는 구구단을 외우기 시작했어요. 이단부터 구단까지 외웠다가 다시 구단부터 이단까지 뒤집어 외우기를 반복했죠. 이단부터 구단까지는 막히지 않고 잘 외우는데, 다시 뒤집어서 칠구 육십삼까지 외우고 칠팔에서 딱 막혀버리는 거예요. 참 묘한 일이에요. 꼭 칠팔, 그 대목에서 생각이 나지 않더군요. 근데 이상하죠? 구구단은 딱 막혀서 생각이 나질 않는데 신기하게 내가 푸들푸들 살아나는 느낌이 드는 거예요. 뜨거운 햇볕에 시달리던 채소가 단비를 맞고 푸르르 생기를 되찾는 느낌 같은 거 말예요.」

여자의 목소리에 탄력이 느껴진다. 정말로 자신이 채소가 되어 푸르르 생기를 되찾기라도 한 것인 양 들뜬 기색이다.

「당신은 그럴 때 없나요? 뭔가 석연치 않은 상황이 오히려 당신을 기쁘게 하는 순간을 경험하게 되는 경우요.」

나를 쳐다보는 여자의 눈빛에 설렘이 들어있다. 나에게 어떤 동질감을 확인하려는 기대에서 비롯된 설렘일 것이다. 그 설렘 뒤로 축축이 젖은 간절함이 배어 나온다.

트럭 한 대가 불빛을 번쩍이며 앞지르기를 한다. 5톤 트럭 빼곡히 닭이 실려 있다. 수많은 닭들이 철창 밖으로 목을 내밀고 있다. 시야가 좋지 않아 흑백으로 보이는 닭들의 모습은 지쳐 보인다. 그저 목을 쭉 내밀고 바람을 견디고 있을 뿐이다. 좁은 철창 안에서 줄곧 알을 낳다가 이제 폐닭이 되어 팔려 가는 닭들의 초라한 몰골이 어둠 속으로 형체도 없이 사라져간다. 죽는 순간까지 철창을 벗어나지 못하는 닭들의 서글픈 운명이 이 밤을 한층 어둠침침하게 몰고 간다. 시야에서 완전히 멀어진 트럭 뒤로 밤의 여로처럼 아련한 닭 울음소리가 들리는 듯하다.

「글쎄올시다. 댁이 말하는 그런 상황하고 맞아떨어질지는 모르겠지만 하여간 그런 적이 있긴 있었죠. 3인조 택시 강도를 태운 적이 있었는데 두 명이 뒷목하고 배때기에 칼을 들이대고 무조건 시외로 가자고 합디다. 잘 해야 열일곱이나 여덟쯤 먹어 보이는 애새끼들인데 눈알에 온통 핏발이 뻗쳐 사람 눈이 아니더라고요. 나는 알았다고 한 마디 하고선 무조건 쎄려 밟았죠. 속도계가 백오십 킬로를 넘자 애들 얼굴이 하얗게 질려가지고는 손잡이를 무슨 썩은 동아줄이라도 되는 양 꽉 움켜쥐고는 벌벌 떨고 있는 거요. 시외까지 실어다주고 하루 내 번 돈도 죄다 뺏겼지만 왜 그런지 싱글싱글 헛웃음이 나옵디다. 돌아오는 내

내 싱글거리면서 콧노래까지 불렀다니까요.」

여자가 손수건을 꺼내 앞 유리창을 닦는다. 맑게 닦인 유리창은 밤 풍경을 한결 더 짙게 보이게 한다.

「왜 택시운전을 선택했죠?」

「남들은 어떨지 모르겠지만 난 운전하는 게 속 편해요. 계속 달리지 않고는 못 배기는 성질이니 오죽하겠습니까마는…… 난 어릴 때부터 노상 뛰어 다녔걸랑요. 어른들이 심부름을 시켜도 뛰어서 다녀왔고 집에서 학교까지 십리가 넘는 거리도 줄곧 뛰어다녔더랬죠. 하여간 나는 온전히 걸어 다니지를 못하고 노상 뛰어다녔어요. 그런 나를 보고 마을 아이들은 굴렁쇠라고 놀려대곤 했어요. 마을 아이들은 나를 놀려대려고 굴렁쇠라고 불렀지만 나는 굴렁쇠라는 별명이 싫지가 않습디다. 오히려 나에게 딱 어울리는 별명이라는 생각이 들어 기분이 좋아지더라구요.」

부유스름한 안개 때문에 시야가 확보되지 않는다. 속도를 늦추고 천천히 주행한다. 도로 양편으로 연 방죽이 보인다. 연 방죽을 벗어 날 때까지 안개는 계속될 것이다.

「꿈이 있었겠죠?」

여자는 안개 같은 질문을 한다. 꿈이 뭐냐는 질문을 받아본지가 얼마나 되었을까. 기억도 나지 않을 만치 오래 전 일인 것 같다.

「듣고 나면 싱거울 텐데…… 내가 뭔가 되어야겠다는 생각을 먹게 된 것이 아마 초등학교도 들어가기 전이었을 꺼요. 어느 날 읍내로 밀가루 하나를 사러 갔더랬어요. 밀가루를 사서 왼쪽 옆구리에 끼고 여느 날처럼 집을 향해 뛰고 있었죠. 그런데 뒤쪽에서 달려오던 택시가 밀가루를 낀 내 옆구리쯤을 백미러로 치고 달아나는 거요. 살짝 건드렸지만 나는 얼떨결에 엎어지고 말았죠. 젠장맞을, 길바닥에 쓸린 정강이에서는 벌겋게 피가 배어 나오고 밀가루는 하얀 가루를 풀풀 날리면서 주위에 온통 쏟아져 있는데 왠지 모르게 실실 헛웃음이 나옵디다. 왠지 알아요? 뒤도 돌아보지 않고 흙먼지를 일으키면서 신나게 달려가는 택시가 그렇게 멋있어 보일 수가 없더라고요. 그때 나는 결심한 거요. 온 천지를 씽씽 거리면서 마음껏 내달릴 수 있는 택시기사가 꼭 되리라고…….」

　나는 창문을 조금 내리고 담배를 한 개비 피워 문다. 늦가을 밤공기는 제법 쌀쌀한 기운이 느껴진다. 거름냄새와 퀴퀴한 나무 썩는 냄새가 쌀쌀한 밤공기에 섞여 차안으로 밀려든다. 피우던 담배를 창밖으로 내던지고 숨을 깊이 들이마신다. 기분이 한결 상쾌해진다. 매연에 찌든 폐가 오랜만에 활짝 열리는 느낌이다. 잠이 달아나는 하품이 나온다. 여자가 추위를 느끼는지 몸을 움츠린다. 내렸던 창을 다시 올린다.

　「잘된 건지 잘못된 건지, 하여간 나는 어릴 때 바람대로 이렇게 택시기사가 됐죠. 내 꿈은 들었으니 됐고…… 그러는 댁은 꿈이 뭐였소?」

벌써 십여 분 넘게 차들이 보이지 않는다. 어둠이 짙게 드리운 한적한 국도를 오랜 시간 달릴 때면 다른 세상을 향해 가고 있는 듯한 착각을 하게 된다. 낯선 세계를 향한 끝없는 여정의 착각은 날이 밝을 때까지 계속되곤 한다.

「나도 말했으니 너도 해봐라 뭐 그런 건가요?」

여자의 목소리가 언 무 쪼개지는 소리처럼 쩍 갈라진다.

「목적지까지 가려면 아직 한참 멀었는데 의자를 뒤로 밀고 넓게 앉는 게 좋을 거요. 발이 불편하면 신발을 벗어도 괜찮을 테죠. 안 그러면 여독이 쌓여서 피곤할 테니.」

여자가 내 얼굴을 빤히 쳐다본다. 나는 앞만 쳐다보면서 운전을 한다. 왠지 여자와 나의 거리가 좁혀지는 듯한 느낌이 든다. 여자의 시니컬한 목소리는 나를 쳐다보면서 자신에게 외치는 메아리 같은 것이다. 자신도 모르는 사이에 이야기가 술술 이어지면서, 내가 왜 이러지 하는 생각이 문득 스쳤으리라.

「그림을 그리고 싶었어요.」

독백처럼 무심히 한마디 던져놓고, 회상이라도 하는 것인 양 한동안 말이 없다. 언뜻언뜻 감정의 단절을 드러내 보이는 여자에게서, 오랫동안 곰삭은 쓸쓸함이 체취처럼 묻어 나온다. 여자는 아주 오래 전 사람 같다. 손때가 묻어 닳아진 악기에게서나 들을 수 있는 사그라지는 울림이 전해져 온다. 오랜 시간 세월을 견디며 살아왔을 여자의 뒤안길이 빈 들녘의 바람처럼 스산하게 일렁인다.

「난 나무 그리기를 좋아했어요. 푸른빛이 창창한 소나무를 주로 그렸어요. 막 그려놓은 소나무는 마치 살아서 활발한 광합성 작용을 하고 있는 것처럼 싱싱했죠. 많은 사람들이 내 그림에 감탄하곤 했어요. 난 제법 그림을 잘 그린다는 소리를 듣곤 했어요. 어느 날 작업실에 앉아서 그림을 그리고 있는데 갑자기 가슴이 옥죄어 오더군요. 가슴이 꽉 조여들면서 숨을 쉴 수 없을 만큼 답답해졌어요. 작업실을 가득 메우고 있는 그림들도 하나같이 고통스러운 신음을 내지르고 있었어요. 정확히 말하자면 화폭 속에 갇힌 소나무들이 내지르는 신음이었어요. 화폭 속에서 늙어버린 소나무들이 내지르는 신음은 마지막 숨을 몰아쉬기 위해 목줄을 쥐어뜯는 처절한 절규처럼 들렸어요. 난 그때껏 소나무들이 화폭 속에서 죽어가고 있다는 사실을 알지 못했어요. 내 화폭 속에 갇힌 소나무들은 천천히 고사되고 있었던 거예요. 소나무는 좁은 화폭 속에서 물감을 빨아먹고 살 수 없었던 거죠. 나는 모든 그림들을 불살라 버리고 그 후로 다시는 붓을 들지 않았어요.」

무릎 위에 올려진 여자의 두 손이 파르르 떨린다. 상기된 목소리로 길게 말을 이어가는 여자는 금방이라도 발작을 일으킬 듯 불안한 기색이 역력하다. 기억하고 싶지 않은 과거를 떠올린 게 분명했다. 나는 박카스 하나를 꺼내서 뚜껑을 따고 여자에게 건넨다.

앞쪽으로 강을 가로질러 길게 이어진 다리가 보인다. 부연 안개가 낀 다리를 접어들면서 나는 손에 잡히는 노래테이프 하나를 카 오디오에 밀어 넣는다. 손현희가 부른 '이름 없는 새'가 스피커에서 흘러나온다. 다리 중간쯤 왔을 때 나는 차를 세우고 창문을 활짝 연다. 비상등을 켜고 볼륨을 높인다. 자욱한 안개에 섞여 손현희의 '이름 없는 새'가 저 멀리 강물을 따라 흘러간다. 모든 것은 흘러간다. 멈추지 않고 흐르는 강물 속에는 죽어버린 손현희의 맥박이 뛰고 있고, 이 긴 다리는 지금 뛰고 있을 내 심장소리를 언제까지고 기억할 것이다. 그렇게 모든 것은 소리 없이 흐르면서 소통한다.

「결혼은 했나요?」

강물이 묻고 있는 것일까? 이명처럼 아주 멀게 들린다.

「…….」

엔진을 끈다. 언제까지 이렇게 차들이 지나치지 않을까? 다리 아래로 강은 흐르고, 부연 안개는 꿈처럼 몰려다닌다. 여자와 나는 다리 위에 세워진 택시 안에서 귀로는 강물소리를 듣고 코로는 안개를 마시며 시답잖은 이야기를 노닥거린다. 이대로 몇 십 년이고 지나서 폭삭 삭아 버리고 싶다.

「당신한테는 이 낡은 택시 한 대가 전부처럼 느껴지는군요.」

「결혼이란 걸 해본 적은 없지만 여러 번 살림을 차려보긴 했더랬죠. 그런데 매번 육 개월을 넘기지 못합디다. 나는 원래 안정된 생활을 하지 못하는 인간인 거요. 한 여자에게 얽매여 있다는 거, 어느 곳에 뿌리를 내리고 정착한다는 거, 이런 것들이

나하고는 본래 궁합이 안 맞는 거요. 나는 원래 계속 달려야 살수 있는 바퀴 같은 운명을 타고났걸랑요. 아무리 쫓아도 안가고 끝까지 매달린 갑숙이란 여자가 있었죠. 남쪽 어디 지도에도 없는 섬이 고향인 여자였어요. 아무리 모질고 차갑게 대해도 가질 않길래 갑숙이 보는 앞에서 내 왼쪽 허벅지에 부엌칼을 쑤셔 박았더랬어요. 서럽게 울음을 토해내면서 대문을 나섭디다. 가끔 갑숙이 생각이 날 때가 있어요. 분명히 칼은 내 허벅지에 꽂았는데 꼭 갑숙이 가슴에 칼을 찌른 것 같은 착각에 깜짝 놀라곤 하죠. 어디서 몸이나 안 상하고 잘 살고 있는지 모르겠군요.」

부릉부릉, 엔진을 살린다. 어서 밟아 달라고 택시가 신경질을 부린다. 이놈의 택시도 오래 타다보면 성격이 닮는지 조금만 쉬어도 짜증을 낸다. 덜덜덜, 엔진이 심하게 떠는 걸 보니 단단히 화가 난 모양이었다. 기분 좀 맞춰 주려면 한동안 신나게 밟아 줘야 화를 가라앉힐 성싶다. 액셀러레이터를 콱 눌러 밟는다. 굉음을 내지르며 택시가 앞으로 튕겨나간다. 안개를 휘저으며 시원스럽게 다리 위를 내달리는 택시를 운전하는 나는 세상 부러울 것이 하나도 없다.

「맨날 집에만 있는 모양인데 뭐 즐겨하는 취미 없어요?」

다리를 벗어나면서 안개는 걷히고 또다시 어두운 국도가 이어진다.

「샤워요.」

「뭐요? …… 그것도 취미라고 할 수 있는 거요?」

「어쨌든 나는 매일 대여섯 번씩 꼭 샤워를 해요. 한겨울에도 찬물을 틀어놓고 몇십 분씩 꼼짝 않고 있어요. 나중에는 몸이 하얗게 변하고 입술은 파래지죠. 어떨 땐 옷 입은 그대로 욕실에서 물을 맞기도 해요. 거울 속에 비친 내 모습을 보고 흠칫 놀랄 때도 있어요. 더 이상 아무것도 미련이 없는 사람 마냥 비참한 몰골을 한 내가 거울 속에 들어있어요. 심장까지 얼어붙을 정도로 몸이 차가워지면 그때쯤 나는 내가 아직 살아있다는 사실을 확인하는 거예요. 미친 여자가 아닌가 하고 생각하실 테죠? 사실 나는 조금씩 미쳐가고 있어요.」

여자에게서 물기가 느껴지지 않는다. 푸석한 흙처럼, 만지면 바르르 허물어져버릴 것만 같다. 건조한 자신의 몸을 대할 때마다 여자는 무슨 생각을 할까? 아마도 여자는 자신의 존재를 조금씩 파먹으면서 살고 있을지 모른다. 결국 여자는 아무런 의미도 없는 빈 껍데기로 남을 것이다. 이미 여자에게서 퇴화의 흔적이 보인다. 눈 밑으로 스산하게 드리운 그늘과 입을 벌릴 때마다 들리는 공허한 울림은 현실과는 너무도 먼 거리를 짐작하게 한다. 먼 거리의 사이에 무심히 홀로 서서 세월을 견디고 있는 여자는 고목처럼 그렇게 서서히 삭아들고 있다.

「아— 잠을 좀 설쳤더니 졸음이 오네. 잠이 좀 들 만하니까 집주인 영감이 취해서 고래고래 소리를 질러대는 통에 눈을 붙이지 못하고, 또 잠이 좀 들 만하니까 대문 앞에 매 논 개새끼가 죽어라고 짖어대는 통에 그만 선잠에서 깨고 말았어요. 그러다

가 정말로 잠깐 꿀 같은 단잠이 들었는데 옆방에서 어찌나 요란
스럽게 그 짓을 해대는지, 벽이 쿵쿵 울리고, 젊은 년놈이 질러
대는 신음소리가 곧 숨이라도 넘어가 버릴 것처럼 요란한 통에,
제길 잠자기는 다 틀렸지 싶어 일찍 나와버렸댔죠.」

　나는 길게 하품을 한다. 그리고 창문을 활짝 연다.

　「꽤 시끄러운 집에서 사나보죠?」

　「시끄러운 정도가 아니라 숫제 끓는 냄비 속이요. 일곱 세대
가 한집에 모여사니 오죽하겠어요? 하루도 조용히 넘어가는 날
이 없어요. 남자들은 밤마다 싼 술을 받아먹고 세상이 온통 지
꺼라도 되는 것처럼 소리소리 지르고, 여자들은 지들끼리 흉보
다가 드잡이를 하는가 하면, 애새끼들은 날이면 날마다 울어대
고, 아주 정신이 하나도 없을 지경이요.」

　나는 잠을 설친 푸념이라도 하듯 제법 씩씩거리면서 과장되
게 이야기했다.

　「나도 사람들이 득실거리는 그런 집에서 한 번 살아보고 싶어
요.」

　무연이 창밖을 쳐다보는 여자가 낮은 신음 같은 독백을 한다.
여자의 독백은 독한 술처럼 싸하게 명치끝을 훑는다. 가슴 저
밑바닥으로 살며시 번지는 여자의 울림이 뜻 모를 슬픔으로 전
해져온다. 그늘진 곳에서 자라, 속이 훤히 들여다보이는 가녀린
식물을 들여다보고 있는 기분. 바람이 혹 불면 단숨에 톡 끊어
져 버릴 것 같은 가슴 시린 여운이 느껴진다.

「아 참! 나는 취미가 뭔지 말 안 했죠? 난 취미가 사진 찍는 거요. 허허,…… 이렇게 말하니 내가 무슨 사진작가라도 되는 것처럼 들리겠시다. 정확히 말하면 난 한 달에 한 번씩 사진관에 들러서 독사진 한 장씩을 찍어요. 달력만큼 큼직하게 말이요. 나는 그걸 천장에다 붙여놔요. 방에 혼자 누워서 얼마동안이고 쳐다보곤 하죠. 역시 사진하고 실제 나하고는 좀 다르다는 생각이 듭디다. 오랫동안 쳐다보고 있어도 간혹 낯설게 느껴질 때가 있거든. 난 그 낯섬이 좋은 거요. 나에게서 느껴지는 낯선 모습 말이요. 정확히 한 달이 지나면 나는 천장에 붙은 내 사진을 떼어서 불에 태워요. 한번이라도 사진 태워본 적 있죠? 불에 그을리면서 변해 가는 내 모습을 보고 있으면 묘한 기분이 들죠. 꼭 내가 이 세상에서 사라져버리는 듯 한 느낌이, 아주 오래된 옛날 노래를 듣는 것처럼 스물스물 녹아내린단 말이요. 그래요 나는 내가 이 세상에서 사라져버리는 듯한 그 느낌이 좋아서 사진을 태우는 거요. 그리고는 또 새로운 사진을 찍죠. 난 또 새로운 내 모습으로 한 달을 사는 거요. 난 한 달에 한 번씩 죽었다 새롭게 태어나는 셈이죠.」

갈림길이 나온다. 표지판 왼쪽으로는 미포(美浦), 오른쪽으로는 박포(博浦)라고 씌어있다. 나는 차를 세우고 여자에게 의견을 묻듯 턱을 치켜세운다. 여자는 한참동안 표지판에 시선을 고정시킨 채 말이 없다. 창문을 조금 연다. 멀리서 밀려온 갯내가 시원한 듯 비릿하게 맡아진다. 여자도 갯내를 맡는지 숨을 길게 들이쉰다. 음미하듯 천천히 숨을 들이쉬고 내뱉기를 반복하는 여자는 어느 쪽 포구에서 흘러온 갯내인지 가려내려는 사람 같다. 여자가 오른쪽을 손가락으로 가리킨다. 아마도 지금 맡아지는 갯내는 박포(博浦)쪽에서 불어온 듯싶다.

「나를 단숨에 삼켜버릴 만큼 큰 고래가 몇 마리 있는 바다면 좋겠어요.」

아주 오랫동안 곰삭은 고름 같은 소리로 여자가 말한다. 듣기만 해도 가슴이 내려앉는 저 깊은 멍울을 여자는 얼마나 오랫동안 담고 살아온 것일까?

「한 가지 궁금한 게 있는데…… 왜 이 밤에 소풍갈 생각을 했던 거요?」

오른쪽으로 핸들을 꺾고 서서히 액셀러레이터를 밟는다. 듬성듬성 심어진 소나무가 길 양쪽으로 가지를 늘어뜨리고 안내라도 하듯 길게 이어져 있다. 한결 진하게 느껴지는 갯내는 야릇한 기운으로 흥분을 불러일으킨다. 뭔가 있을 것 같은 설렘이 든다. 색다른 정취에 흠뻑 취해보고 싶은 기분이다. 가슴 저 밑바닥에서 작은 바람 한 점이 꿈틀거린다.

「남편과 나란히 앉아서 아홉시 뉴스를 봤어요. 뉴스는 늘 똑같은 사건들에 당사자들 이름만 바꿔서 떠들어 댈 뿐이죠. 매일 새로운 뉴스라고 떠들어대지만 언젠가 보도된 일이 있는 사건에 배역만 바뀌어 있을 뿐이에요. 뉴스를 보고 나면 남편은 잠을 자요. 그이는 일찍 자고 일찍 일어나죠. 남편은 은행원이에요. 은행에서 잔돈을 세듯 그렇게 집에서도 꼼꼼하고 규칙적인 사람이죠. 잠자리에 든 우리는 섹스를 했어요. 그이는 섹스하기를 좋아해요. 일주일에 하루정도 빼고 그이는 늘 내 몸을 원해요. 그래야만 그이는 편히 잠들 수 있어요. 짧은 섹스를 끝내고 담배를 피우는 그이를 보면서, 나는 욕실로 가서 샤워를 했어요. 샤워를 끝내고 침실로 돌아와 보니 그이가 속옷도 입지 않은 채 곤히 자고 있더군요. 남편의 다리 사이에서 방금 전까지 방망이처럼 딱딱하게 내 몸 안으로 들락거리던 그이의 성기가 축 처진 채로, 자고 있는 그이처럼 시들하게 누워 있는 거예요. 이상하게 들릴지는 모르지만 쭈굴쭈굴한 껍질에 덮여서 시들하게 기울어 있는 남편의 성기를 보면서 나는 소풍 갈 생각을 했어요.」

길 끝에 작은 포구가 보인다. 긴 사이를 두고 가로등이 주위를 밝히고 있다. 검은 그림자로 술 취한 듯 졸고 있는 어선들은 스산한 기운을 풍긴다. 인적이라곤 찾아볼 길 없는 늦가을 포구는 생선 비늘이 덕지덕지 들러붙은 채 비린내를 풍기고 있는 고기상자처럼 아무렇게나 버려져 있다. 간판이 내려앉은 술집은 더 이상 풍어를 기대할 수 없는 바다의 얼굴을 적나라하게 드러내 보이고 있다. 헤드라이트 불빛에 놀란 쥐들이 서둘러 틈을 찾아 기어든다. 밤을 헤매는 쥐들마저 강퍅해 보이는 바닷가는 어둠의 그늘이 한결 짙게 드리워 있다. 갯내보다 진한 하수 냄새가 밀려든다. 썩은 하수가 바다로 흘러든다. 고기그물이 여기저기 무더기로 버려진 채 삭아들고 있다. 생기라곤 찾아볼 수 없는 바닷가 풍경은 추한 몰골로 병자처럼 널브러져 있다.

「시시한 바다군요.」

여자의 목소리가 한없이 밑으로 꺼져간다. 한층 그늘지고 시들해 보이는 여자의 얼굴은 바닷가 한쪽 귀퉁이에서 녹슬어가고 있는 폐선을 닮아있다. 나는 헤드라이트 불빛을 바다 쪽으로 비춘다. 멈춰선 택시 안에서 여자와 나는 헤드라이트 불빛이 비추는 먼 바다를 바라본다. 물 빠진 선창가는 맨살을 드러낸 채 추위에 떨고 있다. 여기저기 버려진 부표들이 적막함을 더한다.

「아무것도 없군요. 나를 쓸어 가버릴 만큼 큰 파도도, 단숨에 삼켜버릴 큰 고래도 아무것도 없어요.」

여자가 문을 열고 내린다. 나도 따라서 내린다. 너무도 조용한 바다다. 아무 소리도 들리지 않는 바다는 사체처럼 길게 널브러져 있다. 캄캄한 바다를 한없이 쳐다보고 서 있는 여자의 뒤로 적막한 기운이 연기처럼 흐른다.

「다른 곳으로 갈까요? 이곳은 댁이 찾은 바다가 아닌 것 같군요. 조금 더 멀리 가면 당신이 찾는 바다가 있을지도 모르죠.」

여자는 아무 소리도 들리지 않는다는 듯 바위에 걸터앉아 그저 먼 바다만 바라볼 뿐이다. 여자는 아주 오래 전부터 그렇게 바위 위에 앉아 있던 사람처럼 너무도 자연스럽다. 여자는 바다의 일부처럼 보인다. 절반쯤 허물어진 어깨를 드러낸 채 힘없이 먼 곳을 향하고 있는 여자의 눈은 스러져 가는 바다의 절망을 담고 있다.

「내가 찾는 바다가 어딘가에 있기는 한 걸까요.」

모닥불 한 무더기를 피워놓고 여자와 나는 캄캄한 바다를 상상으로 그리며 바라본다. 영원히 아침이 올 것 같지 않은 어둡고 침침한 바다가 짐작할 수 없을 만큼 끝없이 펼쳐져 있다. 여자는 언제부터 별을 헤고 있었을까? 수많은 별들을 헤고 또 헤면서 여자는 시간을 견디고 있다.

하루

1

창식은 TV 받침대로 사용하는 서랍장을 열고 활명수 한 병을 꺼냈다. 사다 놓은 지 며칠 되지도 않았는데 벌써 한 박스가 다 비워지고 있었다. 하루에도 서너 병은 마셔야 속이 편안한 활명수는 창식에게 있어 생명수나 다름없었다. 드드득— 병마개를 돌려서 단숨에 마셔버리고는 끅— 게트림을 한 번 하고서야 뭔가 흡족한 기분이 되었다. 매일매일이 꽉 막힌 변비 같은 창식에게 활명수의 톡 쏘는 탄산가스는 그나마 희열을 느끼게 하는 기폭제라 할 수 있었다.

창식은 전문대학 졸업 후 칠년 째 방안에 틀어박혀 있었다. 직장이라고는 한 번도 다녀본 적이 없었기에 활동반경은 고작 마당까지 포함한 집안이 전부였다. 두더지 같은 생활이 이어지면서 가족들의 인내심도 한계에 다다르고 있었다. 간신히 꼴을 보고 있는 집안사람들은 어금니를 꽉 문 채 하루하루 견디고 있는 형국이었다.

"띠— 띠—"

인터폰이 울렸다. 받을까 말까 망설이던 창식은 읽다 던져둔 '열혈강호 46권'을 집어 들었다. 보나마나 밥이나 먹고 자라며 서두를 꺼내선 결국 속 뒤집어지는 소리로 마무리를 할 것이 뻔했다.

"띠— 띠—"

서너 번 울리고 말았어야 할 인터폰이 계속해서 울어댔다. 받지 않으면 응당 그러려니 하고 말 것인데 뭔가 시킬 일이라도 있는 모양이었다. 지겨운 목소리를 또 들어야 한다고 생각하니 온몸에 두드러기가 일어나려고 했다. 마검랑이 드디어 기녀의 품에서 벗어나 무림을 향해 칼을 뽑아드는 중요한 장면을 마주한 터라 확 짜증부터 났다.

"왜요?"

"빗방울 떨어지는 소리 안 들려? 얼른 빨래나 걷어. 지금 시간이 몇 신데 아직까지 뭉그적거리고 있는 거야 아이그 정말 속 터져서……."

얄궂게 비가 내리고 있었다. 낮인지 밤인지 분간하기 어려울 만치 사위는 어둑충충했다. 빗방울이 들친 빨래를 아무렇게나 마루 구석에 던져놓은 창식은 양푼에 담긴 강냉이를 앞니로 물어뜯었다. 물만 픽픽 쏘아대는 강냉이는 맛이랄 것도 없이 껍질만 이빨 사이에 끼고 지랄이었다. 썰렁한 집구석에 여기저기 튀어 오르는 빗방울만 요란하게 짓까불고 있었다. 창식은 씹다만 강냉이 한 움큼을 입에 물고 멍하니 하늘을 올려다봤다. 때 절은 포대기라도 휘날리듯 하늘은 우중충했고 그 포대기 사이사이를 뚫고 폐수 같은 빗물이 지 꼴린 대로 흘러내리고 있었다. 창식은 제 얼굴이라도 마주한 듯 가슴이 먹먹했다. 아무 맛도 모르고 열심히 물어뜯던 강냉이마저 비참한 기분을 부추겼다. 까닭 없이 눈물이 핑 돌았다. 뼈다귀처럼 뜯겨진 강냉이를 냅다 집어던졌다. 꼴사납게 날아가던 강냉이는 마당 구석에 버려진 붕어빵 리어카를 맞고 퉁기더니 어딘가로 가서 처박혀버렸다. 도무지 처분도 안 되고 애물단지로 변해버린 붕어빵 리어카를 보는 순간 창식은 또 한 번 부아가 치밀어 올랐다. 생각 같아서는 리어카를 향해 기관총을 난사해버리고 싶은 기분이었다. 리어카를 볼 때마다 창식은 속이 뒤틀렸다. 마당 한편에서 우두커니 자빠져 있는 리어카는 우중충한 제 그림자를 닮아 있었다.

2

창식은 거실 찬장에 있는 술병을 들고 나왔다. 그래도 술은 운치가 있어야 하는 법, 빗줄기 쏟아지는 광경을 지켜볼 수 있는 마루가 제격이었다. 한 잔을 따라서 쭉 들이켰다. 알싸한 기운이 목구멍에서부터 저 가슴 밑바닥까지 화르르 불을 질렀다. 역시 인삼주가 좋기는 좋은지 다른 술보다 뒷맛이 한결 깔끔했다. 무 뿌리만 한 인삼이 다섯 개나 들어있는 인삼주는 매형이 특별히 아끼는 술이었다. 밤에 잠자리에 들기 전 깍쟁이처럼 혼자서만 한 잔씩 마시곤 하는데 자기 말로는 비아그라가 명함도 못 내밀 만큼 효험이 있다지만 한 번도 환하게 웃는 누나의 얼굴을 본 적이 없는 창식은 영 신뢰가 가지 않는 말이었다.

아직 술이 넉넉히 남아 있어서 몇 잔 마신다고 해도 별 표는 안 나겠지만 그래도 잘 조절해가면서 먹어야 했다. 먹는 것에 대한 집착이 유난히 강한 매형은 자신이 아끼는 먹거리에 대해서는 그야말로 목숨을 걸 정도니 알아서 조심하는 수밖에 달리 도리가 없었다.

지난겨울 매형 것을 잘못 먹은 통에 집안이 발칵 뒤집혔던 일이 있었다. 발칵 뒤집어봤자 천상 자기 집이니 살림살이를 들어엎을 것도 아니고 끽해야 창식의 방문에 대고 악이나 몇 번 질러대고 말 것이었다. 그러니 나죽었소 하고 자빠져 있으면 제풀에 겨워서 몇 번 씩씩거리다 말 것이었지만 그 날은 좀 묘하게 일이 꼬여들고 말았다.

"어이! 처남 이거 자네가 다 먹어 조진 거야?"

웬만해선 창식과 말도 섞지 않는 사람이 문까지 벌컥 열어젖히고 냅다 뭘 집어던졌다. 창식은 늘 하던 일, 그러니까 이불 속에서 뭉기적대고 있던 참에 봉변을 당한 꼴이었다.

"……."

"아니 이게 얼마짜린 줄이나 알어?"

매형은 이미 이성을 잃은 듯 얼굴이 벌겋게 달아올라서 가쁘게 숨을 몰아쉬었다. 비대한 몸집에 콧김까지 팍팍 쏟아내는 꼴이 꼭 야생 멧돼지 같았다. 좀 웃기는 것은 점잖게 양복을 차려입고 한 손에는 성경책까지 들고 있다는 점이었다. 주일 예배를 보러 가려던 참에 눈이 뒤집힌 모양이었다. 창식은 야생 멧돼지 앞에 몰린 고라니처럼 바짝 몸을 웅크리고 있었다.

"자네가 대체 뭐 하는 게 있다고 이 비싼 걸 먹어. 도대체 사람이 염치가 있어야할 거 아냐."

그때까지도 절반쯤 이불에 몸을 감고 있던 창식은 부스스 털고 일어나 앉았다. 뭔진 몰라도 매형이 그렇게 길길이 날뛰고 있으니 듣는 척이라도 해야 할 것 같았다. 정신을 차리고 보니 창식의 옆에 한약박스가 엎어져 있었다. 강원도 오지에서 순 약초만 먹여 키웠다는 사슴 중탕을 특별히 주문한 것이었다. 십이개월 할부로 큰맘 먹고 주문했다며 각별히 챙겨먹던 것이었다.

"내 이런 말까지는 안 할라고 그랬는데 말이야 성경에도 일하지 않는 자 먹지도 말라고 했어. 하물며 자네가 이런 보약까지 먹을 자격이 있기나 하냐 이 말이야."

애초부터 창식이 사슴 중탕을 먹으려 했던 것은 아니었다. 도대체 어떤 맛인지 또 어떤 효과가 있는지 확인차원에서 한 봉지 먹었을 뿐이었다. 그런데 놀랍게도 늘 지근거리던 잔머리도 없어지고 한결 몸도 가벼워진 느낌이었다. 그래서 한 개 두 개 먹었던 것이 어느새 표가 나게 먹어버렸던 것이다.

"세상 천지에 처남처럼 태평한 사람이 어디가 있어. 몸이 불편한 장애자들도 먹고살려고 나름대로 발버둥치는데 사지육신 멀쩡한 사람이 하루 종일 방구석에 틀어박혀서 도대체 뭘 하느냐 말이야."

매형의 말에 창식은 한마디 변명도 할 수 없었다. 한 번도 바깥세상을 기웃거려 보지 않은 창식은 집에서 키우는 개와 별반 다를 게 없었다. 덩그마니 버려진 약 박스만큼이나 창식은 초라했다. 어쩌면 매형은 자신의 약을 먹어버린 창식이 괘씸하기도 했겠지만 지금껏 빌붙어 지내고 있는 처남의 모습에 넌덜머리가 난 것일 수도 있었다.

"젊은 사람이 그렇게 팽팽 놀고 있으니 쓸데없이 외국인 노동자들이 들어오고 일반 봉급자가 세금을 배로 내고 있는 거 아냐. 처남 같은 사람이 우리나라 국민소득을 얼마나 갉아먹는 줄 알기나 해?"

어느새 약 이야기는 사라져버리고 평소 가슴에 담아두었던 앙금을 거침없이 쏟아내기 시작했다. 어쩌면 많이도 참고 있었을 것이었다. 계산이 철저한 금융회사에 다니고 있는 매형이 창식으로 인해 파생되는 가정경제의 손실을 따져보지 않았을 리 만무했다. 먹고 자고 하는 것 외에 의료보험료와 국민연금 그리고 어쩔 수 없이 함께 살면서 들어가야 할 부대비용까지 생각하면 무시할 수 없는 금액일 터였다.

"바깥에 나가보라구 지금 세상이 얼마나 살벌하게……."

"에이 못난 놈아 그게 그렇게 처먹고 싶디 그래 먹어라 내가 먹여줄 테니 어서 처먹어 으-으-으- 아이고 내가 못살아. 하나밖에 없는 동생 놈이 이렇게 덜 떨어져서……."

난데없이 방안으로 뛰어 들어온 것은 누나였다. 교회를 갈 때나 차려입는 정장에 화장까지 한 누나는 들어오자마자 창식의 등을 후려치며 대성통곡을 하기 시작했다. 누나는 마지막 기도를 꼭 창식을 위해서 했다. 하나님 아버지 부족한 내 동생 창식을 보살펴주시와 남들처럼 반듯한 사람이 될 수 있도록…… 어쩌고 하는 기도문을 여러 번 들은 적이 있었다. 창식은 죽어라고 내려치는 누나의 손매가 매운 줄도 모르고 정신 나간 사람처럼 멍하니 맞고 있었다. 예상치 못한 오누이의 기이한 모습을 지켜보던 매형은 머쓱해서 나가버리고 온통 얼굴에 눈물범벅인 채로 누나는 방바닥에 엎드려 언제까지고 흐느껴 울었다. 정작 잘못한 사람은 자신인데 누이가 그렇게 짐승처럼 울어대니 창식은 어찌할 바를 몰랐다. 몇 개 남지 않은 약봉지가 방바닥에 어지럽게 흩어진 채로 그 날의 참극을 증명하고 있었다.

3

비는 종내 장기전으로 갈 모양인지 조곤조곤 떨어져 내리기 시작했다. 창식의 가슴에도 빗물 같은 인삼주가 싸하게 흐르고 있었다. 과거를 돌이켜 보려 해도 도무지 과거가 없는 창식은 지금껏 무얼 하며 살았는지 자신이 생각해도 답답하기만 했다. 이젠 기억도 가물가물한 학창시절을 떠올리자니 너무 아득하고 유년시절을 떠올리자니 돌아가신 부모님 생각에 눈물이 앞을 가렸다. 팔팔한 젊은 날의 추억까지 없는 창식에게 더 이상 과거란 없는 거나 다름없었다.

선거 때나 돼야 자신이 대한민국 국민이거나 학산동 주민이라는 사실을 실감할 수 있는 창식은 점점 투명인간이 되어 가는 느낌이었다. 대낮에 집밖을 나가면 아무도 알아보는 사람이 없었다. 물론 벙거지 같은 모자를 눌러 쓴 채 잔뜩 웅크리고 다녀서일 테지만 딱히 그런 이유가 아니더라고 눈길을 주는 사람도 없었다. 창식은 살아있달 뿐 아무런 실체감이 없는 그저 허깨비에 불과했다. 지금 당장 아무런 흔적도 없이 사라져버린다 해도 세상에는 한 점 구멍도 남지 않을 것이었다.

대문 안으로 봉투 서너 개가 후드득 떨어졌다. 막 술잔을 털어 넣고 콩자반 한 개를 입안에 넣으려던 참이었다. 얼결에 젓가락 사이에 끼었던 콩알은 떨어져서 마룻바닥을 데구루루 굴렀다. 콩알은 온통 먼지를 뒤집어쓴 채 마루 끝에 간당간당 걸려있었다. 그냥 그대로 떨어져 내려버릴 것이지 뭣 하러 비참한 몰골로 버티고 있는지 그저 꼴사나울 뿐이었다.

보나마나 창식 앞으로 온 우편물은 없을 것이었다. 그래도 비를 맞기 전에 얼른 들여놔야 했다. 우편물은 세 개였고 그중 하나는 창식의 것이었다. 가끔 새로운 상품이 나왔을 때 소개하거나 안부를 전하는 보험사의 우편물이었다. 몇 년째 누나는 창식의 건강보험을 넣고 있었다. 늙어서 처자식도 없고 돈도 없을 때 덜컥 병이라도 들면 그대로 죽는 수밖에 없다며 창식 앞으로 보험을 하나 들어주었던 것이다. 보나마나 뻔한 광고성 글이거나 전국 관광지를 소개하는 지도가 들어있을 것이었다. 하지만 뻔하다고 그냥 버릴 수는 없었다. 한 달 내내 한두 통 올까말까 하는 우편물을 뜯지도 않고 그냥 버린다는 것은 상상도 할 수 없는 일이었다. 창식은 자신의 이름으로 배달된 우편물을 뜯는 순간이나마 아직 살아있다는 강렬한 생명력을 느낄 수 있었다. 창식은 온 정성을 들여 음미하듯 천천히 봉투를 찢었다. 누군가 그런 자신의 모습을 본다면 매트릭스 흉내라도 내는 줄 알고 혀를 끌끌 찰 것이 분명했다.

"띠– 띠–"

벌써 시간이 그렇게 됐나. 어쩔 수 없이 잠시 일어나야만 했다.

"알았어요."

창식은 누나의 목소리가 들리기 전 미리 선수를 치고 얼른 수화기를 내려놓았다. 한번 말이 물리면 귀에 딱지가 앉도록 지청구를 들어야 하기 때문에 얼른 수화기를 놓아버리는 것이 상책이었다.

창식은 소금물에 절여진 배추를 건져서 맑은 물에 헹군 후 다시 채반에 올려놓았다. 매일같이 하는 일이라 별로 특별할 것도 어려울 것도 없었다. 창식이 집안에서 하는 일이라고는 딱 두 가지였다. 중학교 3학년인 조카를 승용차로 등교시키는 것과 소금에 절인 배추를 건져내는 일이었다. 가야금을 배우는 계집애 조카는 아침에 버스를 탈 수도, 그렇다고 매번 택시를 탈 수도 없었다. 때문에 창식은 아침마다 가야금은 뒷좌석에 모시고 조카는 옆 좌석에 태운 채 학교로 향해야 했다. 말은 안하지만 조카는 창식을 창피해 하는 눈치였다. 되도록 학교에서 멀리 떨어진 곳에 떨쳐놓아 주기를 바랐다. 뒷문에서 가야금을 꺼내기가 무섭게 뒤도 돌아보지 않고 사라지는 조카를 창식은 멍하니 바라보아야 했다. 부스스 하고 무기력해 보이는 창식을 조카라고 좋아할 리 없었다. 게다가 한창 사춘기 때의 계집애니 내세울 것 없는, 게다가 추레하기까지 한 창식을 부끄럽게 생각하는 것은 어쩌면 당연한 것이었다. 그래선지 매번 차를 탈 때마다 입을 꾹 다문 채 한마디도 하지 않았다. 저도 어쩔 수 없으니 타고 다닌다는 일종의 의사표시였다. 하교 때는 학원버스가 실어다 주니 그나마 다행이었다. 조카를 등교시키고 나면 하루 종일 빈둥거리는 일만 남은 셈이었다.

소금물에서 배추를 건져내는 일쯤이야 손을 쓰지 않고 발로도 해낼 수 있을 정도였다. 바깥채에서 반찬가게를 하는 누나는 안채에 들어와서 뭘 할 수 있는 여유도 없었지만 굳이 들어오려 하지도 않았다. 웬만한 잔일 정도야 창식을 시키려고 일부러 인터폰을 마구 눌러대곤 했다. 늘 방구석에만 처박혀 있는 창식을 어떻게든 끌어내서 몸을 부리게 할 깜냥이라는 것을 창식도 잘 알고 있었다.

지금 마당에서 비를 맞으며 썩어가고 있는 붕어빵리어카는 어떻게든 창식을 자립시켜 보려는 누나의 간절한 마음이었다. 때문에 창식은 붕어빵리어카만 보면 화가 치밀어 올랐다. 누나의 마음이 마당구석에서 그렇게 탱탱 녹이 슬어 썩어나고 있으니 그걸 보는 창식의 창자도 덩달아 썩어났다.

4

"보약을 한 제 지어줄까 붕어빵리어카를 사줄까 많이 생각했
다."

사슴 중탕 사건이 있은 후 누나는 창식에게 붕어빵 리어카를
안겼다. 붕어빵 기계도 새것이고 리어카도 새것으로 맞춘 것이
었다. 반찬 몇 그램으로 손님과 실랑이를 해야만 하는 누나 입
장에서는 큰맘 먹고 장만한 것이 틀림없었다. 게다가 매형 눈치
까지 덤으로 봐야 했을 것이었다.

"나는 네가 돈을 많이 버는 것보다 자립할 수 있는 능력을 키
웠으면 해. 내일부터 새벽기도 다닐 거야."

그날 밤 누나는 삼겹살파티를 열었다. 그동안 서먹하던 매형
과 술잔까지 부딪치며 창식은 새롭게 살아보리라 다짐했다. 자
신도 밥벌이를 할 수 있다는 생각이 들자 창식은 비로소 가족이
된 듯한 기분이었다. 그동안 창식은 가족보다는 누나의 친정붙
이로 지내온 것이 사실이었다. 누나의 그림자 속에서 잔뜩 몸을
웅크리고 살아왔던 것이다.

다음 날부터 누나는 추운 날씨에도 불구하고 새벽기도를 다
녔고 창식은 아침에 일어나 교육을 받으러 다녔다. 집 밖으로

나가 사람들을 만나고, 사라져버린 의욕을 불러일으킨다는 것이 낯설고 어색했지만 창식은 이빨을 꽉 깨물었다. 누나의 마음 씀도 마음 씀이었지만 이제는 정말 더 이상 비껴나갈 곳이 없는 막다른 골목에 맞닥뜨린 때문이었다. 교육은 별 어려운 것이 없었다. 모든 재료를 본사에서 받으면 됐고 붕어빵 굽는 기술과 오뎅국 끓이는 기술은 산수 문제처럼 공식화되어 있었다. 어리 벙벙한 창식도 삼일간의 교육이 길게 느껴질 정도였다.

처음으로 리어카를 끌고 집을 나서는 순간 창식은 심장이 벌컥 벌컥 펌프질 해대는 소리를 들었다. 두렵기도 하고 설레기도 한 순간이었다. 좀처럼 바깥출입을 않던 창식이 리어카까지 끌고 거리를 나선다고 생각하니 여간 화끈거리는 게 아니었다. 하지만 창식은 누나를 생각하며 맘을 굳게 먹고 리어카를 밀었다. 미리 점찍어 둔 곳에 자리를 펴고 붕어를 굽자 없던 의욕도 생기고 기분도 좋아지는 듯 했다. 활명수가 없어도 즐거울 수 있다는 것에 창식은 더욱 놀랐다. 잘하고 있는지 응원 차 누나가 다녀가고 얼마 안 있어 고등학생으로 보이는 사내 녀석 두 명이 왔다. 그리고 연이어 차 배달 가던 아가씨 한 명이 왔다. 셋이서 먹어대니 붕어를 구워대기가 바쁠 지경이었다. 차 배달 아가씨는 순식간에 붕어를 먹어치우는 기술이 있었다. 그에 질세라 고등학생 녀석들도 붕어를 삼키는 사이사이 오뎅꼬치도 우거우걱 밀어 넣었다. 정말로 우열을 가리기가 힘들 정도의 돈 벌리는 광경이었다.

"튀어."

창식은 어리둥절했다. 뭔 일인지 정신을 차릴 사이도 없이 고등학생 녀석들이 저만치 달아나고 있었다. 얼결에 창식도 냅다 뒤를 쫓았다. 녀석들은 작정을 했었는지 금방 큰길에서 골목길로 빠졌다. 그렇다고 놓칠 순 없었다. 후다닥 발자국 소리를 쫓아서 죽을힘을 다해 뛰었다. 점점 발자국 소리는 희미해지고 골목은 미로와 같이 갈래갈래 흩어졌다. 숨이 차서 헐떡거렸지만 이 골목 저 골목 보이는 곳마다 헤집고 다녔다. 장사 첫날부터 돈을 떼이고 싶지는 않았다. 하지만 어디로 사라졌는지 녀석들은 찾을 길이 없고 찬바람에 기침만 켁켁 터져 나왔다. 힘이 쭉 빠져서 돌아오는 길은 너무도 고되고 멀었다. 황당한 일은 계속되었다. 분명히 있어야할 리어카가 감쪽같이 사라져버린 것이었다. 창식은 넋을 놓고 멍하니 서 있었다. 도대체 어떻게 된 일인지 짐작조차 할 수 없었다.

"아저씨 돈 받으이소."

차 배달 아가씨가 천 원짜리 두 장을 내밀었다.

"왜 인자 오는교? 아까 배달 가다 보이까네 구청에서 나와가 곰세 실어가데예."

첫날부터 창식은 붕어빵과 오뎅을 도둑맞고 리어카까지 뺏겼다. 온몸에 힘이 쭉 빠져나가는 기분이었다. 삼 일만에 벌금을 물고 구청에서 리어카를 찾아왔지만 또 다른 복병이 기다리고 있었다. 이미 다른 붕어빵 장수가 자리를 차지하고 있었다. 창식은 신사답게 정중히 대화로 자리문제를 해결하려고 했지만 상대는 주먹다짐을 원했다. 결국 둘은 파출소에 끌려갔고 누나는 보호자 자격으로 창식을 찾으러 와야 했다. 맞은 데도 쑤시고 정나미도 떨어져 더는 붕어를 굽고 싶지 않았다. 결국 딱 이틀 붕어빵리어카를 밀었을 뿐이었다.

5

창식은 술병을 흔들어 보았다. 마시다 보니 술에 잠겨 있어야 할 인삼 대가리가 어느새 허공을 휘젓고 있었다. 매형이 이 광경을 목격한다면 또 한 번 야생 멧돼지로 변할지 모를 일이었다. 하지만 크게 걱정할 일은 아니었다. 그냥 맨 소주만 부으면 맛도 안 나고 색도 희멀건 할 테지만 인삼차를 흔들어 넣으면 그만이었다. 설사, 들킨다 하더라도 이 정도 범죄야 애교로 넘길 수도 있을 것이었다. 이제 얼마 후면 서로 떨어져 살게 될 것이고 더 이상 매형의 먹거리를 훔쳐 먹는 일도 없을 것이기 때문이었다.

창식은 또 한 잔 쭉 들이켰다. 그동안 하나밖에 없는 누나의 등골을 빼먹을 만큼 빼먹었으니 이제 그만 누나를 편하게 놔 줄 만도 했다. 진작에 그랬어야 했지만 창식은 지금껏 이불 속에 틀어박혀 애써 눈과 귀를 닫고 살았다.

"저 사람이 반찬가게 동생 맞죠?"

"누가 아니래 저놈 때문에 반찬가게 속이 썩어난다잖아."

이틀 전 창식의 생일이었다. 누나는 자고 있는 창식을 불러내서 냉면을 먹고 오라고 했다. 냉면 집에 전화해놨으니 가서 먹기만 하면 된다고 했다. 반찬가게가 쉬는 날이면 가끔 누나와 둘이서 먹으러 가곤 하던 집이었다.

"젊은 사람이 왜 그러고 산대요? 허우대는 멀쩡하구만."

"왜 아니래. 저놈 때문에 반찬가게가 지 남편이나 시댁식구한테 꼼짝없이 죽어산다잖어."

종업원 여자와 주인여자가 마른 수건으로 수저를 닦으며 소곤거렸다. 쥐 두 마리가 얼굴을 맞대고 이빨을 갉는 소리처럼 들렸다.

"허긴 반찬가게 얼굴이 안되긴 안됐더라."

"하루에도 한숨을 열두 번은 더 쉴 걸 아마. 위장약이며 신경약이며 두통약이며…… 하여간 약으로 산다니 말 다했지 뭐."

창식은 냉면에 얹어진 삶은 계란을 막 집으려다 멈칫했다. 누나의 얼굴이 어두운 건 알고 있었지만 약으로 살고 있는 줄은 몰랐던 터였다. 갑자기 앞에 놓인 냉면가닥이 철근가닥으로 보였다.

"반찬가게가 편할라면 어디 참한 여자라도 하나 붙여줘야겠네."

"지금 제정신이야? 또 어떤 년 신세를 조질려고 여자를 갖다 대. 저런 놈덜은 먹고 노는데 이골이 난 놈덜이라 절대로 몸을 안 움직인다니까."

턱이 덜덜 떨릴 만큼 차가운 냉면육수 때문이 아니더라도 창식은 꼼짝없이 얼어붙고 말았다. 얼음물이라도 흠싹 뒤집어 쓴 것 같았다.

"아유 끔찍해라. 찰거머리가 따로 없네. 반찬가게 불쌍해서 어쩐데…… 어쩐지 얼굴에 수심이 가득한 게 십 년은 더 들어보이더라니."

"반찬가게가 물러터져서 그래. 저런 놈은 정신 차리게 무조건 밖으로 내쫓아야 한다니까. 계속 저렇게 뒤치다꺼리만 하고 있다가는 지가 먼저 쓰러지고 말 걸. …… 꼴, 그래도 목구멍으로 냉면은 잘도 넘기네."

6

누나 가족은 곧 서울로 이사를 갈 예정이었다. 조카가 서울의 예술 고등학교에 입학허가를 받게 된 것이 계기였다. 조카를 끔찍이 생각하는 매형은 서울본사로의 전출을 희망했고 곧바로 받아들여졌다. 매형은 시간 날 때마다 조금씩 짐을 꾸리고 있었다. 하지만 누나는 짐을 꾸릴 생각보다는 멍하니 넋을 놓고 앉아있는 시간이 많았다. 누나도 서울까지는 창식을 데려갈 수 없다는 사실을 잘 알고 있었다. 짐을 꾸리며 휘파람을 부는 매형을 보는 것도, 멍하니 넋을 놓고 앉아있는 누나를 보는 것도 창식에게는 똑같이 곤욕이었다.

창식은 몽롱할 정도로 취하고 말았다. 이런저런 속 아픈 생각을 하는 중에 절반 이상을 마셔버리고 말았던 것이다. 창식은 취중에도 빈 술병을 채워놓아야 한다는 생각이 들었다. 혹시나 또 매형이 싫은 소리라도 하게 되면 누나 입장이 곤란해질 것이기 때문이었다. 이제 누나 볼 날도 얼마 남지 않았는데 더 이상 가슴 아픈 일이 있어서는 안 될 것이었다.

창식은 슬리퍼를 끌고 대문을 나섰다. 모자라도 쓰고 나올 걸 때늦은 후회를 했다. 우산으로 얼굴을 가린 채 처벅처벅 걸었다. 슈퍼까지야 그리 먼 거리는 아니니 마주칠 사람도 별로 없었다. 게다가 비까지 내리고 있으니 나다니는 사람도 드물 것이었다. 싸구려 슬리퍼는 빗물에 자꾸만 미끌렸다. 대충 풀로 발라진 끈이나 안 떨어지고 슈퍼까지 갔다 오면 다행이었다. 뭐든 제대로 된 걸 사용하고 제대로 된 걸 먹어야지 시원찮은 것들은 꼭 후유증이 따르기 마련이었다. 하긴 창식의 삶이 싸구려 슬리퍼보다 낫다고 말하기도 애매했다.

우산을 푹 눌러쓰고 걸었다. 인삼주 한 병을 거지반 다 비웠으니 불콰하게 달아올랐을 터였다. 세수도 안 한 칙칙한 얼굴이 벌겋게 달아오르기까지 했으니 볼만할 것이었다. 비틀비틀 걸음도 여간 어설펐다. 창식은 우산을 접었다. 비틀거리며 우산을 쓰고 가자니 여간 거추장스러운 게 아니었다. 추적추적 비를 맞으며 슈퍼에 도착했다. 페트병 소주를 하나 들고 오천 원을 내밀었다. 흡사 노숙자나 거지를 대하듯 주인여자는 한발 물러서 잔돈을 거슬러 줬다. 창식은 술내를 풀풀 풍기며 잔돈을 받아들었다. 흠칫 주인여자가 고개를 비틀었다.

주춤주춤 왔던 길을 다시 되짚어 걸었다. 비는 계속 쏟아져 내렸다. 다행히 오가는 사람의 모습은 보이지 않았다. 창식은 멀거니 하늘을 한번 쳐다봤다. 부연 회색빛 하늘에서 무수히 많은 물 알갱이들이 떨어져 내리고 있었다. 갑자기 현기증이 났고 손에 들고 있던 페트병 소주를 놓쳤다. 통–통– 데구루루– 페트병 소주가 굴렀다. 창식은 어기적어기적 걸어서 페트병 소주를 주워들었다. 고개를 쳐든 곳에 플래카드 하나가 걸려있었다. '극빈자 · 독거노인 · 장애우 · 기타 생활이 어려운 분 도와드립니다.' 창식은 다시 한 번 찬찬히 글씨를 읽어보았다. 그리고 무작정 동사무소 안으로 걸어 들어갔다.

7

"저 밖에 도와준다고 글씨가……."

"학산동 주민이세요?"

"예."

여자는 창식을 위아래로 훑어보았다. 훑어보나마나 꾀죄죄한 몰골에 흠뻑 비까지 맞고, 게다가 페트병 소주까지 하나 꿰찼으니 영락없이 도와주어야 할 꼬락서니가 분명했다.

"저쪽 복지 담당자분께 가보세요. 김 주임님 이분 상담 좀 해주세요."

창식은 어색하기도 하고 창피하기도 해서 고개를 제대로 들지 못했다.

"아이고 비를 많이 맞으셨네요? 술도 좀 하신 것 같구요. 하긴 술 마시기 딱 좋은 날이긴 하네요. 그래 뭘 도와드릴까요?"

마흔 중반으로 보이는 김 주임은 꽤 나긋나긋했다. 창식은 김 주임의 호의적인 얼굴빛에 더럭 겁이 났다. 그냥 웃으면서 커피나 한잔 뽑아주고 보내버리는 건 아닌지 내심 두려웠다.

"저…… 칠 년째 집에만 있었거든요. 할 줄 아는 것도 없고 활명수 살 돈도 없고……."

창식은 최대한 솔직하게 말했다. 하긴 뭐 달리 할 말도 없었다.

"허허 활명수를 좋아하시나봐요. 어쩐다…… 활명수는 없고 대신 이 박카스나 하나 드시죠. 신분증은 안 가져오신 것 같고 성함하고 번지수 좀 말씀해주세요."

김 주임은 뭐가 그리 즐거운지 시종 싱글거리는 표정이었다. 창식은 김 주임의 그런 모습이 더 불안했다. 한껏 미소를 머금은 얼굴로 잘 가시라고 계속 그냥 쉬시라고 말할 것 같았다.

"호주와의 관계는 어떻게 되십니까?"

"매형인데요."

매형이라고 말하는 순간 김 주임의 오른쪽 입술이 살짝 치켜올라가는 것을 창식은 놓치지 않았다. 순전히 추측이었지만 뭔가 판단을 결정하게 하는 중요한 단서를 잡은 모양이었다.

"그렇군요. 누님 가족과 함께 사시는군요…… 이창식 씨는 아직 젊은데다가 몸이 불편한 것도 아니고 또 가족과 함께 살고 계시기 때문에 특별히 저희가 도움을 드릴만 한 조건이 되지 않습니다. 제 생각에는 노동청에 가서서 구직을 신청해 보시는 것이 더 좋은 방법일 듯싶은데요."

"아니 그러니까 저는 혼자서 뭘 할 수 있는…… 좀 도와주시면 안 되겠습니까?"

"죄송합니다. 저희로서는 어떻게 방법이 없네요. 그럼 또 다음에 상담할 일이 있으면 들려주십시오. 그럼 안녕히 가십시오"

김 주임은 끝까지 웃는 얼굴이었고 친절했다. 안녕히 가십시오, 할 때는 자리에서 일어나 고개까지 숙여 인사를 했다. 그럼에도 불구하고 창식은 울적하고 허탈한 심정에 그냥 돌아설 수가 없었다.

"저……."

창식이 뭔가 끊어진 말을 이어보려 입을 열었지만 김 주임은 바쁜 척 서류를 뒤적거렸다. 창식은 더 이상 어떻게 할 수가 없어서 사무실 한쪽 구석에 있는 긴 의자에 앉았다. 무릎 위에 페트병 소주를 올려놓고 한 손에는 우산을 든 채 멍하니 앉아 있었다. 제각각 자신의 일을 하고 있는 동사무소 직원들이 부러웠다. 또닥또닥 컴퓨터 자판을 두드리는 소리도 경쾌했고 슥-슥-서류를 넘기는 소리도 신선했다. 그렇게 가만히 앉아있으니 꼭 창식도 그들과 같은 직원이 되어서 뭔가 일을 하고 있는 기분이었다. 창식은 동사무소에서 일하는 모습을 상상했다. 다른 사람들처럼 와이셔츠에 넥타이를 매고, 민원인들이 원하는 서류도 떼어주고 상담도 하고 가끔 한가하게 옆 직원과 잡담을 하며 커피도 마시는 상상을 했다. 창식은 너무나 즐거웠다. 항상 누워 지내는 방구석도, 그 좋아하는 활명수도 아무런 미련이 없었다.

"이창식 씨 업무시간이 끝났습니다. 그만 댁으로 가서 주무시죠."

비몽사몽간에 눈을 뜬 창식은 입가의 흘러내린 침을 닦았다. 세숫대야만 한 김 주임의 얼굴이 창식을 내려다보고 있었다. 여전히 김 주임은 생글생글 웃는 얼굴이었다. 잠결에 떨친 페트병 소주와 우산을 챙겨서 밖에까지 배웅하는 김 주임의 얼굴에 창식은 주먹이라도 한 대 갈기고 싶었다.

8

무작정 발길 닿는 대로 향한 끝이 누나의 반찬가게였다. 괜히 목이 메이고 숨이 막혔다. 가게 안을 기웃거리던 창식은 무엇에라도 놀란 듯 우뚝 멈춰섰다. 뺨이라도 한 대 얻어맞은 것처럼 얼떨떨했다. 창식은 이러지도 저러지도 못한 채 멍하니 서버렸다. '가게 정리 – 반찬 싸게 팝니다.' 누나가 손수 썼는지 글씨는 많이 흔들리는 모습이었다. 부족한 동생을 생각하며 한 자 한 자 써 내려갔을 누나의 괴로운 마음이 그대로 담아져 있었다. 글씨를 본 창식은 온몸에 힘이 쭉 빠져나간 채 정신이 아득했다.

"이젠 대낮부터 술타령이냐 이놈아! 아이구 도대체 어쩌려고 그러냐……."

추레한 몰골로, 페트병 소주를 들고 가게 앞에 섰는 창식을 본 누나는 복장 터지는 소리를 했다. 창식은 뜨거운 두부 한 덩 이라도 삼킨 듯 싸- 하게 속이 녹아 내렸다. 거친 누나의 목소 리에 엉겨있는 애잔한 걱정이 그만 가슴을 옥죄게 했던 것이다. 창식은 누나의 얼굴을 쳐다보지도 못하고 그대로 뒤돌아섰다. 누나가 곧 서울로 이사를 간다고 생각하니 그 자리에 풀썩 주저 앉을 것만 같았다. 막연하게 생각했던 누나의 서울행이 어쩌지 못할 서글픔으로 다가왔다. 적막한 사막의 어디쯤에서 곧 시들 어버릴 꽃 한 송이를 든 소년처럼 눈물이 주르르 흘렀다.

"안주거리 가지러 온 거 아냐?"

창식은 빗속을 걸었다. 갈 곳이 없는 발걸음이었다. 자꾸만 주저앉고 싶은 창식의 뒷전에 누나의 목 메인 소리가 들렸다. 쏟아지는 빗소리만큼이나 탁하고 새된 목소리였다.

비는 종내 그치지 않을 모양이었다.

삶의 무력감에 맞장뜨는

고 명 철 (문학평론가, 광운대 교수)

1. 죽음을 살고 있는 삶에 대한 성찰

언제부터인지, 삶을 사는 것 자체가 경이적인 일로 다가온다. 삶을 '어떻게' 사는 것이 중요한 게 아니라, 그저 삶을 살아가는 것 자체가 소중한 것으로 간주되곤 한다. 삶 자체를 위협하는 것투성인 악무한의 현실에서 삶의 온전한 가치를 누리려고 하는 노력 따위는 사치스러운 것으로 치부되기 십상이다. 이 얼마나 끔찍한 현실인가. 인간이 목숨을 부지하는 것 이외의 생의 가치를 향한 삶의 순정한 투쟁은 좀처럼 보이지 않는다. 온갖 위선과 위악의 껍질로 무장한 언어들이 삶의 활력을 빼앗고 있다. 생기와 활력을 잃은 삶은 죽음을 살고 있는 셈이다. 마치 좀비처럼 말이다. 살아 있는 것인지, 죽어 있는 것인지 분별되지 않는, 텅 빈 영혼의 육신을 이리저리 끌고 다니는 좀비는 죽음을 살고 있다.

지금, 이곳의 세계가 좀비의 존재들로 점차 채워지고 있다? 물론, 이것은 실재가 아니라 현실을 설명하는 의미의 차원에서 그렇다는 말이다. 손병현의 첫 소설집에 묶인 소설들을 읽고 있노라면, 이와 같이 삶의 생기와 활력을 빼앗긴 좀비의 존재가 떠오른다. 그렇다고 오해하지는 말자. 손병현의 소설을 좀비가 활약하는 하위문화의 텍스트로 이해해서는 곤란하다. 다시 한 번 강조하건대, 그의 소설의 밑자리에 흐르고 있는 중요한 문제의식이 좀비로부터 연상되는, 즉 죽음을 살고 있는 것과 연관한 현실의 문제가 웅숭깊게 성찰되고 있다는 점을 쉽게 간과해서는 안 된다.

그렇다면, 손병현의 소설에서는 어떠한 문제의식이 서사적으로 탐구되고 있는가.

「구토」에 등장하고 있는 작중인물 '나'는 이번 소설집에 실린 소설 속 인물들을 이해하는 데 가늠자로 작용한다. 지방 일간지의 기자로서 능력을 인정받고 있는 '나'는 속물적 삶을 살아가는 것에 대해 염증을 느끼기 시작한다. '나'는 점차 삶에 대한 활력을 잃어간다. 하여, "나는 이렇게 낮과 밤도 없이 사막 위를 걷고 있다. 가끔 검게 그을린 힘찬 팔로 큰 물고기를 건져내는 내가 멀리 신기루로 보이곤 한다. 내 몸의 살점들이 모래바람에 씻겨나가는 줄도 모르고 나는 신기루를 쫓아서 허우적댄다. 모래언덕의 끝에 서면 나는 하나의 작은 모래 알갱이일 뿐이다." 이렇게 극도의 삶의 무기력증에 빠진 '나'는 사회과학서적 동향을 취재하던 중 사회과학도서들 사이에 꽂혀 있는 '인어 여인숙'이란 시집을 우연히 보게 되면서 그 시집의 주요 배경을 찾아간다. 개장수의 이력을 가진 시인이 살았던 "구도(狗島)"를 찾아 나선다. '나'에게 그 시집은 '나'의 출구 없는 삶에 구원의 역할을 해줄 수 있는 것으로 인식된다. 하여, '나'는 더 이상 속물로서 지방 일간지 기자의 삶을 살 수 없음에도 불구하고 선뜻 그 자리를 박차고 정리할 수 없는 무기력한 삶에 대한 위안을 받을 수 있다는 욕망을 품는다. 하지만 그 욕망은 신기루에 불과할 뿐 시인 "개장수가 묵었다는 107호는 어디에도 없었"고, '나'는 '인어 여인숙 107호'의 마지막 시행―"그 많던 개들은 없고 나는 덩그러니 혼자서 개장 속에 있다"―을 중얼거린다. 결국, '나'는 출구를 찾지 못한다. 오히려 '나'의 실존을 더욱 또렷이 확인할 뿐이다. 개들이 갇힌 개장 속, 즉 삶의 사위에 옴짝달싹할 수 없게, 그것도 아주 자연스레 갇혀 있음을 확인한다. 삶의 새로운 활력을 얻고 싶었으나, 빼앗긴 활력을 좀처럼 복원하기 어렵다.

「구토」에서 보이는 '나'의 모습은 작가 손병현이 지금, 이곳을 살고 있는 우리의 삶의 병리적 증후에 대한 일종의 임상보고서와 다를 바 없다고 나는 생각한다. 삶의 활력을 빼앗긴 채 무력감에 빠져 있는 존재를 마주하는 것이야말로 우리 시대의 작가가 견뎌야 할 서사적 윤리이다.

2. 강퍅한 현실에 팽배해진 삶의 무력감

이러한 측면에서 「하루」, 「서울의 달」, 「해 뜨는 풍경」의 젊은 이들이 곤혹스럽게 직면하고 있는 현실은 한국사회를 구성하고 있는 젊은이들에게만 가혹스러운 게 아니라 이 시대를 힘겹게 살고 있는 우리들 모두에게 엄습해오는 삶의 끔찍함이다. 전문 대 졸업 후 칠 년째 백수 노릇을 하고 있는 창식(「하루」), 고향을 떠나 서울에서 성공의 욕망을 실현하고자 하지만 서울의 강퍅 한 현실 속에서 고단한 삶을 살고 있는 젊은이들(「서울의 달」), 신 문 배달부로서 어떻게 해서든지 억척스레 삶을 살고자 버둥거 려보지만 결코 녹록치 않은 삶의 벽에 부딪치고 있는 '나'(「해 뜨 는 풍경」)의 모습은 삶의 벼랑 끝으로 내몰린 우리 시대 젊은이들 의 비관적 자화상이다. 여기, 이들 젊은이의 목소리에 귀를 기 울여보자.

선거 때나 돼야 자신이 대한민국 국민이거나 학산동 주민이라는 사실을 실감할 수 있는 창식은 점점 투명인간이 되어 가는 느낌이었 다. 대낮에 집밖을 나가면 아무도 알아보는 사람이 없었다. 물론 벙 거지 같은 모자를 눌러 쓴 채 잔뜩 웅크리고 다녀서일 테지만 딱히 그런 이유가 아니더라고 눈길을 주는 사람도 없었다. 창식은 살아있 달 뿐 아무런 실체감이 없는 그저 허깨비에 불과했다. 지금 당장 아 무런 흔적도 없이 사라져버린다 해도 세상에는 한 점 구멍도 남지 않을 것이었다. (「하루」)

"보라이 빤닥빤닥 하이 얼매나 휘황찬란하노 서울이라는 디가 이리 화려한 디다. 하— 하— 하— 내는 인자 두더지 굴을 통해가 수챗구멍 같은 내 방으로 기들란다. 시궁쥐 한 마리 만나가 더럽은 꼴 봤다 생각고 고마 다 이자뿌라 내 너무 말이 많았다카이. 내려가거덩 훌훌 벗어뿌고 뒷물부터 하그라 니한테까장 시궁창냄새가 배뿌리마 안 된다 아이가."

술집을 나온 민구는 활활 타는 듯한 서울의 야경에 삿대질을 해댔다. 거리 한복판에서 주절주절 지껄이며 휘청대는 민구를 아무도 신경 쓰지 않았다. 잠시 멈춰 구경하는 이도, 많이 취했다며 부축하는 이도, 심지어 욕을 하는 이도 없는 서울의 밤거리는 죽은 자들의 마을로 통하는 마지막 길목 같았다. 그래서일까, 근원을 알 수 없는 시취가 자꾸만 속을 울렁이게 했다. 뱀의 아가리 같은 지하철 홈이 민구를 빨아들이자 덩그마니 혼자 남은 나는 그만 미아가 돼버렸다.

사방천지 죄다 번쩍거리기만 하는 거울감옥에 갇혀버린 기분이었다. 내가 유일하게 눈 둘 곳이라고는 훤히 드러난 하늘밖에 없었다. 모가지를 길게 빼고 하늘을 올려다봤다. 거기, 곯은 달걀노른자 같은 서울의 달이 쏟아지기 직전으로 흐물거리고 있었다. 아무런 희망도 품을 수 없는 그저 흐리멍덩한 달일 뿐이었다.

쳐든 모가지가 매가리 없이 꺾여졌다. (「서울의 달」)

「하루」의 창식은 자신을 '투명인간'과 '허깨비'에 불과한 존재로 간주한다. 창식과 같은 백수 젊은이는 한국사회에서 "선거 때나 되야" 유용한 존재, 즉 '국민'으로 호명된다. 위정자들이 정치 기득권을 점유하고 지탱하기 위해 법적 가치를 부여받는 '국민'의 자격을 가질 때, 비로소 젊은이들은 살아 있는 실체로 부각된다. 한국사회에서 젊음의 특권은 기성세대의 정치권력의 보증을 위한 선거용에 불과할 뿐, 한국사회의 주체로서 정당한 사회적 인식의 대상으로 자리하고 있지 못하다. 물론 작가 손병현은 「하루」를 통해 젊은 세대와 기성세대의 정치적 갈등에 초점을 맞추고 있지는 않다. 하지만 쉽게 지나칠 수 없는 문제의식은, 창식처럼 백수로 불리는 젊은이들이 '투명인간' 혹은 '허깨비'로 자기인식을 하면서 삶의 무기력감에 빠져들고 있는 데에는, 젊은 세대의 생의 활력을 앗아가는 사회구조적 원인을 몰각할 수 없다는 점이다. 무엇 때문에, 젊은 세대가 창식과 같은 삶의 무력감에 급속도로 감염되는지를 근원적으로 성찰해보아야 한다. 왜냐하면 창식처럼 백수의 삶을 살고 있지 않는 젊은이들에게까지 이러한 삶의 무기력증은 팽배해져 있기 때문이다. 혹자는 이렇게 반문할 수도 있다. 삶의 무력감은 창식처럼 무능력한 젊은이에게나 국한된 것이지, 능력 있고 노력하는 젊은이들에게는 그러한 무기력증은 찾아볼 수 없다고. 하지만, 작가 손병현은 이와 같은 반문이 얼마나 비현실적인 발언이며, 사회의 기득권자로서 사회적 약소자의 삶과 현실에 대한 편견의 시각에 갇혀 있는지를, 「서울의 달」의 젊은이의 비관과 절망의 모습을 통해 여실히 보여준다.

「서울의 달」에 등장하는 젊은이들은 「하루」의 창식과 같은 백수가 아니다. 각자 청운의 꿈을 품고 서울 생활에 적응하면서 성공의 욕망을 실현하고 싶어하는 젊은이들이다. 그런데 그들은 견고한 벽에 맞닥뜨린다. 서울은 그들의 꿈을 실현시켜주는 데 호락호락한 곳이 아니다. 온갖 성공의 욕망으로 들끓는 서울은 시골 젊은이들에게 그들의 꿈이 좀처럼 실현될 수 없다는 삶의 비애와 절망을 안겨다준다. 하여, 그들은 "곯은 달걀노른자 같은 서울의 달"을 바라보며, "근원을 알 수 없는 시취"에 괴로워한다. 그들을 에워싸고 있는 것은 삶의 활기와 재생의 에너지를 간직하고 있는 달이 아니라, 죽음의 기운이 배회하며 생기를 찾아볼 수 없는 "아무런 희망도 품을 수 없는 그저 흐리멍덩한 달일 뿐"이다.

여기서 더욱 안타까운 것은 지금, 이곳의 젊은이들이 이처럼 삶의 무력감에 빠져들어 있으면서도 자신만의 힘으로 이것을 극복하고자 하지만, 기성세대의 그들을 향한 냉소와 배제의 시선은 그들을 더욱 깊은 삶의 수렁으로 밀어넣고 있다는 점이다. 이 같은 면은 「해 뜨는 풍경」의 종반 부분에서 압축적으로 드러난다.

「해 뜨는 풍경」의 작중인물 '나'는 신새벽 신문 배달부 일을 마감하면서 우유를 몰래 훔치다가 발각돼 붙들린다. 하필, "하늘에 맹세코 이번이 처음"으로 신문 배달부를 하면서 호기심으로 우유를 훔쳤는데, 그동안 없어진 우유의 책임을 몽땅 뒤집어쓰게 된 것이다. 별안간 '나'는 새벽에 우유를 상습적으로 도둑질하는 현행범으로 잡힌 채 사람들의 따가운 눈총을 받는다. 이른 아침, 도시의 사람들에게 '나'의 범법 행위는 그들의 알량한 윤리의식을 환기시켜줄 것이다. '나'를 보며, 그들은 그들의 삶을 더욱 안전한 법적 제도에 의해 보호받았으면 하는 욕망을 품을 것이다. 그리고 그들은 평소 자신은 사회의 윤리 기강을 범하지 않은 '착한 사람'이란 윤리적 감정에 흡족할 것이다. 그러면서 그들은 그들만의 사회적 범주를 간직한 채 그들의 삶의 범주를 더욱 공고화할 것이다. 수위가 '나'와 같은 범법자를 잡아내 그들의 안전한 삶을 지탱할 수 있도록 더욱 그들만의 삶의 울타리를 견고히 구축할 것이다. 때문에 '나'는 수위의 마지막 말이 귓전을 맴돈다.

  "저런 놈은 한번 잡아넣으면 내놓지를 말아야 한다니께. 저런 놈을 보고 유식헌 말로다가 사회의 암적인 존재라고 안 하더라고……." (「해 뜨는 풍경」)

  어쩌다 호기심으로 실수한 짓을 놓고, 수위는 우유를 훔친 '나'를 "사회의 암적인 존재"로 낙인 찍는다. 영원히 제거되어야 할 존재. 함께 있어서는 안 될 존재. 그렇게 '나'는 기득권에 조금이라도 침해가 되기 때문에 당장 배제되어야 할 존재다. 다시 말해 삶의 무기력증을 벗어나기 위해 혼신의 힘을 다 쏟는 젊은이에게 가하는 현실은 좀처럼 감당할 수 없는 위압적인 삶의 무기력감이 아닐 수 없다.

바로 이 점이 작가 손병현의 소설이 지닌 서사의 미덕이다. 손병현의 서사는 잔재주를 부리지 않는다. 그가 탐구하고 있는 현실이 활력을 잃은 삶투성이라면, 그는 이를 애써 미화하지 않는다. 생기와 활력을 잃은 현실을 정면으로 응시한다. 비록 그 현실을 살고 있는 사람들이 절망과 환멸의 사위로 에워싸여 있다고 하더라도, 그들에게 어설픈 희망을 안겨주지 않는다. 좋은 작가라면, 그 작가는 현실을 예각적 눈으로 꿰뚫고 있어야 한다. 손병현의 눈은 이 점에서 안광(眼光)을 뿜어낸다. 거짓 희망을 품지 않는 것, 우리 시대의 강퍅한 삶을 집요하게 추적하는 것, 손병현 서사의 문제의식이 돋보이는 이유다.

3. 무기력한 현실에 맞장뜨기

그렇다고 손병현의 인물이 삶의 무력감에서 허우적대고 있는 것만은 결코 아니다. 그의 인물은 냉철한 자기인식과 현실인식에 바탕을 두면서 악무한의 현실을 맞장뜨고 있다. 「숭어」, 「득음」, 「소풍」은 억척스레 삶을 살아가는 인간의 숭고성을 성찰하도록 한다. 이들 세 작품은 다른 작품들과 달리 작중인물이 부딪치고 있는 현실에 대한 적극적 대응의 면모를 보인다.

가령, 「숭어」의 경우 다소 희화적으로 서사가 전개되고 있으나, 그 문제의식은 예사롭지 않다. "환경파괴 종합선물세트라고 할 수 있는 골프장"이 마을 공동체를 파괴하고 있는 현실에 대해 병철은 마을 이장의 조언을 듣고 이 문제를 해결하기 위해 동분서주한다. 병철의 이 같은 실천에 대해 마을 사람들은 골프장과 얽힌 이해관계로 무관심 혹은 소극적 태도를 보인다. 여기에는 병철의 소영웅적 태도 또한 한몫을 한다. 병철의 투철한 사회문제의식과 환경의식 때문에 하는 실천이 아니라 마을에서 자신의 존재를 부각시키기 위한 것은 마을 사람들을 설득하기 어려운 원인이기 때문이다. 그런데 이러한 병철의 소영웅적 태도는 병철 아내의 목숨을 건 투쟁으로 마을 사람들의 적극적 지지를 받게 된다. 물론 이러한 일련의 사건의 전개를 두고 서사적 개연성이 결여된 문제점으로 꼬집을 수도 있다. 하지만 여기서 눈여겨보아야 할 것은 한국사회의 농촌을 급속도록 잠식해 들어가고 있는 개발붐이 빚어내고 있는, 차마 백주 대낮에 웃지 못할 비현실적 일들이 곳곳에서 버젓이 일어나고 있음을 목도할 때, 막무가내식 개발과 연루된 욕망의 연쇄를 끊고 공동체의 파괴를 지켜내기 위해 시급한 일은 어떤 단계의 절차를 밟아가는 것보다 목숨을 걸고 투쟁하는 급진적 행동과 실천이다. 병철의 아내처럼 "경운기 바퀴 밑에 배를 들이밀고 누워있"는 비장한 각오야말로 병철의 소영웅적 태도를 넘어설 수 있다.

병철의 아내와 같은 결단은 사회적 약소자들이 자신의 존재가 갖는 위엄을 지켜낼 수 있는 삶의 숭고한 태도라 해도 과언이 아니다. 삶의 숭고성은 앞서 살펴본 삶의 무기력감을 극복할 수 있는 큰 힘이다. 이 같은 면은 판소리의 득음을 얻기 위한 과정을 밀도 있게 그려내고 있는 「득음」에서 읽을 수 있다. 그런데 「득음」을 판소리의 맥락에서만 읽을 게 아니라 판소리를 일반화한, 즉 예술의 차원으로도 이해의 지평을 확산시켜볼 수 있다. 그러면, 어떨 때 득음의 경지에 도달할 수 있는가. 판소리를 가르치고 있는 작중인물 노인의 몇 가지 전언은 다음과 같다.

"소리에는 본시 고고한 기품이 배어있어야 하느니라."

"상스럽게 부르지 마라. 풀잎에 이슬방울 구르듯, 봄바람에 꽃잎 날리듯 그렇게 불러보란 말이다."

"미련하게 소리를 허는 사람만이 소리꾼이 될 수 있는 것이여."

위 전언은 "뼈마디에 옹이가 박히고 가슴에 찬물이 고일 정도로 혹독한 수련을 견뎌낸 사람"이 갖는 속리의 특성이다. 다시 말해 명창 소리꾼이 터득한 득음의 요소들이다. 이 득음에 이르기 위해 노인은 제자인 처녀를 매우 혹독히 연습시킨다. 똥물을 먹이는 것, 폭포수 속에서 소리를 내는 것, 어느 것 하나 쉬운 일이 없다. 어쩌면 이 득음을 얻는 고된 수련이야말로 판소리를 포함한 뭇 예술의 수련 과정과 다를 바 없을지 모른다. 진정한 예술의 경지에 이르는 일이란, 기교에 능통해서도 안 되는 일이며, 억지로 애를 쓴다고 되는 일도 아니며, 예술의 비의성을 체

득하기 위해 우직스럽게 자신을 절차탁마하는 일밖에 없다는
이 단순명쾌한 진리에 충실하는 것이다. 문득, 「득음」을 읽어가
면서 혹시 작가 손병현이 이러한 득음의 경지에 이르기 위한 소
설쓰기의 고된 수련의 과정을 거치고 있는 것은 아닐까, 하는
상념에 젖어보곤 한다. 돌이켜보면, 그가 작가로서 등단한 지
10여 년 동안 그는 묵묵히 자신만의 서사 세계를 구축시키고자
혼신의 힘을 쏟아오지 않았는가. 어설픈 작품을 발표하는 것보
다 삭히고 삭힌 작품을 발표하기 위해 10여년이란 시간을 흘려
보냈는지 모를 일이다. 그만큼 작가는 첫 작품집에 대한 설렘과
두려움을 교차하고 있다.

　우리는 「득음」을 읽으면서 작품의 마지막 장면에 이르러 삶의
숭고성이 이토록 아름다울 수 있는지 곰곰 성찰하게 된다.

　　처녀는 방문을 열어 젖혔다. 온통 흰 눈 위로 번한 하늘빛이 번지
고 있었다. 누군가 죽기에는 그보다 좋은 날도 없을 듯싶은 풍광이
었다. 처녀의 눈망울에, 젖은 달이 비쳤다. 축축한 달빛이 방안으로
흘러들었다. 노인은 반듯이 누운 모습으로 귀를 열어놓고 있었다.
처녀는 북통을 그러안고 소리를 하기 시작했다. 구슬프게 뽑아지는
처녀의 이별가는, 시김새가 깃들고 휘어져 감기는 것이 노인의 소리
인 듯 처녀의 소리인 듯 척척 엉겨들었다. 평생 한번 만날까 말까 한
다는 그 엥김을 맛보는 처녀는 넋이 나간 듯 신이 들린 듯 목이 뽑아
져라 소리를 질러댔다. 눈 위를 미끄러지고 골짜기를 타넘는 처녀의

소리는 저 하늘 끝으로 이어지고 있었다. 처녀는 마지막 기운까지 쏟아내며 밤이 새도록 소리를 했다. 그사이 노인은 흥에 겨운 듯 편안한 얼굴이 되었다. 한 번도 웃는 일이 없었던 노인의 얼굴에 화사하게 꽃물이 지고 있었다. (「득음」)

노인은 기력이 쇠하여 죽음의 문턱에 이른다. 처녀는 스승의 죽음을 눈앞에 두고 스승에게 마지막으로 그의 소리를 들려준다. 이승과 저승의 경계에 있는 스승은 "흥에 겨운 듯 편안한 얼굴이 되었다." 처녀는 마침내 소리꾼의 득음의 경지에 이른 것이다. 그토록 얻지 못하던 득음을, 스승의 죽음의 기로에서 그는 얻는다. 하여, "한 번도 웃는 일이 없었던 노인의 얼굴에 화사하게 꽃물이 지고 있었다." 이 마지막 장면에서 스승을 이별하는 제자의 이별가에는 스승과 함께 한 온갖 고된 수련의 과정, 소리꾼의 운명을 짊어져야 하는 자신의 고달픈 삶, 그 삶과 한데 어울려 살아야 할 소리들, 이 모든 것들이 휘어져 감기면서 득음의 비의성과 삶의 숭고성을 환기시킨다.

4. 기대되는 손병현 서사의 매혹

끝으로 손병현의 소설에서 주목하고 싶은 것은 첫 소설집 이후 기대되는 서사 세계일 것이다. 지금까지 살펴보았듯, 첫 소설집에 실린 소설 대부분이 삶의 무기력감에 대한 정직한 응시와 그를 극복하기 위한 고투의 서사를 보이고 있다면, 이후 소설은 그의 소설이 갖는 어떤 폭발적 힘을 발산해도 좋을 것으로 기대해본다. 그것은 이번 소설집에서 징후적으로 드러나는 부분으로, 「소풍」의 도입 부분에서 읽을 수 있는 질주의 욕망이다.

> 오늘밤 나는 총알이 되고 싶다. 한번 총구를 떠나면 결코 멈추지 않고 어느 곳에선가 콱 박혀버리고 마는 그 강렬함이고 싶다. 숨구멍이 미어질 만큼 바람이 세차게 밀려든다. 한순간 훅- 숨을 빨아들이면 그대로 허파가 터져 버리고 말 것 같다. 모든 신경이 살아서 꿈틀거리는 전율이 느껴진다. 불꽃놀이처럼, 일순간 모든 신경들이 수많은 빛으로 하늘 높이 치솟는다. 몸이 떠오른다. 바람이 콱 들어찬 허파는 팽팽한 긴장감으로 흥분한다. 어머니의 자궁 밖을 빠져나오면서 느꼈던 그 환희를 나는 아직도 생생히 기억하고 있다. 온 몸으로 확 끼쳐오던 다른 세상의 생경한 바람. 지금도 내 몸 속 어딘가를 떠돌고 있는 그 바람에게 나를 내맡기고 싶다. 가슴 저 밑바닥에서 작은 바람 한 점이 일렁이면 나는 한순간 바람의 노예로 변해버린다. 온 천지를 휘돌다가 결국 포도 씨만 한 작은 점이 되어 되돌아오는 바람을 키우며 나는 지금껏 살고 있다. 나는 그 바람의 끝자락에 몸을 맡긴 채 세상 어딘 가로 빠르게 쓸려가고 있다. (「소풍」)

"오늘밤 나는 총알이 되고 싶다"는 간명한 문장은 '나'의 질주 욕망을 압축해서 드러난다. 택시운전자사인 '나'에게 세상은 질주의 현실이다. "멈추지 않고 달려나갈 수만 있다면" '나'는 거칠 것 없는 질주로 세상을 내달릴 것이다. 질주의 욕망은 '나'에게 쳇바퀴 같은 비루한 일상에서 벗어나 삶의 숭고성을 만끽할 수 있는 '소풍'과 같은 것이다. 총알과 같은 속도로 내달리며 팽팽한 긴장감으로 흥분하고, 그 흥분의 바람에 '나'를 송두리째 내맡기는 것, 이것은 삶의 무기력감을 무화시킬 수 있는 폭발적 힘 그 자체다. 그렇다고 손병현은 무작정 내달리지 않을 것이다. 총알과 같은 속도와 그 삶의 긴장감, 그 긴장감에서 자신을 해방시키는 것, 이것들은 손병현 특유의 삶에 대한 웅숭깊은 예각적 응시의 과정 속에서 더욱 미묘한 서사의 매혹으로 다가올 것이다.

해뜨는 풍경

손병현 소설집

초판 1쇄 인쇄일	2011년 1월 15일
초판 1쇄 발행일	2011년 1월 20일

지 은 이	손병현
펴 낸 이	이정옥
펴 낸 곳	평민사
	서울특별시 서대문구 남가좌2동 370-40
	전화 (02)375-8571(代)
	팩스 (02)375-8573
	평민사(이메일) 모든 자료를 한눈에 ―
	http://blog.naver.com/pyung1976

등 록 번 호	제10-328호
값	10,000원
ISBN	978-89-7115-566-0　03800